宗璞文集

第⑩卷

铁箫斋诗草
译研笔记
附录

人民文学出版社

早春

和丈夫蔡仲德

目 录

铁箫斋诗草 …………………………… 1

译研笔记 …………………………… 81

附录 …………………………… 363

编后记 …………………………… 杨柳 443

铁箫斋诗草

鐵簫齋詩艸

题签／杜鹏飞

铁箫斋诗草

目 录

自序 …………………………… 5

大写的人 ……………………… 6
一个年轻的三轮车夫 ………… 7
疯 ……………………………… 11
华山三问 ……………………… 13
归来的短诗 …………………… 15
回家(外三首) ………………… 19
病人和病魔的对话 …………… 22
重叠 …………………………… 25
夜航(空) ……………………… 26
夜航(海) ……………………… 27
长江边的石匠 ………………… 28
野豌豆荚 ……………………… 30
二月兰问答 …………………… 32
答卷 …………………………… 34
依碧山庄小诗二首 …………… 36
我等你 ………………………… 38

永远的结	39
寻找	42
怀仲四首	44
江城子·定州寻夫	46
读怀素自叙帖二首	47
忆澳洲	48
黄鹤楼四绝句	49
一九八五年到重庆	51
观冯骥才画展	52
七十感怀	53
八十初度感怀	55
咏晕	58
乙未年中元偶得	60
乙未中秋偶得	61
渔家傲	62
渔家傲又一首	63
卜算子	64
如梦令	65
生查子	66
九十自寿	67
咏老	68
《野葫芦引》散曲十二支	69
托钵曲	79

自　序

幼承庭训,有读诗背诗的习惯。十八九岁时偶然写了一首新诗,因那时在南开大学就读,便投寄天津《大公报》,竟得发表,编辑是袁可嘉先生。以后陆续写了一些,都是随手的小诗,除新体诗外,也尝试写旧体诗、词、曲。我根本没有看过一本格律的书,好在行家对我这些文字都很宽容,我也就自得其乐。

到了近几年,常常处在郁闷中,始终没有找到解药,只能熬着。有时忍不住大呼小叫,呼叫的字句自以为是诗。集中起来,编在一起,时间拉得很长,数量不多,权且如此吧。

书名幸得杜鹏飞先生的篆书,为这本小书增色不少,致谢!

大写的人

狂风撼动了参天大树
撕破了厚重的霞裹云裳
快乐的歌声高声唱
自由　自由
让心灵无拘束
让头脑无屏障
自由　自由
让大写的
人　呈现在蓝天上

（原载《北归记》，人民文学出版社 2019 年版）

一个年轻的三轮车夫

如此年轻美好的
一张脸
光辉
鲜艳
像郁金香的花瓣
隐约现在
糊里糊涂的沙尘中间

"车啊?前门?拉三千!"
稚嫩的声音
像初生小雄鸡的叫唤
隐约现在
乱七八糟的嘈杂中间

生命将如此逝去
踩啊踩啊用力
一连串的日子
在他

将只是一天
只是轮子
向前转　向前转
往东　往西
往左　往右
和躲躲闪闪
忽然
咔嚓一声——闸住了车
闪过了疾驰而来的吉普
在心上
又老了一年

不需要多少辰光
北京城
七千多大街小巷
就会刻在他的脸上
那笼罩了北京城的黄土
就是那瘦脸的焦黄
而那十轮大卡车的沉重
店铺里无线电震耳欲聋的
大声
让人心乱的一切　拥挤
喧闹
融合成他的声调
硬而重
好像也拖着一辆三轮车

来往和人家相碰

他从蹬三轮起
就做了自然最亲爱的宠儿
看他将永不被隔绝在屋里
即或是
冰雹
直射的太阳
剪刀般的风
令人窒息的急雨
自然所给他的亲密的抚摸
是他
手上起着老茧弯腰驼背的娘
所从未给予
是他
手上起着老茧弯腰驼背的娘
所不会给予
于是
那年轻的力量
将顺随着别人的心意
疾驰而过
这就是他的生活

说什么拿十年当一年
过一年就老了十岁
还有什么太阳　雨　云　风

只看见旁边那白发破衣服老头儿
早在辛苦的时间那一端等
只看见旁边那白发老头儿
早在辛苦的时间那一端等

(原载天津《大公报》1948年10月24日,署名"冯璞")

疯

疯子——
黑脸
红眼珠
黄得似沙土的牙齿龇着
在街上踯躅

一城的灯光
星辰暗淡
不知道哪儿是我的家
我从哪儿来
要上哪儿去
我只是此时的一个我
在街上踯躅

眉毛锁着黑云
嘴唇咬得更加红了
讨厌我怕我么
因为我只是我

我不是你们
我只是现在的我
不是你们的将来与过去

一身几寸厚的泥
哗啦啦居然直响
哼着没人懂的歌
因为我只是现在的我
不是你们的将来与过去

(原载天津《大公报》1948年10月31日,署名"冯璞")

华山三问

问 石

为什么生得这样奇
绝壁千仞插云里
在这千万年中
有多少故事浮沉在你眼底

身旁连一朵小花也没有生
所以这样沉默
今夜能否到我的梦中
把你额上的皱纹说一说

问 雨

足尖上雾绕云缠
树颠上急雨如湍
一阵阵金黄色的闪电
迸发在太上老君的香案前

是要将华山的面目遮掩
是要试游山者的心胸肝胆
请看那玉女攀登不到的山峰
我都要——踏遍

问 客

哪里来的游人这样好发奇想
站立在"只有天在上"的仰天池旁
伸手触摸那透明的天空
是想拂落天星,还是想摘下月亮

是要把如带的渭水系在腰上?
是要把千年的青松拈来观赏?
哦!你是想让所有的人
都看见你这举世无双的身量!

写于 1956 年秋

(原载《怀来文艺》1979 年第 3 期,原题《华山五问》)

归来的短诗

蜡　梅

哪里飘来了一阵幽香
这样熟悉　又这样迷惘
往事在记忆里酿造
不断增添着岁月的芬芳

小　路

梦里依稀的石径
蜿蜒地向山上爬
踌躇着　欲前又止
那下一站　是怎样的人家

一层层的台阶　引向了
一杯苦酒　一盏清茶
梦里依稀的石径
蜿蜒地向山上爬

石　头

三十年前离开这里
带走一块玲珑的石头
它那每个孔窍都在诉说
故乡的林的生长　云的停留

三十年后重来这里
曲栏驯化了石的野兽
我却永不愿在心中换掉
那一块古旧的石头

衣　冠　冢

曾为你写过诗
喻你的胸怀为青天大海
诗文太多了——关于你的
你并不凭借这些而存在

亲眼见那燃着的烟斗
照亮了长湖边的苍茫暮霭
我知道这冢内还有它
除了衣冠外

纪 念 碑

阳光下极清晰的文字
留住提炼了的过去
虽然你能够证明历史
谁又来证明你自己

箱 子

从白云中降落在山城
遗失了携带的箱子
里面装着种种材料
要到这里来印证

在这花信迷乱的地方
找不到我要寻找的
最后找回了那箱子
却遗失了一个遥远的梦

城 墙

这一条平坦的路
便是昔日乱草丛生的城墙
敌人炸弹的呼啸
曾逼我在泥土的洞中躲藏

毫不惋惜城墙的消失
虽然我曾在它怀抱里摇荡
多建造些平坦的路罢
这使我看到希望

1980年11月下旬

(原载《滇池》1981年第2期)

回　家(外三首)

在北京　我有一个家
玉簪花　开在廊檐下
身飞在九天云外
那浓香也绕心三匝

在北京　我有一个家
金银花　仰首在花架
活泼的花朵如泉水
伴随我穿过了红尘千丈
炙骨繁华

在北京　我有一个家
丁香花　把白雪在窗前挂
小小的喇叭在吹打：
回家罢,回家！

开罢,我亲爱的花

枝已枯了
就修去罢;
草过长了
就刈短罢。

可是那盛开的花朵
一定要开到灿若明霞!
开罢! 开罢!
我亲爱的花!

开罢,开罢!
我亲爱的花!
我要为你浇干眼泪
为你把歌喉唱哑;

把我这跳动着的心
深埋在你的根下!

生

昨天这里还是贫瘠的黄土
今天便显出绿色的丰富
嫩的、小的、一丝丝、一簇簇,

铺垫着通往春天的路。

寄

因为想写封长信
连短信也没有写
你当然知道
我不忍离别

壁上又添了多少花枝?
那清风傲骨凌霜雪
愿这远方的怀念
永在你画中不灭。

(原载《人民日报》1983 年 7 月 14 日)

病人和病魔的对话

——请再给我两个月
健康的光阴
因我那七级宝塔
还差着尖顶的水晶

在我掌握之中
还有这样的野心
在通向彼岸的路上
听惯了遗憾的呻吟

——请再给我三天
能思索的日子
至少留下个草图
写清我完整的设计

只要在我掌握之中
就不必再多想
在通向彼岸的路上

尽够你怅望

——请再给我几个小时
能行走的时间
到林中拾绿　到湖畔挹蓝
到高山　登临望远

在我掌握之中
还有这样的闲情
在通向彼岸的路上
绝没有半点宽容

（结局一）
我曾几次打败过你
你这万恶的病魔
怎能知这一次
胜负在谁的掌握

也许你暂时会逃脱
这结束一切的灾祸
赶快把宝石缀上你的塔顶吧
我不愿意把肚皮笑破

（结局二）
那么请快一点
带我跨过忘川的浊波

让我的骨和肉
早些混入泥土的丰沃

这本是人生公开的秘密
又何必多费言语
你会有足够的时间
倾听亲人的哭泣

（原载《丑小鸭》1984年11月号）

重　叠

在人生的相册中
居然有完全的重叠
这是三十年前的你
还是别人的冤孽？

你已经不是当年的你了
有人偷了你的容颜
我也不是当年的我
那偷儿在哪边？

夜　航（空）

夜　无穷无尽
如同钻进了无穷无尽的地洞

飞　向前飞
去捕捉黎明
黎明
　光亮刚刚开始
　色彩正在调匀
　芳香　抚摸着每一个毛孔的
黎明

飞　向前飞
去捕捉黎明

夜　航（海）

一座灯火通明的楼台
在黝黑的大海上移动
载着多少行人
又载着多少行人的梦

彩色的梦
浸润着大海的咸腥
一时间化作了满天的朝霞
梦见自己　无影无踪

（以上三首原载 1985 年 3 月《女作家》创刊号，
题为《等待（外三首）》）

长江边的石匠

轻轻地敲　细细地凿
石栏上开出一朵芍药

轻轻地敲　细细地凿
云阶上飞出一只白鸟

把年华敲进石头
把姓名凿去了

亿万年浩荡东流水
从不肯回头一笑

把年华敲进石头
把姓名凿去了

轻轻地敲　细细地凿
云阶上飞出一只白鸟

轻轻地敲　细细地凿
石栏上开出一朵芍药

(原载《诗刊》1985年8月号,题为《长江游短诗三首》)

野豌豆荚

碧绿的野豌豆荚
像一只小小的号角
呜——咿——呜
把春天呼叫

你来吹
向着碧空中如线的山道
你来吹
向着旋转又旋转的江涛

你来吹
留几个哪怕是破碎的音符
你来吹
好一曲充满阳光的歌调

你来吹
踏青的少女红了双颊
你来吹

音响在苍苍两鬓间缭绕

你来吹
每一个活着的人啊
你来吹
让生活大声地哭　尽情地笑

碧绿的野豌豆荚
像一只小小小的号角
呜——咿——呜
把春天呼叫

(原载《节日朗诵诗》,湖北人民出版社 1985 年出版)

二月兰问答

燕园里会面时人人争道
今年的二月兰开得真好
一幅幅活泼的水彩画
七宝流光罩
又朦胧　又缥缈
——二月兰在笑

燕园里会面时人人争道
今年的二月兰开得真好
一个个活泼的小乐队
叮叮咚咚敲
又悠扬　又跳跃
——二月兰在笑

伙伴们踏着节拍
轻声唱起六十年前的歌谣
"青草地上开蓝花　二月兰"
"儿童都爱和你玩　二月兰"

是！是！这是那永远长不大的曲调
——二月兰在笑

是谁种了你？让你恣意涂抹青山脚？
不知道！
有谁放了你？让你随着白云飘？
不知道！不知道！
不知道！

我是春天的小伴侣
灿烂的花毯让她尽情舞蹈
我是时间的好仆人
年年悄悄地献出一抹美的熏陶
——二月兰在笑

问什么？答什么？
不知道——

1993 年 5 月 2 日得于晨间漫步时
6 月 14 日改定

（原载《宗璞文集》，华艺出版社 1996 年出版）

答 卷

我爱人类的歌
也爱自然的歌
我知道 没有歌声的地方
就有了寂寞

从不知这诗句自何而来
也不知它怎样在我的琴谱上飘落
于是便咿咿呀呀地唱着
为了每一个你、他和我

我有时忍不住哭泣
为了装载不下的各种折磨
我希望滂沱的泪水
能使坎坷的道路多一点润泽

我有时忍不住欢笑
为了那人生隆隆向前的飞车
为了一声同情的叹息

为了一句慷慨的许诺

我礼拜艺术的精灵
它不断在总结人类和自然的歌
它把希望送进每一扇打开的窗
从那里赶走融进的寂寞

我还是咿咿呀呀地唱着
用发黄的琴键敲打自己的心窝
直到生命的尽头
那里正盛开着野百合

(原载《红豆》,海峡文艺出版社1993年出版)

依碧山庄小诗二首

蝙　蝠

夜的女神驱赶着蝙蝠
在空中撒下了一片片迷雾
让黑夜黑个透
没有窗户

夜的女神驱赶着蝙蝠
要封闭通往白昼的路
却见天边一星如珠
打开了窗户

蛤　蟆

它不是那鲜活的小蛙
在荷叶上　在荷花下
它有一颗善良的心
却背负着丑陋的十字架

它是沼泽王的女儿

以无底的泥潭为家

爱诅咒徘徊在坟墓间

拾取梦的残渣

它遇到垂死的人在挣扎

便用悲哀的目光祈求着

不要怕　不要怕

可是谁相信你呢

你　怎配关心这样的问题

你　不过是一只癞蛤蟆

1993年10月于依碧山庄

（原载《深圳作家报》1994年2月8日,题为《依碧山庄小诗六首》）

我 等 你

我等你,
面朝着野菊花建造的山林。
我等你,
依靠着月光流淌的落水。

我等你,
一任寒风掀动着发黄的书页。
我等你,
听凭冷雨敲打着土布的窗帷。

怎能忘,画中绿林上浮动的诗意,
怎能忘,笔底小溪悦耳的歌喉。
怎能忘,撕心裂骨的争吵。
如今再有谁来将我责备。

天佑我啊,在这一刹那,
越过了闪烁的钗光碧影。
我看到了你温柔的笑脸,
绕在我周围。

永远的结

蜿蜒的小河边
青草地绿得那样新鲜
那是什么流动的颜色
一群小人儿舞翩跹

它们忽然化作1234567
整齐的队伍如军队般威武庄严
不久它们变成音乐符号
五线谱上的大头宝宝
多来咪发唆拉西
跳动在青草间

数学公式中的"因为∵""所以∴"
滚动着,滚动着,落入草书中
化成了书法中的"下"和"上"
一样的无言
多么美啊
人的思维　人的想象　人的尊严

草上的音乐奏出快乐的曲调
而我是这样茫然
再没有人能听懂我的话
能懂的人都到了彼岸

谁能解这真正的寂寞
那是我的伙伴大自然

人生是一个过程
我正停留在一家旅店
旅店里挂着大大的结
解开了才能继续向前

下一站又有下一站的结
解开它变化万千
也许会带来花一样的笑容
也许会带来一双泪眼
也许会让你啼笑皆非
也许会让你柔肠寸断
它们都是人生的礼物
给你许多经验

快乐地迎上去吧
那就是新的挑战

让每一天新生的太阳照亮你的脸
让你的生活更丰满
听啊　下一个结正在召唤
走过的生活告诉我
结　永远解不完

（以上二首原载《北归记》，人民文学出版社 2019 年出版）

寻　找

我们原本是单细胞的草履虫，
来自蛮荒的远古。
一直在寻找一条道路，
一条进化为人的道路。

经历了亿万年的沧海桑田，
我们已成为沉默的鱼。
游弋在大海深处，
以后便出现了总鳍鱼登陆那伟大的一幕。

随着时间的推移，
我们有了脊梁骨，
我们站起来了，
迈出蹒跚的脚步。

终于有了人的所有器官，
可以笑，可以哭。
可以轻言细语，可以大声疾呼。

思想明晰,认识清楚。

智慧的光照亮了自己去来的路,
但是凭空来的一种魔术,将我们紧紧锁住。
不准思想,不准歌哭。
只能服从,只能匍匐。

我们居然又逐渐变回那沉默的鱼,
还在向草履虫退步。
谁能允许这样的倒车?
这是对大自然的羞辱。

我们要成为真正的人,
享有人本应拥有的全部。
人权本就是天赋。
自由,自由
自由是一切的基础。

自由,自由
每个人能说出自己的话,
才能与天地齐,与万物殊。
自由在前面引路。
我们再也不能走回迷途。

2023 年 5 月 1 日于病中

怀仲四首

一

萧萧竹叶送新凉，
脉脉苔痕染流光。
叹君不如秋时雨，
一年容易到绮窗。

二

秋风何事又重来？
正道人间不必猜。
只恨寒衣费踌躇，
箱奁满眼无人开。

三

月明千里共清寒，
欲看从来未忍看。

太空无际人能到，
百里通途何日还？

四

花开花谢本寻常，
萧条满目倍神伤。
三姓小亭遗踪在，
生离死别独彷徨。

1971 年 8 月下旬

江城子·定州寻夫

定州塔下忆相逢。
远天晴,晚霞明。
三载结盟,
魂梦惯牵萦。
会少离多君需记。
长夜永,泪如倾。

佳会清游太乐生。
佛作证,石为铭。
携手长行,
荆棘自然平。
九霄云上也攀登,
生同路,死同陵。

一九七二年,仲下放清风店已三载。往探之,偕游定州。

读怀素自叙帖二首

一

骤雨疾风扑面来，
千峰万壑一时开。
掩书合目难收得，
滚滚奔雷怒潮回。

二

走虺惊蛇看蜿蜒，
蒸腾满纸起云烟。
悟他笔转锋回处，
拈花微笑一粲然。

1972 年作

忆 澳 洲

尝自澳洲携梦归，
绮光丽色映心扉。
愿得长虹为彩笔，
共写深情无数回。

       1983 年 12 月 7 日

黄鹤楼四绝句

其 一

黄鹤楼前绿意深
江开平野上荆门
仙姿绰约飘云梦
惠我中华众美人

其 二

黄鹤楼中彩笔飞
诗文四壁有清辉
千年兴败归文字
血泪毫端敢轻挥？

其 三

黄鹤楼头望大江
水天一色两茫茫

若得鱼跃鸢飞处

驾鹤仙人可还乡？

其　四

黄鹤楼成句未成

晴川浩荡自吟行

人间正道终应现

不问神鬼问苍生

素少为诗，更少为旧诗，今偶得此，第一首写楚文化对中华文化之贡献。余意易明。

1985年4月30日　长江水上

（原载《光明日报》1985年5月12日）

一九八五年到重庆

四十年前忆旧游，
曾怀夙约在渝州。
雾浓山转疑无路，
月冷波回知有秋。
似纸人情薄不卷，
如云世事散难收。
恸哭几度衣缟素，
销尽心香看白头。

1985 年 5 月

观冯骥才画展

梦里烟霞道不孤,
依依翠鸟入心图。
谁道人生唯一事,
缪斯宝相现双株。

1992 年底偶得

七十感怀

其 一

烛光明灭自有时,
烛影斑驳素壁痴。
无心岁月牵心事,
老上额头有人知。

其 二

才命相妨芥子身,
无端碾碎旧柴门。
要问公理藏何处,
错悬北斗怎能寻。

其 三

豪情依旧又如何,
纸上葫芦画不得。

管毫四寸长不握,
草药千株礼医佛。

其 四

铁箫一曲透青闱,
流水高山妙句回。
纵使落霞多奇变,
谁人能阻现朝晖。

1998 年 7 月

八十初度感怀

其 一

斗转星移七十九,
迤逦行来青衫旧。
八千里外现紫藤,[①]
五十年前栽红豆。[②]
伏案每寻惚恍意,
凭栏唯有孤星就。
何物妙藏葫芦里?
高低疏密竹篱后。

其 二

三松凋落铁箫沉,
九命淹缠托一身。

---

① 日本和新加坡学习中文的教材中有《紫藤萝瀑布》。
② 红豆,指1957年发表的小说《红豆》。

家徙万安原有路，
销魂一窟总无痕。
练出形容已非己，
犹依残句自为春。
宝卷名山何时现，
风沙满眼未减尘。

其 三

往事堪哀不自哀，
温榆河畔步苍苔。
重重绣幕依次落，
朵朵枯花绕层摘。
鸿爪文章难裁写，
名山经卷待安排。
空忧未了今生事，
哪有他生续梦来！

其 四

老病何能避衰残，
行云流水自悠然。
庭院黄花风中冷，
池塘青草雨后鲜。
未有闲情伤寂寞，
间得消息恨虚言。

回首一生如一梦，

梦到醒时是长眠！

（以上二首原载《中华读书报》2022 年 10 月 19 日）

咏　晕

晕病十余载，
时时伴我在。
头重如灌铅，
昏沉似痴呆。
忽如登九霄，
上下穿云彩。
忽如落地底，
来往无障碍。
忽如大海中，
方向随波改。
前后自腾挪，
左右任摇摆。
各种奇滋味，
医言"难理会。
华佗纵在世，
见尔当撤退"。
晕友日益多，
徒然生感喟。

社会大酱缸,
腌菜多滋味。
刚毅与坚卓,
不受咸酸累。

> 2013 年 4 月 13 日
> 于北京医院

乙未年中元偶得

乱梦缠真久模糊,
忘川未到幸得苏。
椿萱弃养荫庇在,
君子先行恩意独。
悠悠天地风前叶,
滚滚江河浪后珠。
春泥秋雨难觅我,
藏身已在野葫芦。

乙未中秋偶得

白日依山晚霞生，
姹紫嫣红景色丰。
奈何秋夜凉如水，
雕窗锁断月光明。

渔 家 傲

洛阳秋来花似锦，
清寒如水花香沁。
四时遍赏百家花，
秋声近，
玉簪朵朵排仙阵。

濂溪荷面红褪尽，
渊明菊影重相印。
花行岁岁有归期，
不需问，
人行老去无音信。

渔家傲又一首

竹丛晨见蓝数点,
喇叭花开精神显。
嘀嘀嗒嗒吹得欢,
听不见?
万众心头传微电。

龟年已去清九转,
八音合奏待红毯。
花底寻声有寒蝉,
抬头看,
朝颜①露水滴成串。

---

① 朝颜,即喇叭花。

卜算子

伟哉阿波罗,
飞车破云朵。
手捧太阳送万家,
照亮心中火。

人与天地参,
人人要平坐。
智慧女神馈美酒,
同上公理课。

小区大门前有希腊神话中日神阿波罗铜像。

如 梦 令

昨夜笛声断续,
吹破清梦几回。
想是白发人,
自述胸中块垒。
是谁?是谁?
好将往事放飞。

生 查 子

君自澳洲来,
月光疑为雪。
我自华夏去,
雪色以为月。

同时不同景,
同景地有别。
人生多变幻,
常记不同解。

(以上五首原载《新民晚报》2016年9月27日,题为《词五首》)

九十自寿

风雨周旋九十春,
老去飘然只一身。
不伤已临忘川水,
但恨不见自由神。

咏 老

年年秋雨洗征尘，
涤去风霜见慧根。
满头白雪无惆怅，
雪中自有大精神。

《野葫芦引》散曲十二支

序　曲

【风雷引】
百年耻，
多少和约羞成。
烽火连迭，
无夜无明。
小命儿似飞蓬，
报国心遏云行。
不见那长城内外金甲逼，
早听得卢沟桥上炮声隆！

【泪洒方壶】
多少人血泪飞，
向黄泉红雨凝。
飘零！
多少人离乡背井。
枪口上挂头颅，

刀丛里争性命。
就死辞生!
一腔浩气吁苍穹。
说什么抛了文书,
洒了香墨,
别了琴馆,
碎了玉筝。
珠泪倾!
又何叹点点流萤?

【春城会】
到此暂驻文旌,
痛残山剩水好叮咛。
逃不完急煎煎警报红灯,
嚼不烂软塌塌苦菜蔓菁,
咽不下弯曲曲米虫是荤腥。
却不误山茶童子面,
蜡梅髯翁情。
一灯如豆寒窗暖,
众说似潮壁报兴。
见一代学人志士,
青史彪名。
东流水浩荡绕山去,
岂止是断肠声!

【招魂云徧】
纷争里渐现奇形。
前线是好男儿尸骨纸样轻,
后方是不义钱财积山峰;
画堂里蟹螯菊朵来云外,
村野间水旱饥荒抓壮丁!
强敌压境失边城!
五彩笔换了回日戈,
壮也书生!
把招魂两字写天庭。
孤魂万里,
怎破得瘴疠雾浓。
摧心肝舍了青春景,
明月芦花无影踪。
莽天涯何处是归程?

【归梦残】
八年寒暑,
夜夜归梦难成。
蓦地里一声归去,
心惊!
怎忍见旧时园亭。
把山河还我,
光灿灿拖云霞,
气昂昂傲日星。
却不料伯劳飞燕各西东,

又添了刻骨相思痛。
斩不断,
理不清,
解不开,
磨不平,
恨今生!
又几经水深火热,
绕数番陷人深井。
奈何桥上积冤孽,
一件件等,
一搭搭迎。

【望太平】
看红日东升。
实指望春暖晴空,
乐融融。
又怎知是真是幻?
是辱是荣?
是热是冷?
是吉是凶?
难收纵,
自品评——
且不说葫芦里迷踪,
原都是梦里阴晴。

间　曲

【南尾】
乱纷纷落叶滚尘埃,
冷清清旧天街。
瘆人心一壁素白,
刺人眼朝霞彩。
恨深深一年时光改,
凄惶惶割舍了旧楼台。
问秋风何事吹痛离人泪满腮。

道路阻雾迷关隘,
衣衫薄影断苍山寨。
把心儿向国托,
身儿向前赶,
魂儿故土埋!
且休问得不得回来!

【东尾】
数载漂泊,
停行脚,
多谢闲村落。
似青萍依在岩石侧,
似杨花旋转千山错。
见木香花绵延无根底,

腊梅花香透衣衫薄。
酒花儿少斟酌,
泪花儿常抛堕。
为教贼子难捉摸,
无那,
向何处藏,
向何处躲!

头顶上暂息泼天祸,
脚底下留多少他乡客。
秃笔头缠绳索,
病身躯遭顿挫,
鼙鼓声从来惊魂魄。
怎般折磨,
打不断荒丘绛帐传弦歌,
改不了箪食瓢饮颜回乐。
将一代代英才育就,
好打点平戎兴国策!

【西尾】
怒江水滚波涛。
霎时间,
霞彩万千条,
落红成阵逐浪梢。
问因何颜色换了?
嚎啕!

好男儿倾热血把家国保。
驱敌寇半壁江山刎囹挑,
扫狼烟满地萧索春回照,
泱泱大国升地表。
谁来把福留哭,
欢留悼?
把澹台玮的英灵吊?

魂灵儿一竿立九霄,
云拥雾绕。
盼的是国泰民安人欢笑。
怎的时干戈又起硝烟罩,
枉做了一母同胞。
看关山路遥,
难为那旧燕觅巢。
看关山路遥,
挡不住新程险峭。
苦煎熬,
争民主谱出新时调。

【北尾】
重又见叠楼飞檐,
红墙绿树。
五朝宫阙应谁主,
各自有新图。
豆萁自燃,

将豆来煮。
哀鸿遍野泪如注,
青春之火加热度。
水更沸,
声更促,
痛煞人,
这一盘怪棋难摆布。

民主声高人心属,
哗啦啦大厦成灰土。
十字路口左右顾,
去留自有数。
总不改初心要把新人树。
万众欢呼望新途,
又怎知新途荆棘路。
红通通烈火掩映炼丹炉,
灰蒙蒙大海迷失了蓝桥柱。
雾沉沉,
路漫漫,
难行步。
知后事,
且走进那接引葫芦。

终　曲

【再从头】
望断天涯路,

那野百合深处多少人住。
原都是顶天立地大丈夫,
折磨得齐齐跪倒在炼炉。
天堂曲搭就了地狱门户,
多呈现窦娥比干真形影,
几曾见修成正果准画图?

熬得那头上紧箍儿除。
重整治旧根基,
再校正新脚步。
好山水换得了衣食足,
魂灵儿荡悠悠觅归宿。
对一天飞雪理前情,
痛煞人这许多生生死死忍回顾。

【云在青天】
热腾腾,
家国事,
絮叨叨。
多少言语。
到如今,
阴晴知晓泪如雨,
又几曾打破那葫芦底。
卷定了一甲子间长画轴,
收拾起三十三年短秃笔。
先生们请安息,

弟兄姊妹长相忆。

过去的已成灰,
将来的仍是谜。
纵然是一次次风波平又起,
终难改云在青天水流地。
万古春归梦不归,
自有那各样的新梦续。

(原载《野葫芦引》,人民文学出版社 2019 年出版)

托 钵 曲

人道是锦心绣口,
怎知我从来病骨难承受。
兵戈沸处同国忧。
覆雨翻云,
不甘低首,
托破钵随缘走。

悠悠!
造几座海市蜃楼,
饮几杯糊涂酒。
痴心肠要在葫芦里装宇宙,
只且将一支秃笔长相守。

(原载《歌曲》2008年第2期)

译研笔记

译研笔记

目　录

写在前面 …………………………………… 85

猫的名字是怎样来的 ……［苏联］萨米尔·马尔夏克 87
点金术 ………………………［美国］纳撒尼尔·霍桑 90
拉帕其尼的女儿 ……………［美国］纳撒尼尔·霍桑 104
信 ……………………………［澳大利亚］帕特里克·怀特 134
花园茶会 ……………………［英国］凯瑟琳·曼斯菲尔德 152
第一次舞会 …………………［英国］凯瑟琳·曼斯菲尔德 170
鬼恋人 ………………………［英国］伊丽莎白·波温 178
星期日下午 …………………［英国］伊丽莎白·波温 185
我们的第一所房屋 ……［美国］玛克辛·洪·金斯顿 194
双声变奏 ……………………［美国］萝碧塔·怀特曼 198
一切罩单都应是白色 ………［美国］艾丽思·福尔顿 202
缪塞的诗 ……………………［法国］阿尔弗莱德·德·缪塞 204

托马斯·哈代诗篇中的"宿命观" …………… 287
试论曼斯斐尔德的小说艺术 ………………… 320
打开常春藤下的百叶窗
　　——伊丽莎白·波温研究 ……………… 344

83

写在前面

从小喜看小说，赢得了一双近视眼。记得八九岁时，在清华园乙所读到"万有文库"中的《石头记》(《红楼梦》)和林纾用文言翻译的《块肉余生述》，不大懂。但是前者令我泪下，后者也能引我入胜。现在还记得林纾的文字"大野沉沉如墨"，很传神。上大学，我进了外国语文学系，不为别的，只为多懂一国文字，可以多看小说，而且体会原意。

一九五一年我从清华大学外国语文学系毕业，经分配在政务院文教委员会宗教事务处，分管佛教工作。以后，调到全国文联，又到《文艺报》。我在几个文化单位游走了七年，一九五九年下放锻炼，一九六〇年到《世界文学》期刊评论组工作。有一段时间，随着大气候编发了许多文艺理论文章。譬如莱辛的《拉奥孔》，雨果的《〈克伦威尔〉序言》。这些好文章使我对文艺理论很感兴趣，想学着写点小文，拟了一组题目：《说节制》《论崇高》《说荒诞》等。《说节制》后来用在曼斯菲尔德的作品上，别的也就放下了。后来调到作品组，我们发表了易卜生的诗剧《培尔·金特》，译者是萧乾，我是责任编辑。当时我住在北大燕南园，萧乾先生住在城里，我们用公用电话联系，每次打电话，没有顺利说完的时候，总是被打断。

又因格局的变动,我随《世界文学》调入外国文学研究所。我在外文所二十四年,外国文学应该是我的专业,但我不务正业,只顾自己写小说。我不愿意做专业作家,自以为有一个职业可以进退。曾和冯至先生、卞之琳先生谈过这些想法,冯先生支持。卞先生说:"写作从来就应该是业余的。"我在外国文学研究所这样的专业机构,自己的重点却并没有放在外国文学上。

对于我来说,中国文化是自家人,外国文化是好朋友。当然,我的学问太浅,对外国文化了解不深。但是,外国文学这个好朋友,对我有很多帮助。

如今回头一看,总算还有那么一点点成绩。收拾检点,也是对自己的一个交代。

猫的名字是怎样来的

[苏联]萨米尔·马尔夏克

这个故事里,有一个老头儿和他的老婆子,
他们有一只小黑猫,长着小白鼻子,
一个白鼻子
和黑爪子,
长着白脚趾
和黑蹄子。

老公对老婆说:"猫的日子挺不错,
我们养活他,调理他,
可是他连名字还没有一个。
我们该管他叫
'云彩',
那么他就会长得天一样高,
强壮而骄傲,
打起呼来像打雷。
真是不得了。"
"不,"老婆子反对,

"'云彩'没有什么可值得尊敬,
它们像空气一样轻,
风把它们往四下里轰。
还是管他叫'风'吧,
'风'呼啸得多响亮,这比什么'云彩'强。"
"不,"老头说,
"风轻轻吹着,
吹动了树枝,
一点儿也动不了墙壁。
所以还是把我们的猫叫作,
'墙壁'。"

"你聋了吧?老头子!
要是还有耳朵,仔细听,
又是什么东西在刮那墙壁,
　　什么东西掉下地?
那是耗子在咬咱们的房子,
所以咱们还是管咱们的猫叫'耗子'。"
"那可不行,"她的老公回答,
"猫比耗子强大。
猫吃耗子,
咱们全都知道,
所以咱们还是管咱们的猫叫'猫'。"

译自《苏联文学》1956 年第 8 期

几 句 话

《猫的名字是怎样来的》不记得原文是在哪里看见的,顺手译出便搁在那里。在收集时几经踌躇,还是收入了。

它虽是说猫,却显出了两个老人相濡以沫的情景。好像还有更多的可以想到的东西。

点 金 术

[美国]纳撒尼尔·霍桑

从前,有一个富有的国王,名叫米达斯;他有一个小女儿。这小女儿的名字从来就只有我一个人听说过,而我也许是忘记了,也许根本就不知道。这样,因为我喜欢给小女孩取些好玩的名字,我挑了小金菊这个名字给她。

这个米达斯国王在世界上最爱的东西就是金子。他珍重他的王冠,主要就因为它是那种珍贵金属做成的。如果他有更爱的东西,那就是这一个绕着他快活地玩着的小姑娘了。但是米达斯越爱他的女儿,他就越要寻求财富。这傻瓜!他以为他能为这个亲爱的孩子所做的最好的事,就是为她寻找大堆黄色闪光的金钱,从开天辟地起就堆在那儿。这样,他就为这一个目的付出全部时间和精力。如果偶然有一秒钟他看见日落时镶了金边的云,他就希望它们是真的金子做成的,可以把它们平安地装在结实的箱子里。当小金菊举着一朵毛茛或蒲公英向他跑来时,他总是说:"哎,哎,孩子!这些花看起来倒是金黄色的,若是真金的,它们才值得采哪!"

米达斯年轻时还没有完全被那发疯的欲望所占有,他是很喜欢花的。他开辟了一个花园,里面生长了人所曾见的最大最美丽最芬芳的玫瑰。现在这些玫瑰依然生长在花园里,还是那样大,那样可爱,那样芬芳,像米达斯整个钟头地注视着它们,吸入它们的香气时一样。但是现在,他看着它们,只是要计算一下,如果这些无可比拟的玫瑰花瓣全是金片的话,这花园该值多少钱。而且虽然他曾经一度喜欢过音乐(尽管有个无聊的故事说他的耳朵像驴子的耳朵),对于可怜的米达斯来说,现在,唯一的音乐就是铜钱撞击的声音。

最后(人们总是越长越傻的,除非自己小心着要越长越聪明),米达斯变得完全失掉了理智,不是金的东西就简直不愿意看不愿意摸。他习惯于每天把大部分时间都花在皇宫那不见天日的地下室里,因为在地下室里存着他的财富。他想要使自己高兴时,就钻到那口只比土牢好一点儿的窟窿里去,在那里,他小心地把门锁好之后,就取出一袋金钱,或是一个像洗脸盆一样大的金杯,或是那沉重的金棒,把它们从昏暗的角落拿到一道狭窄的明亮的阳光里。那阳光是从牢狱一样的窄窗里射过来的。他看重阳光没有别的原因,只因为他的宝藏没有阳光就不能发光。他数着袋里的钱,把金棒扔起来又接在手里,用指头滤着金沙。在金杯的光亮的面上照着自己滑稽的脸,并且对自己喃喃地说:"米达斯,富有的国王米达斯,你是多么幸福的人啊!"但是在那磨光的杯面上映出的他的露齿而笑的面孔,看起来真是可笑!那金杯似乎看到他这愚蠢的习惯,使着坏心眼儿开他的玩笑。

米达斯虽然把自己称作幸福的人,但他以为还没达到他可以达到的地步。除非整个世界都变成他的金库,充满了全属于他自己的黄色金属,否则快乐的顶峰永不会达到。

现在,我用不着提醒你们这些聪明的小读者们,在那古老的日子里,当米达斯活着的时候,有过很多事情,那些事情若发生在现在我们的国家,我们一定觉得很奇怪。相反地,现在发生的许多事,我们看来很平常,古时候的人却会惊奇地瞪大眼睛。但是不管怎样,我得继续把故事讲下去。

有一天,像平常一样,米达斯正在他的金库里消遣时,他发现一个影子落在堆积的金子上。他猛然抬起头来,看到一个陌生人,站在那狭窄光亮的阳光里!那是一个年轻人,有着愉快的红红的脸。不管是因为米达斯国王习惯于在想象中把一切东西都染成黄色,还是别的原因,他忍不住以为那陌生人对他的笑有着一圈金光。虽然他的身体挡住了阳光,却分明有一道比以前更明亮的光线落在堆积的金子上。陌生人的微笑好像带火花,甚至最远的角落也被照得明亮起来。

米达斯知道他自己曾经谨慎地锁上了门,没有人能走进金库来。自然他就得到这样的结论:这个客人一定是比人类更有本事的,用不着告诉你们他是谁。在过去,比较起来说,地球本身还是新鲜事物:人们想象有很多神怪住在这里,他们对人类的欢乐和悲哀很感兴趣,一半正经一半是闹着玩。米达斯以前就看到过他们,现在又遇到一个,也很高兴。陌生人的外表,说实在的,如果说不上慈祥,也是很和蔼而又喜气洋洋的,没有理由可以疑心他会带来什么危害。更可能的是他会带给米达斯好处。但是除了增多他的财宝,还有什么算得上是好处呢?

陌生人看着这间屋子,他的明亮的微笑照亮了所有的金物。他对米达斯说:

"你是一个有钱的人,米达斯朋友!我想世界上再没有别的一间屋子贮藏了像你这样多的金子了!"

"我做得还不错——还不错。"米达斯说,调子是不满足的,

"但是,总起来说,这还算不了什么,你看见的这些是我这一辈子收集起来的。要是能活一千年,那才有时间发财哪!"

"什么?"陌生人叫道,"你还不满意?"

米达斯摇头。

"那么请问,怎样你才能满意?"陌生人问,"只是为了好奇,我很乐意知道。"

米达斯沉思着。他感到这个在满面春风的微笑里闪着金光的陌生人,有这样的权力和好意来满足他的最大愿望。所以,现在是最幸运的时刻,他想起了平常想得到而不可能得到的东西。他一面想着,一面把一座金山堆到另一座上去,在他的脑子里,简直想不出来这些山要大到什么程度才满意。最后,米达斯想起了一个好念头。这念头真像他所最爱的金子一样闪闪发光。

他抬起头,直看着那发光的陌生人。

"说呀,米达斯。"他的客人说,"我看出来你已经想到什么能满足你了。告诉我你的希望吧!"

"是这样,"米达斯回答说,"我收集财产费了许多劲,用尽了力气,金堆还是这样少,我已经厌烦了。我希望只要我碰着的东西都变成金的!"

陌生人的微笑越来越明亮,充满了整个屋子,好像灿烂的阳光照遍阴暗的幽谷,秋天的黄叶——那些金块和金片看起来就像黄叶——撒满在阳光里。

"点金术!"他喊起来,"亏你想得出这个主意!米达斯朋友!但是你准知道这个愿望能满足你吗?"

"怎么能不满足呢?"米达斯说。

"你永远不会后悔有它吗?"

"干吗要后悔?"米达斯请求道,"没有别的东西能让我那样幸福！"

"那就照你所希望的罢。"陌生人回答说,挥手告别,"明天,日出时,你就有了点金术!"

陌生人的形象越来越明亮耀眼,米达斯不情愿地闭上了眼睛。他再睁开眼睛时,只看见一道黄色的阳光在屋子里,围绕着他的,还是那些花了毕生之力收集起来的金子。

米达斯那天晚上是不是还像平常一样睡着了,故事里没有说。无论睡着了还是醒着,他的心情就像是一个知道第二天一早有好玩具给他的孩子一样。在曙光还没有在山顶上露脸时,米达斯国王就完全醒了。他把手伸到床外,抚摸着够得着的东西。他急着试验一下点金术灵不灵。他把手放在床边的椅子上和别的东西上,可是它们还和以前一样,没有一点变化,这使得他大为失望。真的,他很怕自己只是做了一个梦,梦见那发光的陌生人,他也怕那陌生人是跟他开玩笑。在希望之后,米达斯只得用那普通方法聚集起来的少量金子满足自己,不能用触摸来创造金子。这是多么悲惨的事!

这时,天色还是灰蒙蒙的。在天边有一道米达斯看不见的光线。他用很不舒服的姿势躺着,惋惜着希望的破灭,越来越伤心,一直到从窗户里穿过来的第一线阳光在天花板上镀上了金色。米达斯看来,这黄色的阳光不过很简单地照在白色的床单上,靠近点儿看,那亚麻床单已经变成了最光亮的纯金了,他真是又惊奇又高兴!随着第一道阳光的出现,他已经有了点金术!

米达斯跳了起来。在一种欢乐的疯狂里在屋子里跑着,碰见什么就抓住什么。他抓住一个床柱,它立刻就变成了一根金柱子。他拉开窗帘,想要看清楚些他所创造的奇迹,窗帘的带子在他手上变得重起来,它也变成了一片金子。他从桌上拿起一本书,刚一碰到他的手,那书就变成近来我们常见的金边装潢的书。在他翻阅书页时,看哪!这书变成了一束金片,书中所有的智慧都难以阅读了。他赶快穿上衣服,使他兴奋的是,他穿着一件柔软的金衣,只不过有点儿沉重。他拿出小金菊给他绣的手绢,它也变成金的了,那亲爱的孩子在手绢边上缝得干净秀美的针脚,都变成了金线!

无论如何,这一个变化,可不怎么使米达斯高兴。他倒更愿意他的小女儿的手工还像她爬上膝来把它塞到自己手里时一样。

但是用不着因为这点小事发愁。米达斯现在从口袋里拿出眼镜,戴在鼻梁上,想要把周围看得更清楚些。那时候,普通老百姓用的眼镜还没有发明,但是国王却已经戴了,要不然,米达斯怎么会有一个呢?使他惶惑的是,虽然那眼镜的玻璃是最上等的,他戴上了它竟什么也看不见。但这是世界上最自然的事,因为,米达斯刚一碰到它,那透明的水晶就变成一片黄色的金属片了。当然,它虽然成为贵重的金子,却失去了眼镜的价值。这种不便使得米达斯很震惊,他虽然是这样富有,却再也不能戴一副有用的眼镜!

"这也不算是什么大事。"他很有哲学意味地自言自语,"任何好事都一定会跟着一些不方便。为了点金术当然值得牺牲一副眼镜。至少牺牲的还不是我的眼睛。我自己的眼睛普通用用可以,而且小金菊很快就可以长大到念书给我听了。"

聪明的米达斯国王被他的好运气弄得非常兴奋,宫殿这点地方似乎都装不下他了。他跑下楼梯,微笑着,因为在他的手摸过楼梯栏杆时,楼梯的扶手变成了一根金棒。他打开了门闩(在一分钟以前它还是铜的,当他的手指离开时,已是金的了),

冲到花园里去了。在花园里,他看见很多美丽盛开的玫瑰,还有各种可爱的含苞欲放的花朵。在早晨的微风里,玫瑰花的香味沁人肺腑,十分好闻。那些柔弱的、潮红的花朵是世界上最美的形象了,文雅、羞涩,充满了甜蜜的平静。

但是米达斯知道怎样使它们更贵重些,当然是照他的想法。他不厌其烦地在一朵朵花苞上试验他的点金术。直到每个花朵和花苞甚至连花心里的虫子都变成了金的。这一工作完成的时候,有人来请米达斯去吃早饭。清晨的空气使他胃口很好,他向宫殿快步走去。

在米达斯那时候,国王的早饭经常是些什么,我可不知道。但不能不揣摸揣摸。我深深相信,在那一个特殊的早晨,他的早餐有美味的小鳟鱼、煎山芋,新鲜的煮蛋和咖啡,还有为小金菊预备的牛奶面包。这是一种适合国王食用的早餐。无论他吃不吃,他绝不会有更好的了。

小金菊这时还没有出现,国王命人去叫她,自己坐在桌旁等着孩子到来一同吃早饭。公正地说,米达斯是真爱他的女儿,尤其在这一个得到这样好运的早上。一会儿他就听见她在过道里伤心地哭着走过来。这情形使他很吃惊,因为小金菊是那种你常在夏天里看见的最快活的小家伙,一年四季都不流一滴眼泪。米达斯听见她的哭声,想要用一种意外的惊喜使她高兴起来。他靠在桌子上,摸着女儿的碗(那是一只瓷碗,周围有很多可爱的小人),把它变成了闪亮的金碗。

就在这时,小金菊慢慢地悲伤地打开了门,小围裙还放在眼睛上,哭得非常伤心。

"怎么了?我的小姑娘!"米达斯喊道,"快告诉我,在这样好的早上,你到底怎么了?"

小金菊没有把围裙拿下来,只伸出了手,手里拿着米达斯刚才把它们变成金子的玫瑰花。

　　"真漂亮!"她的父亲赞叹道,"这样的玫瑰花怎么把你招哭了?"

　　"啊,亲爱的父亲!"这孩子一面哭着,一面抽噎,"这一点都不美,这是世界上最难看的花儿了。我一穿好衣服,就跑到花园里去摘玫瑰花,因为我知道你喜欢,尤其喜欢你的小女儿给你采来。可是,真糟糕!你知道出了什么事?真糟糕透了!那些美丽的玫瑰花,那些散着香味儿的玫瑰花,那些害羞的红着脸的玫瑰花,都给糟蹋了,它们都变得黄澄澄的。你看这一朵,一点香味儿都没有了!它们到底是怎么回事?"

　　"啊,我的亲爱的小姑娘,千万别为这个哭!"米达斯说,他不好意思承认就是他自己使她这样伤心,"坐下来吃面包,喝牛奶吧,你不久就会知道用一朵千年不谢的金玫瑰去换一朵一天就枯萎的平常的玫瑰是多容易了。"

　　"我可不喜欢这样的玫瑰!"小金菊轻蔑地把它一丢,"一点香味儿都没有,花瓣这么沉,扎我的鼻子!"

　　这孩子坐在桌子旁边,为玫瑰花的悲伤深深压着她,她竟没有发现她的瓷碗的变化。也许这样还更好些,因为小金菊很喜欢看碗边上的滑稽的小人和奇异的树和房子,而这些装饰都在金属的黄色中失去了。

　　米达斯倒出一杯咖啡,当他拿起那咖啡壶时,它不知是什么金属做的,但当他放下它时,已经是金的了。他自己想着,一个国王早餐的餐具全是金的,真够奢侈够辉煌的了。他开始感到保存他的财物的困难。对于金的碗和咖啡壶,碗柜和厨房不再是保险的贮藏地方了。

他一面想着一面举起一匙咖啡送到嘴里,他一喝就大吃一惊,他的嘴唇刚碰到咖啡,它就变成了熔化的金子,马上就又凝结成一个金块!

"哎呀!"米达斯害怕地叫了起来。

"什么事呀,父亲?"小金菊问着,看着他,眼泪还在眼睛里转。

"没有什么,孩子,没什么!"米达斯说,"喝牛奶吧,别让它冷了。"

他取了一条鲜美的小鳟鱼,放在自己的碟子里,为了试验,他用手指碰了碰它的尾巴。使他惊恐的是这条煎好的鳟鱼立刻变成了一条金鱼,不是那种养在大厅里的玻璃水箱里做装饰品的金鱼,而是真正的金属的鱼,看上去像是世界上最巧的金匠精心做出来的。它的小骨头变成了金线,它的鳍和尾巴都变成了小金片,身上还带着叉子的痕迹。这真是一件美妙的工艺品。这时,米达斯国王只希望他的盘子里是一条真正的鳟鱼,不是那精致的有价值的复制品。

他自己忖量:"真不知道我怎么才能吃到一点早饭!"

他拿起一块热腾腾的麦饼,还没有撕开,一分钟以前的雪白的麦饼就变成了印度金块,这真使他烦死了。说真的,如果它真是印度麦饼,米达斯倒以为它的价值要高许多。他几乎绝望了,又求助于煮熟的蛋,但它也像鳟鱼和麦饼一样,马上变成金的。

"这可真为难了!"他想着,靠在椅背上,羡慕地看着小金菊,她正满意地吃着面包和牛奶,"面前有这样一桌贵重的早餐,可就没有一样能吃的!"

米达斯抱着一线希望,抓了一个热山芋,想要急忙吞下去。可是那点金术太灵了,他满嘴塞的,不是粉质的山芋,而是坚硬的金属,烫得他大叫着从桌边跳起来,又疼又怕,在屋子里乱转。

"父亲,亲爱的父亲!"小金菊叫道,她是一个很深情的孩子,"你怎么了?烫了嘴吗?"

"亲爱的孩子,"米达斯悲哀地呻吟道,"真不知道你的父亲会变成什么样子!"

真的,我的小听众们,你们这一辈子,可曾听见过这样可怜的事吗?在一个国王面前摆下了最美味的早餐,可是却一点用处都没有!就是一个最穷苦的工人,吃着面包皮,饮着清水,也比国王米达斯好得多。现在怎么办呢?早饭时,米达斯已经饿坏了。午饭时,他的饥饿会减轻些吗?他吃晚饭的胃口会更大,可是晚饭时摆在面前的一定还是这种无法消化的菜肴。你想,这种豪华的生活,能继续多少日子呢?

这种情形,使得国王米达斯非常烦恼,他开始怀疑,财富到底是不是世界上最值得企求的东西。但这种思想只偶然掠过。米达斯被那金闪闪的玩意儿迷昏了,他绝不肯为了早餐这样的小事放弃点金术的。只要想:这一顿饭的价钱!放弃点金术那就等于花几百块钱去买一些煎鱼,一个鸡蛋。

"就是太贵。"米达斯想。

但他毕竟是太饿了,以致难受得大声呻吟起来。漂亮的小金菊可忍不住了,她坐在那儿瞪着父亲,想尽办法要弄清他发生了什么事。然后,由于想要安慰他,她从椅子上跳起来,向米达斯跑去,张开两手,热情地抱住他的双膝。他弯下腰来亲她。

他觉得他的小女儿的爱的价值千百倍于他所获得的点金术。

"我的宝贝女儿!"他叫着。

但是小金菊没有回答。

99

唉,他做了什么?那陌生人赠送的礼物真是致命!米达斯的嘴唇一碰到小金菊的前额,就发生了变化。她的甜蜜的、玫瑰花似的脸儿,原来是充满了感情的,现在闪射着黄色的光芒,脸颊上凝结着黄色的泪滴。她美丽的金黄色的发辫也有同样的光泽。她温柔可爱的形象在父亲的臂弯里,变得坚硬不可曲折了。噢,可怕的恶果!这是他贪求财富的罪过,小金菊不再是一个人类的儿童,而变成一尊金像了。

是的,这就是她,脸上凝聚着爱、忧愁、同情和询问的表情,这真是我们所看到的最美丽的最悲惨的现象了。所有小金菊的特征都在这里,甚至那小小的酒窝也留在她的金颊上。但是,这金像越像她,注视着这金像(这就是女儿留下来的一切了)的米达斯越是痛苦。米达斯有一句常爱说的话,在他特别喜爱这个孩子时,就说她抵得上像她这样重的一堆金子。现在这句话成为现实了,而现在,在这太晚的时刻,他终于感到一颗温暖的柔情的深深爱着他的心是远远超过塞满于天地之间的财宝的!

要是我把满足了愿望以后的米达斯悲伤地扭着双手,哀哭着,不忍看小金菊,又不忍离开她的情形告诉你们,这故事就太悲惨了。除非他的眼光落到金像上,他不可能相信她已经变成金的。但是,这个宝贵的小形象,确实在这儿,在金色的颊上有一滴黄色的泪,还有那如此虔诚而温柔的脸色,似乎只凭这种表情就可以使金子熔化,重新变为肉体。而这却永远不能办到了。米达斯只能扭着双手,情愿变成世上最痛苦的人,用他的全部财富换来他亲爱的孩子脸上的玫瑰的颜色。

他在绝望的深渊里,忽然看见一个陌生人站在门前。米达斯低下头来,没有说一句话。他认出了这个人就是以前在宝库里出现的那个人,就是他赋予了米达斯以点金术的能力。陌生人的脸上仍旧带着微笑,这笑容在房间里洒满了金色的阳光,闪耀在小金菊的金像和其他变成了金质的东西上。

"好吧,米达斯朋友,"陌生人说,"请告诉我,点金术很成功吧?"

米达斯摇头。"我很不幸。"他说。

"很不幸,真的吗!"陌生人喊道,"这是怎么搞的,我不是忠实地履行了我的诺言吗?你心里所想的不是都得到了吗?"

"金子并不是一切,"米达斯说,"我失去了我真正关心的。"

"啊!从昨天起,你有了新发现吗?"陌生人注意到了,"咱们看看,你认为这两样东西哪样真的更有价值些呢——点金术,还是一杯冷水?"

"噢,神圣的水!"米达斯叫道,"它再也不会润湿我这枯焦的喉咙了!"

陌生人继续问道:"点金术,还是一块面包?"

米达斯回答:"一块面包抵得上全世界的金子!"

"点金术,"陌生人又问,"还是你自己的亲女儿小金菊,像一小时以前那样温暖、柔软、可爱的小金菊?"

"唉,我的孩子,我的亲爱的孩子!"可怜的米达斯扭着自己的手喊道,"我不愿用她下巴上的那一个小酒窝去换把全世界都变成金子的能力。"

"你比从前聪明多了,米达斯国王!"陌生人严肃地看着他说,"我看出来了,你的肉心还没有完全变成金的。要真的变了,你就没救了。你还能够懂得最普通的事情,每个人心里的财富比许多人叹息着挣扎着去追求的金子要好得多。告诉我,现在,真的愿意放弃你的点金术吗?"

"我恨它!"米达斯回答。

一个苍蝇落在他的鼻尖上,马上就掉到地板上了,因为它已变成金的了。米达斯发抖了。

"那就去吧,"陌生人说,"把你自己泡在流过花园的那条河里,然后打一瓶水,洒在那些你希望它变回原来面目的东西上。如果你真有诚心而且是严肃的,这样做可能会弥补你的贪心带来的灾害。"

米达斯国王深深地鞠了一躬,当他抬起头来时,那发光的陌生人已经不见了。

你很容易地会想到,米达斯一刻也不停留,抓起一个土罐(唉!在他碰到它以后就不是土罐了),急忙跑到河边去。在他急匆匆地穿过那些灌木叶时,眼看着枝枝叶叶都在他身后变成了黄色,好像秋天到了这儿,别处却还都没有,真是神奇的景象。刚到河边,他就一头扎了进去,连鞋都来不及脱。

"噗!噗!"米达斯从水面浮出来,吹着鼻子,"好,这真是畅快的沐浴,我想该把点金术洗掉了吧。现在来装满我的罐子!"

他把罐子浸到水里,眼看着它从金子又变回他触摸它以前的那个又纯朴又诚实的泥土的罐子,心里真是高兴极了。他也意识到自己身体里面的变化。那种冰冷、坚硬又沉重的压力离开了他的胸膛。无疑地,他的心已经逐渐遗失了人性,逐渐变成了无感觉的金属,现在又还原为血肉。米达斯看见河岸上一株紫罗兰,就用手去摸它,这艳丽的花还保持着它的深紫色,没有变成黄金,这真把他乐透了。点金术的魔咒真已经离开了他。

我想,那些仆人看见他们高贵的主人小心地提着一个装满了水的土罐,一定不知道这是为什么。而那水,能够把他的愚蠢所造成的灾害全部洗去,对米达斯来说,真比一整个海洋的融化了的金子还要宝贵。他赶回宫去,第一件事就是,用不着告诉你们就知道了,一捧捧把水洒在小金菊的金像上。

水刚洒上,你们就可以高兴地看见玫瑰花的颜色来到亲爱的孩子的颊上——她开始打喷嚏——当她看见自己全都湿了,父亲还往她身上浇着水,她是多么惊奇!

"别浇了,亲爱的父亲!"她叫道,"你把我的漂亮外衣都弄湿了,这是今天早上刚穿上的!"

小金菊不知道她曾变成了一座金像,从她伸开两手跑过去安慰米达斯的那一刻起,她什么也不记得。

她的父亲没想到,该把自己过去是多么愚蠢告诉他最爱的孩子,却满足于表现自己现在是多么聪明。为了这一目的,他把小金菊领到花园里,把剩下的水全都洒到玫瑰花瓣上,五千朵玫瑰花都恢复成了美丽的花朵,那效果真是非常之好。在国王米达斯以后的一生中,有两种情形使他想起点金术。一种情形是河边的沙子闪亮得像金子;另一种情形是,小金菊的头发有一层金色的光彩,这是在他一吻把她变成金像以前他所没有注意到的。

米达斯国王年老了时,常把小金菊的孩子放在膝上摇着,他很乐意把这神奇的故事讲给他们听,比我讲的好听得多了。他常摸着他们光亮的鬈发,告诉他们,这头发有着金光,是从他们的母亲那里继承来的。

"告诉你们实话吧,我的小宝贝们,"米达斯国王加紧摇着他们,"就从那天早上,我憎恨一切金子,只除了你们头发的金色!"

译自霍桑《奇异的书》,1956 年

拉帕其尼的女儿

[美国]纳撒尼尔·霍桑

多年以前,一个名叫乔万尼·古斯康提的青年,从意大利南部地区来到帕都阿大学求学。乔万尼囊资不丰,在一座古旧的大厦高层租住了一个阴暗的房间。这座大厦看来堪配作为帕都阿贵族的宫殿,事实上,大厦门口便展示着一个家族的族徽,这家人早已绝嗣。年轻的异乡人对祖国的伟大诗篇不无研究,记起了这个家族的祖先之一,或就是这座大厦的主人,曾被但丁描写为他的地狱中的永恒受难者。这些记忆和联想,还有年轻人初次背井离乡引起的伤心,使得乔万尼看着这凄凉的陈设简陋的房间时,发出了沉重的叹息。

"圣母啊,老爷!"利沙贝塔老婆婆叫道,年轻人俊美出众的人品打动了她,她正好心地尽量把房间收拾得可以住人,"年轻轻人怎么打心眼儿里这么叹气!你觉着这所老房子阴沉沉的,对不对?老天保佑,那你就把头伸到窗外去,你会看见明亮的阳光,就跟你才离开的那不勒斯一个样!"

乔万尼机械地照老婆婆的劝说探首窗外,却不能同意帕都阿的阳光像意大利南方一样令人欢悦,不过不管怎样,这阳光还是洒落在窗下的一个花园里,抚育、滋养着各种各样的看来是精心培养的植物。

"花园也属于这座房子?"乔万尼问。

"老天不容,先生,除非是比现在长的这些东西好的能结果的盆花。"老利沙贝塔答道,"不是的。那花园是加考莫·拉帕其尼先生亲手经营的,他是个有名的医生,我敢说,像那不勒斯这么远的地方也听说过他!人家说他用这些草做成的药像符咒一样灵验。你会常看见医生老爷干活,有时碰巧也能瞧见那位小姐,他的女儿,掐花园里的那些奇怪的花儿。"

老婆婆已经尽她的力量把房间收拾像样,然后把年轻人交给神明佑护,离开了。

乔万尼仍兴致盎然地俯视着窗下的花园。从园容看来,他判定这是一个植物园。帕都阿出现这种植物园,比意大利别的部分或世界上任何地方都早,或者,它很可能本来就是一家望族的游憩之地,因为园中央有一座大理石喷泉的废墟,雕工精巧罕见,可惜已经颓败,从残存的这些凌乱的断石剩瓦简直看不出原来的模样。泉水则依旧欢乐地喷射,在阳光里闪闪发光。轻轻的玎玦声直送进年轻人的楼窗,使他觉得这泉水像个不朽的精灵,不管人世沧桑,总是在不停地歌唱。人们在一个世纪里造起了大理石喷泉,又在另一个世纪里把这易逝的装饰物打碎在地。在泉水落进的池塘周围,各种植物丛生,巨大的叶子似乎需要很多水分,有些花朵娇艳非常。特别是一株灌木,种在池塘中央的一个大理石花盆中,深红色的繁花盛开,每一朵花都好像红宝石一样闪着光辉;整个的树是这样光华灿烂,好像就是没有阳光的话,也能照亮全园。每一寸土地都种了各种各样的植物,虽然不都那么艳丽,却全都有着精心照顾的标记,似乎培育它们的那个科学的头脑熟悉它们各自的价值。有的种在雕满古老花纹的瓮罐里，有的种在普通花盆中，有的像蛇一般爬在地上，或不管搭上什么就攀绕上去，一直爬得很高。有一株植物缠绕在一个维纳斯雕像上，藤蔓披拂，形成了一幅绿叶的帷幕，把雕像遮盖起来，安排得恰到好处，简直可以作为雕刻家的研究的对象。

乔万尼站在窗前，听见在绿叶的屏障后面窸窣作响，知道有人正在花园里工作。这人很快就出现了。他不是普通的园丁，他高高的个子，憔悴黄瘦，面带病容，穿着一件学者的黑色长袍。他已过中年，灰白的头发，稀疏的灰白的胡须，一张脸表现出非凡的智慧和教养，但是这张脸也从来不可能会显露出多少内心的温暖，即使在他青春的年代里，也不会例外。

这位科学的园丁无比专心地检验着路旁的每株花木，似乎正在看穿花木的最内在的本质，观察出它们的形成因素，去发现为什么这一片叶子形状是这样，而另一片却是那样，以及各花朵的颜色和香味各异的原因。尽管他对植物的生命有这样深刻的了解，他们之间却没有点亲近的意思。相反，他小心翼翼地不去碰它们，也避免直接吸进花香。这种谨慎使得乔万尼感到极不舒服，因为只有走在邪恶势力之中的人才有这种举止，就好像周围都是猛兽、毒蛇或什么妖魔鬼怪，只要稍一疏忽，就会大祸临头。年轻人看到这人收拾花园时如临大敌的神态，感到一种奇异的恐怖。园艺本是人类劳动中最纯朴无邪的，曾是人类的双亲谪降前的欢乐与工作。那么，这座花园是否就是现实世界的伊甸园？而这个人，对他亲手种植的东西如此深知其害——他是否就是亚当呢？

这个满怀戒心的园丁，去除枯叶、修剪余枝都戴着厚厚的手套。这还不是他唯一的甲胄。当他走过花园，靠近大理石喷泉旁边那棵缀满大红花朵的华丽植物时，他戴上一种遮盖口鼻的类似面具的东西,似乎这一切的华美不过是在掩饰致命的剧毒。可是他还是觉得太危险了,他向后退,除掉面具,大声叫起来,但是声音发颤,好像是个为隐疾所苦的病人。

"碧阿蒂斯!碧阿蒂斯!"

"我在这儿,父亲。您要做什么?"对面房子的一扇窗里飘出了丰满的年轻的声音。那声音就像热带的落照一样丰富,而且乔万尼不知为什么联想到紫的或深红的绮丽颜色和浓郁的、好闻的香气。"您是在花园里吗?"

"是的,碧阿蒂斯,"那园丁回答,"我需要你帮忙。"

在那雕刻的拱门下面,很快出现了一个少女的身形,她正当妙年,娇艳无比,真可谓皎若太阳之升朝霞,灼如芙蕖之出绿波,一切是这样恰到好处,简直不能有一分增减。她青春焕发,神采流动,而处女的衣带紧紧束住了这一切,使那溢出的活力全都就范。但乔万尼向花园里望去时,还是觉得毛骨悚然,因为这美丽的陌生的姑娘给他这样的印象,就好像她是另一朵花,是那些植物的人类姊妹,比它们中最浓艳的还要美,但也只能戴着手套去摸,不戴面具不能走近。在碧阿蒂斯走下花园小径时,可以看见,她触弄一些植物,吸进它们的香气,而那正是她父亲所谨慎避开的。

"这里,碧阿蒂斯,"她父亲说,"看看我们主要的宝物需要多少照料吧,可我已是风烛残年了,要是按情况需要的那样走近它,我就会送命。因此,恐怕这株植物必须由你一人照管了。"

"我很高兴照管它。"那女郎的丰满的声音说道,她向那株大灌木弯过身去,张开两臂,好像要拥抱它,"是啊,我的姊妹,我的光辉,护理你,服侍你,将是碧阿蒂斯的责任了。而你得用你的亲吻和芬芳的呼吸报答她,那在她就是性命呢。"

然后，她言语里强烈流露出来的柔情全都表现在动作里了。她忙碌着，操作如此细致谨慎，看来这株植物就要求这样。乔万尼站在高高的楼窗前，揉揉眼睛，他几乎弄不清这究竟是一个姑娘在照管她心爱的花，还是一个姊姊在向妹妹施以爱抚的责任。这一幕很快结束了。也许是拉帕其尼已经干完了园中的活，也许是他那警惕的目光发现了陌生人的脸孔，他挽着女儿的手臂，走开了。暮色渐浓，园中闷人的浓香偷偷飘进那开着的窗。乔万尼关上窗户，躺在睡榻上，梦着一朵颜色艳丽的花和一个姿容绝代的姑娘。花和少女不同，但也有相同处，那就是在各自的形体里都蕴含着一种奇异的危险。

日落以后，在黑夜的阴影或朦胧的月色里，想象甚至是判断，会发生错误，但是晨曦的力量可以把它们纠正过来。乔万尼醒来后的第一个动作就是猛地推开窗户，注视着那座花园。在梦中，那花园是多么神秘啊。第一道阳光把叶子和花朵上的露珠染成了金色，赋予了每一株奇花异草一种更光明的美，把一切限制在日常范围里。事情是那样真实，那样平淡无奇，使他很觉惊异，又有些羞愧。年轻人高兴的是，在这荒芜城市的中心，他有特权俯瞰这风光明媚、花繁叶茂的植物园。他对自己说，这是使他和大自然保持联系的一种象征性的语言。现在，看不见那病弱的、思虑过度的拉帕其尼教授和他容光照人的女儿。这是真的，所以乔万尼不能确定，他认为这两人不同一般，究竟是事实如此还是由于他活泼的幻想所致。但是他倾向于对整个事情采取最理智的态度。

白天，乔万尼带着介绍信去拜访彼埃德罗·巴格里奥尼先生——大学里的一位药物学教授，也是一位享有盛名的医生。教授年事已高，性情和蔼，照他的脾气说来，可以算是个乐天派。

他留年轻人吃晚饭,谈话生动活泼,自由自在,尤其在喝了两杯杜什干酒之后,他显得更惬人意。乔万尼想,住在一个城里的科学家彼此一定熟悉,便找个机会提起了拉帕其尼医生,但是教授的反应并不像他所预期的那样热心。

"拉帕其尼技巧卓越,受到应有的尊重。如果不同意对他的称誉的话,"巴格里奥尼回答乔万尼的问题时说,"对于我这样一个从事药物学这门神圣艺术的教师来说,不大合适。但是另一方面,我的回答不能有负良心,不能让你这样有为的青年,我老朋友的儿子,对一个日后可能会偶然掌握你的生死的人有着错误的见解。真实情况是,尊敬的拉帕其尼医生有深厚的科学造诣,像帕都阿,也许像意大利的任何一位大学教授一样(或者有一个例外)。但人们对他职业上的性格却颇有烦言。"

"是些什么呢?"年轻人问。

"我的朋友乔万尼是身体还是心上得了病,以至这么好打听医生们的事?"教授笑道,"至于拉帕其尼,人们都说他关心科学远远超过关心人类。病人对他说来只是一些新实验的对象而已。为了给他的知识之山增添一粒芥子,他情愿牺牲人的生命,包括他自己,或者任何他最亲爱的人。"

"我想他确是个可怕的人。"乔万尼说,回想起拉帕其尼那冷漠和纯理性的态度,"不过,尊敬的教授,那不是一种高尚的精神吗?能够这样超越世俗地热爱科学的人并不多吧?"

"上帝不允许的。"教授回答,有点儿不耐烦,"至少,那些热爱科学的人对医疗这门艺术的看法总得比拉帕其尼健全一些。他的学说是:全部医药的功能都在我们称之为植物毒素的物质里。他亲手栽培有毒植物,据说甚至培植出了新品种,其毒性可怕地超过了大自然本来会给世界带来的一切危害。不能否认,

109

医生先生用这些危险物质所造成的灾难,比预期的要少,有时他也做到了起死回生,或者说,似乎如此。可是,乔万尼先生,我对你是推心置腹的,这种成功的事例多出偶然,他不该因此受到称赞,而他对治疗的失败却责无旁贷,因为可以公正地说,那正是他自己的工作。"

如果这位青年知道在巴格里奥尼和拉帕其尼之间久已存在着职业上的矛盾,而且一般说来后者占上风,那他在听前者的意见时,就会大打折扣。要是读者倾向于自己做出判断的话,我们推荐他查看保存在帕都阿大学医疗系的于双方都不利的文件。

"最博学的教授,我不知道,"乔万尼想了一下刚刚说起来的拉帕其尼的排除一切的科学兴趣,回答说,"我不知道这位医生热爱他的艺术到何等地步,但对他来说,确有比科学更亲的东西,他有一个女儿。"

"啊哈!"教授叫了一声,大笑起来,"我们的朋友乔万尼这就泄露了秘密。你听说这个女儿了。她疯魔了帕都阿所有的青年,虽然没有几个人曾有幸亲睹玉颜。据说她深得拉帕其尼的衣钵,所以她不只像传言那样年轻貌美,而且已足有资格坐上教授的交椅了。也许她父亲就是安排她来坐我这一把吧!别的我就不知道了。还有些无稽的谣言,不值一谈也不值一听。所以,乔万尼先生,现在把甜酒干掉吧。"

乔万尼回住处时已经略有酒意,以致他满脑子尽是关于拉帕其尼和美丽的碧阿蒂斯的离奇的幻想。他偶然路过一家花店,就买了一束鲜花。

上楼到他的房间后,他坐在窗前靠墙的阴影里,这样,他可以俯视花园而不用担心被发现。他眼底是一片寂静。那些奇怪的植物正浴着阳光,不时地彼此轻轻颔首,似乎在承认大家都是同类,并互表同情。在花园中央,那颓败的喷泉边,长着那棵大灌木。满挂着红宝石样的花朵,光华夺目。这种光辉浸进池水,又从深处反射回来,池里充满了绮丽的色彩,好像都要溢出来了。最初,我们已经说过,花园中阒无一人。可是不久,乔万尼又是希望又是害怕的情况出现了,一个身影出现在那古老的雕刻的拱门下,从一行行花木中走了下来,她吸着各种各样的花香,似乎她是古代传说中一个靠馥郁的香气为生的精灵。在又见到了碧阿蒂斯时,年轻人看出她的美貌远胜于他记忆中的形象,觉得很是惊异,她的美貌的特点是这样明亮,这样生动,以至她在阳光里也闪耀光辉。而且,正如乔万尼喃喃自语的,她毫无疑问地照亮了园中小径树荫遮满的段落。她的脸比前一次看得清楚,脸上纯真甜蜜的表情,使乔万尼大为震动,他从未想过她的性格是这样的,但这纯洁的表情使他又想问一问,她是否属于尘世人间。他再次发现,也许是想象,这美丽的姑娘和那一棵华美的大灌木有着相似之处,那一树繁花,红宝石一样熠熠发光,悬照在喷泉之上。而由于碧阿蒂斯选择衣饰的式样和颜色颇多奇想,使得这种相似更为显著。

走近那棵树时,她热情地张开两臂,拉下树枝,亲密地拥抱它。大树繁茂的枝叶遮住了她,她的鬈发也和花朵交缠在一起了。

"给我你的呼吸吧,我的妹妹!"碧阿蒂斯叫道,"平常的空气使我头昏,给我这朵花吧,我要轻轻摘它下来,放在我贴心的地方。"

拉帕其尼的美丽女儿一面说着,一面在那一树红云中摘下了一朵鲜花,正要别在胸前。而这时,莫不是乔万尼因为酒意而产生了错觉,发生了一件怪事。一个橘黄色的小爬虫,蜥蜴或变色龙一类的东西,偶然顺着小径爬过来,正好到了碧阿蒂斯脚边。乔万尼看见似乎是从折断的花枝上流下一两滴汁液,落在蜥蜴头上,它登时拼命地扭来扭去,然后就躺在阳光中一动不动了。碧阿蒂斯发现了这奇怪的现象,悲伤地在自己身上画着十字,可一点不惊异,也毫不犹疑地还是把那朵花放在胸前。那花朵在她胸前更加艳丽,几乎像宝石一样使人眼花缭乱,给她的衣饰和风度增添了恰到好处的魅力,世上没有任何别的东西能做到这一点。但是乔万尼从窗棂的阴影中探身出去,又缩了回来,一面发抖一面自言自语。

"我醒着吗?神志清楚吗?"他对自己说,"这是什么东西,我该叫她什么?是绝代佳人还是无法形容的恶魔?"

这时,碧阿蒂斯潇洒飘逸地走过花园,来到乔万尼窗下。乔万尼的好奇心是这样强烈和令他痛苦,他不得不从藏身的地方探头出去。就在这一刹那,有一只漂亮的小虫飞过园墙。它也许曾漫游全城,在那人烟密集的红尘中找不到姹紫嫣红、青草绿树,拉帕其尼医生花园中的浓香把它引了来。这有翅膀的小亮点没有停在花朵上,而似乎被碧阿蒂斯吸引住了,它在空中,绕着她的头拍着翅膀。现在,除了乔万尼·古斯康提的眼睛欺骗他,再没有别的可能了。尽管如此,正当碧阿蒂斯带着稚气的欢喜注视着这小虫,他似乎还是看到,小虫渐渐昏厥了,落在她脚下,光亮的翅膀颤抖着。它死了——他找不出原因,除了她的呼吸之外。碧阿蒂斯又在自己身上画着十字,她俯身看那小虫,发出一声深深的叹息。

乔万尼不觉动了一下,使得她向楼窗看去。她看见了一个青年的俊秀容颜,与其说像意大利人,毋宁说更像希腊人,轮廓端正美好,鬈发像金子一样灿烂生光,他仿佛是空中飞翔的精灵,在俯视着她。乔万尼不知不觉把一直握在手中的花束扔了下去。

"小姐,"他说,"这些纯洁的鲜花,请为乔万尼·古斯康提而佩戴吧。"

"谢谢,先生,"碧阿蒂斯回答,她那声音如同回响的音乐,脸上的表情是欣喜的,带着稚气和少女的娇羞,"我收下你的礼物,还想用这朵宝贵的红花回报你,但是我扔不到你那里,所以古斯康提先生只好满足于我的感谢了。"

她从地上举起那束花,然后,好像是因为背离了少女的矜持去回答一个陌生人的致意而暗自羞愧,轻盈地穿过花园回家了。但是不过一会儿工夫,当她在雕刻的拱门下就要消失的时候,乔万尼似乎看到,她手中的那束花已经开始枯萎了。这是无稽的想法,离得那么远,不可能分辨花朵是在盛开还是在凋谢。

这件事发生后,年轻人好几天都避开能看到拉帕其尼花园的那扇窗,好像要是误看一眼,就会有什么丑怪东西把双目刺瞎似的。他很清楚,由于和碧阿蒂斯的攀谈,他已在一定程度内把自己置于一个神秘力量的影响下了。如果他的心确实处于危险境地,上策是,立刻搬走,并且离开帕都阿;中策是,尽可能使自己习惯于正常地、健康地看待碧阿蒂斯,把她视同普通事物,而不要想入非非;下策是,一方面避免见她,却又留在这个非凡生物的近旁,近邻的身份和来往的可能可以使他不断产生的奇思异想变得实际些。乔万尼没有深厚的感情,或至少它的深度现在没有测量过,但他有敏捷的想象和时刻都升高到火炽状态的热烈的南方脾气。碧阿蒂斯那致命的呼吸和她与那美丽的死亡之花的亲近表明她有着可怕的禀赋,这是乔万尼所目睹的。不管她是否真的具有这些禀赋,至少她已经把一种猛烈而微妙的

113

毒药灌输到他身体内部了。这毒药并非爱情,虽然她的绝艳使他疯狂;也不是恐怖,尽管他想象那充满她肉体的毒素也渗透了她的灵魂。那是爱情与恐怖两者任性的产物,两者都是原因,它像爱情一样燃烧,像恐怖一样发抖。乔万尼不知道怕什么,更不知道希望什么。而希望和恐惧在心中持续斗争,交替出现,一切单一的感情是有福的,不管它们是黑暗还是光明。正是两者惊人的混合才引起地狱的通红的火焰。

有时他在帕都阿大街上或城门外疾步行走,来缓和他精神的紧张,他的脚步合着思想的节拍,越来越快,后来简直像跑一样。一天,他发现自己给逮住了。一个魁梧的人抓住他的手臂,这人认出了年轻人,转身走回来,为了追上他弄得上气不接下气。

"乔万尼先生!停停,我年轻的朋友!"他叫道,"你把我忘了吗?要是我像你这么变样,那倒真会忘了。"

这是巴格里奥尼。他们初次会面后,乔万尼怀疑教授的聪明才智会洞察他的秘密,就避免会见他。他一面努力恢复常态,一面从内心深处狂野地瞪着外界的这个人,说起话来如在梦中。

"是的,我是乔万尼·古斯康提。你是彼埃德罗·巴格里奥尼教授。现在让我走吧!"

"还不行,还不行,乔万尼·古斯康提先生,"教授微笑道,同时以热切的眼光审视着这青年,"什么!我和你父亲不是总角之交么!在帕都阿古老的大街上,他的儿子就这样像个陌生人似的从我身边走过去?好好站着,乔万尼先生,我们分手以前得说上一两句话。"

"那就请快些吧,最尊贵的教授,快一些。"乔万尼带着狂热的烦躁说道,"阁下没有看见我有急事么?"

正在他说话的时候,街上走过来一个黑衣人,曲背弯腰,行动费力,似乎身体很坏。他满面病容,气色难看,但浑身上下都表现出敏锐的、活跃的智慧,旁观者很容易忽视这身体的状况,而只看见那了不起的力量。这人走过时,和巴格里奥尼冷淡疏远地打了个招呼,却专心致志地盯住乔万尼,好像要把他内在的值得注意的东西全都看出来。不过,他的眼神带有一种特别的平静,似乎他对这青年感兴趣并不在于他是个人,而仅只在于他是个研究的对象。

"这是拉帕其尼医生!"陌生人走过去后,教授小声说,"他以前曾见过你吗?"

"非我所知。"乔万尼回答,那名字使他吃了一惊。

"他看见过你!他一定看见过你!"巴格里奥尼急促地说,"为了某种原因,这个科学家是在研究你了。你知道他这种神情!当他弯身俯视一只小鸟、一只老鼠或蝴蝶时,冷冷地照亮了他的脸的,就是这种神情。那些动物都是他为了做实验,用花香熏死的。这神情就像大自然本身一样深奥,但却没有自然的爱的温暖。乔万尼先生,我要用生命来打赌,你是拉帕其尼的实验对象之一了。"

"你是在捉弄我吗?"乔万尼激动地叫道,"教授先生,那可是个难对付的实验。"

"耐心些!耐心些!"沉着冷静的教授回答道,"告诉你,我可怜的乔万尼,拉帕其尼对你发生了科学的兴趣。你落在可怕的手里了!而碧阿蒂斯小姐——在这出神秘剧中她扮演着什么角色呢?"

但是乔万尼受不了巴格里奥尼的固执,拔脚就跑,教授一把没抓住,他已经跑远了。教授目不转睛地盯着青年的背影,摇了摇头。

"绝不能这样,"巴格里奥尼对自己说,"这年轻人是我老朋友的儿子,绝不能让他受到任何伤害,医药的奥秘是能保护他的。此外,拉帕其尼把这小伙子从我手中夺去做他那万恶的实验,实在是无礼到令人忍无可忍了,我可以这么说。还有他那女儿,得留心!也许,最有学问的拉帕其尼,你做梦也想不到我会使你的实验成为泡影!"

这时,乔万尼绕着弯路,终于跑到住所门口。他进门时遇见老利沙贝塔,她堆起一副笑脸,显然是要引起他注意。可是没有成功,因为他那爆发的感情暂时冷却下来,停滞了,神情茫然若失。他的目光正对着那张枯皱的在努力做出一副笑容的面孔,可是视而不见。那老婆子就一把抓住他的斗篷。

"先生!先生!"她悄声说,整个面孔仍然堆满笑容,看来活像一个年久发黑的奇形怪状的木雕,"听着,先生!那花园有一个别人不知道的门!"

"你说什么?"乔万尼大叫一声,飞快地转过身来,好像一个没有生气的东西居然开始进入火热的生活,"通向拉帕其尼医生花园的秘密的门?"

"嘘!嘘!别这么大声!"利沙贝塔悄声说,用手掩住他的嘴,"是的,通向这位尊贵医生的花园,去看他那些好花木。为了能置身在那些花朵儿中间,帕都阿有多少年轻人愿意拿出金子来!"

乔万尼把一块金币放在她手里。

"带路吧。"他说。

和巴格里奥尼的谈话使他怀疑老利沙贝塔的插入可能和某种计划有关,不管它的性质如何,根据教授的看法,似乎正是拉帕其尼博士在策划把他拉进去。疑心虽然使乔万尼不安,却不能制止他去。在他知道有可能接近碧阿蒂斯的一刹那,似乎他生存的全部需要就是去接近她了。她是天使还是恶魔都没有关系,他是无可挽回地被她圈住了,他还不得不遵守那像旋风一样卷住他向前进的规律,圈子越转越小,其结果是他不打算揣测的。不过,奇怪的是,他忽然怀疑他这方面的深情是否全属虚妄,它是否真是如此深刻强烈,足以使他陷于这样难以捉摸的处境,是否它仅只是年轻人头脑里的幻想,和感情联系极少或竟全无联系。

他停下来,迟疑不前,半转回身,但还是又向前走了。他那衰老的向导引他穿过几条阴暗的街巷,最后打开一扇门。门一打开,就出现了满目葱茏的景象和叶子窸窣作响的声音,零乱的阳光闪耀在它们中间,藤蔓缠绕、枝须丛生的灌木遮住了这个隐蔽的入口。乔万尼举步向前,努力穿了过去,站在了拉帕其尼花园的开阔的空地上,恰在他自己的窗下。

情况往往是这样,原以为是做不到的事已经做到了,梦想的迷雾逐渐凝聚为可以捉摸的现实,这时,本来以为会感到疯狂的欢乐或痛苦,我们却会发现自己是平静的,甚至是冷淡的镇定自若。命运总是喜欢这样和我们过不去。热情自己随时可以出现,而遇见足以召唤它的事件时,它却停滞不前。日复一日,他盼着和碧阿蒂斯会见,面对面地站在一起,就在这座花园里,沐浴着她的美貌的东方色彩的光辉,从她的注视里了解他自己的生存之谜。每想到这做不到的事就使他热血沸腾,脉搏加速。但是现在他却处之泰然,未免有点儿特别和不是时候。他环视四周,看看碧阿蒂斯或她的父亲在不在,知道自己是独自一人时,就开始用批判的眼光观察那些植物。

所有这些植物的外表都使他不满,它们硕大无朋,看起来很凶猛、强烈,甚至不自然。游人在其中漫游时,每一棵都会吓他一跳,因为它们都长得那样野,好像一个个怪脸从榛莽中瞪视着。有一些的外表很是矫揉造作,显示出它们是好几种植物杂交而成,是淫邪的表现,会使生性脆弱的人大为震惊。它们已不是上帝的创造,而是人的堕落幻想的可怕贡献,只有着对美的恶意嘲笑。它们可能是实验的结果,也有一两种情况是把本来天性高尚的植物混合成有问题的不祥杂种,使得这座花园与众不同。最后,乔万尼在这份收藏中认出了两三种他所熟知的毒药。他正忙于思索的时候,听见了绸衫窸窣。他转过身来,看见碧阿蒂斯出现在雕刻的拱门下。

乔万尼没有考虑过应该采取什么态度,是应该为擅入花园而道歉呢,还是假定自己的到来即使不是出于拉帕其尼医生或他女儿的愿望,至少是得到了他们的默许。但碧阿蒂斯的态度使他不再拘束,虽然他仍是满腹狐疑,不知是谁帮助他获准进园。她轻盈地走下花径,在颓败的喷泉那里和他相遇。她颇为惊异,但是一种纯真善良的快乐表情照亮了她的脸。

"你是个花的鉴赏家,先生,"碧阿蒂斯微笑道,暗指他从窗中扔给她的花束,"所以如果是我父亲的珍藏把你吸引来,以便就近观赏,这是很自然的。如果他在这里,他会告诉你许多关于这些植物的性质和习惯的奇妙有趣的事。因为他毕生钻研这项学问,而这花园就是他的世界。"

"而你自己,小姐,"乔万尼说,"如果名不虚传,你是精通这些奇香艳姿的功效的。如果你肯屈尊指导,我一定比受教于拉帕其尼先生本人还学得好。"

"有这些闲话吗?"碧阿蒂斯问,发出音乐般的快乐笑声,

"人们说我精通我父亲的植物学吗？多有趣！不是的，虽然我在这些花丛中长大，我只不过知道它们的颜色和香味罢了，有时我甚至连这点儿知识也不想要。这里有许多花我一见就害怕讨厌，它们也并不是不好看。但是先生，请不要相信这些关于我的传说。关于我，除了你亲眼见到的，什么也不要信。"

"我亲眼见到的就得相信吗？"乔万尼有所指地问，想起了前几天使他发抖的情景，"不，小姐，你对我的要求太少了。让我这样吧，除了你亲口说的，什么也不要信。"

看来碧阿蒂斯懂得了他的意思，脸颊深深地晕红了。但是她正视着乔万尼的眼睛，对他那不安的、猜疑的目光，回报以皇后般的高贵和尊严。

"我就这样请求你吧，先生，"她回答道，"关于我，无论你曾怎样想，都请忘掉吧。即使对外在的感觉是真实的，其本质仍然可能虚假。但是你可以相信，出自碧阿蒂斯·拉帕其尼之口的话语，是发自她内心深处的。"

热烈的情感使她整个人发着光彩，照亮了乔万尼的意识，就好像真理本身一样。但是在她谈话时，周围弥漫着阵阵奇香，芬芳郁烈，沁人心脾，虽然并不持久，还是使得年轻人出于一种莫名其妙的恐惧而几乎不敢呼吸。也许这是花香吧。碧阿蒂斯的话语似乎是出于真心，有着一种奇异的力量，也可能是她那芬芳的呼吸使然吧？乔万尼感到一阵晕眩，不过一会儿就好了。他似乎从这位美貌姑娘的眼睛里看到她透明的灵魂，他不再怀疑、害怕了。

碧阿蒂斯神态中所显示出来的激情消失了，她快活起来，就像生活在孤岛上的姑娘遇见了来自文明世界的旅客一样，她因和年轻人谈话而感到衷心欢愉。她的人生经验明显地局限在这花园之内。她一会儿谈着像日光和夏天的云那样简单的事,一会儿问着城市里的生活,问到乔万尼远方的家,他的朋友、母亲、姊妹。这些问题显示出她是这样与世隔绝,对生活的各种方式都一无所知,使得乔万尼如对婴儿。她的精神在他面前喷射出来,如同清泉乍涌,初沐阳光,他对反映在她胸怀中的大地晴空都惊异不置。她思想的来源是深刻的,她那珠玉璀璨的奇思妙想,如同喷泉中喷出的串串水珠,闪耀着钻石、宝玉的光辉。年轻人不时有一种奇异的感觉,他竟和这魂牵梦绕的人儿并肩而行,他曾以如此恐怖的眼光看待她,并曾亲眼看见她那可怕禀赋的表现——而现在他竟像兄弟一样和她交谈,发觉她是这样合乎人情而又女孩儿气。但是这反应只不过是暂时的,她的特点的力量是这样真实,不会不马上看到。

他们随意谈着,漫步穿过花园,转过曲径,来到那倒塌了的喷泉边,近旁便是那株庞大的灌木。一树繁花,流光泛彩,树下香风弥漫,乔万尼觉出了那和碧阿蒂斯的气息是一样的,但是更为浓烈。乔万尼见她目光一触到这株树,立即把手放在胸前,好像她的心忽然痛苦地抽动了。

"我平生第一次,"她向树木喃喃说道,"忘记了你。"

"我记起了,小姐。"乔万尼说道,"为了我斗胆献在你脚下的那束花,你曾许诺过回报我这些有生命的宝石。请允许我采一朵,作为我们这次会面的纪念吧。"

他向前迈了一步,把手伸向那棵树木。但这时碧阿蒂斯一声尖叫,像离弦的箭一样跳上前来,这声叫喊像匕首似的穿透了他的心。她抓住他的手,用她窈窕身材的全部力量把它拉了回来。乔万尼觉得她的接触使他全身震颤,毛骨悚然。

"别碰它!"她叫道,声音里充满了痛苦和不安,"千万别碰它！这是致命的！"

然后，她掩住面孔跑开，在雕刻的拱门下消失了。乔万尼目送着她，这时，他看见了拉帕其尼那瘦削的身影和苍白的面容。拉帕其尼在园门的阴影里，一直在观察着这一幕，不知已经多久。

古斯康提在自己的房间里独自一人时，立刻热情奔放地只想着碧阿蒂斯。从他第一次看见她，她的形象一直笼罩着一层魔法般的色彩，而现在却充满着少女的温柔情意。她是人，她的天性有着女性的一切温柔气质，她是值得崇拜的。在她那一方面，她确实能够达到爱情的高峰，具有爱情的英雄主义。他一直认为是证明了她灵肉双方的可怕畸形的那些迹象，现在他或是忘记了，或是由于热情的微妙原因，倒成为一顶有魅力的金冠，使得碧阿蒂斯更为独一无二，也更可爱慕。过去视之为丑的现在都变成了美——如果变不成的话，它就隐藏到那些无形的不成熟的念头里去了，那些念头在意识之光照不到的阴暗领域里拥挤着。他冥思苦想，彻夜不眠，直到黎明唤醒了拉帕其尼花园中沉睡的花朵，他才入了梦乡，而那花园，无疑是他梦魂必到之处。太阳照常升起来了，阳光照上了年轻人的眼帘，他醒过来，觉得一阵痛楚。他起身后，知道这种烧灼的刺痛是在他手上——右手——就是他要折取那宝石般的花朵时，碧阿蒂斯抓住的那只手。手背上的紫印很像四个纤指留下的，手腕上是纤细的大拇指的痕迹。

啊，爱情是多么顽强啊，甚至那种只是在想象中徜徉，全未在心里生根的、狡狯的、似乎是爱情的感情，也能顽强地具有信心，直到它注定要烟消云散的时候。乔万尼用手帕包起手，奇怪着是什么坏东西螫了他，很快就在对碧阿蒂斯的回忆中，忘掉了自己的疼痛。

第一次会面以后,第二次是注定不可避免的了。第三次,第四次,然后在乔万尼的日常生活中,每天在花园里会见碧阿蒂斯,就不再是个偶然事件,而可以称之为他的全部生活,因为对那销魂时刻的期待和回想,占据了他一天的其余时间。拉帕其尼的女儿也是一样。她守候着这青年的出现,一见到他就飞到他身边,满怀信任,毫不矜持,好像他们从蹒跚学步时起就在一起游玩,青梅竹马,直到现在。如果偶然他没有按时赴约,她就站在窗下,把她那丰满甜蜜的声音送上去,它在他房间里围绕着他飘荡,在他心中震颤回响。"乔万尼!乔万尼!你怎么耽搁了?下来吧!"他马上跑下去,奔进那毒花遍布的伊甸乐园。

但是,尽管熟稔亲密,碧阿蒂斯的举止上仍然有保留,而且严峻不可更改,使得乔万尼几乎从未想到过要有所侵犯。他们相爱着,用一切可以理解的方法来表示。他们对望着,用眼神把灵魂深处的神圣秘密送进对方的心底,好像悄声低语都会玷污这秘密的圣洁。在那热情奔放的时刻,他们的精神爆发成有力的语言,好像那久久隐藏的火焰爆发成火舌一样。他们甚至也讲到爱情,但是他们没有亲吻、握手或是爱情所要求的最轻微的爱抚。他从未接触过一绺她那光亮的鬈发,在肉体方面,他们间的阻碍是这样显著,连清风也从未把她的罗衫吹起,拂在他身上。有很少几次,乔万尼试着想越过雷池,碧阿蒂斯就变得这样悲伤,这样严峻,脸上的表情是这样凄凉,不必任何言语表示拒绝,已足以使他不寒而栗。在这样的时刻,可怕的疑心就像妖怪似的从他心中升起,一直盯着他,使他大吃一惊。他的爱情犹如朝雾,淡薄了,消失了,只剩下了怀疑。但是当短暂的阴影消失后,碧阿蒂斯的娇容又光亮起来时,她马上不再是那他曾以畏惧、恐怖的心情观察过的、神秘可疑的精灵,而又是美艳绝伦、不更世事的少女。他觉得他的灵魂确切地了解这一点,而不必有任何其他的知识。

自从乔万尼那次会见巴格里奥尼后,已经过了一段相当长的时间。一天上午,巴格里奥尼教授来访,使他颇为惊异,也不怎么欢迎。好几个星期他几乎都没有想起过这位教授了,而且愿意忘记得更久。这段时间,他一直持续地处于兴奋状态中,除了完全同情他现在的感情的人,别的友伴他全不能忍受。而对巴格里奥尼教授是不能期望这种同情的。

客人随意说了些城里和大学里的闲话,就换了话题。

"我最近读了一部古典作品,"他说,"碰到一个故事,使我非常感兴趣,或许你也记得罢。讲的是一位印度王子,把一个美女作为礼物送给亚历山大大帝。她真是明媚若黎明,绚丽如落照。但使她特别与众不同的,是她的呼吸间有一种馥郁的香气——比波斯玫瑰园还要芳烈。年轻的统治者亚历山大,对这位陌生的美人一见倾心是很自然的。但是有一位学识渊博的医生恰好在场,发现了一桩关于她的可怕的秘密。"

"那是什么呢?"乔万尼问道,垂下了眼帘,避开教授的目光。

"这位美人,"巴格里奥尼加重语气继续说,"从一生下来就是用毒药养大的,毒药浸透了她的全身,使得她本人变成世界上的最致命的毒药。毒药是她生命的要素,她呼吸间的芳香甚至污染着空气本身。她的爱情也会是毒药——她的拥抱则是死亡。这不是一个神奇的故事吗?"

"幼稚的寓言,"乔万尼回答道,从椅子上神经质地跳了起来,"我奇怪阁下在严肃的研究工作中怎么有时间读这些无稽之谈。"

"顺便提一下吧,"教授说,不安地望着他,"你屋里有一种特别的香气,是什么香?是你手套上的香水吗?这淡淡的香味很好闻,不过闻起来一点儿也不舒服。要是我闻久了,准会生病。这像是花香,可你屋里并没有花。"

"一朵花也没有。"乔万尼回答道,教授说话时,他的脸色变得苍白了,"我认为,除了阁下的想象以外,也没有任何香气。气味,是感觉和精神组成的一种因素,很善于这样欺骗我们。想起了香气,仅只是这个念头,就很容易把它错认为现实了。"

"嗯,可是我的想象是清醒的,很少开这样的玩笑。"巴格里奥尼说,"并且,如果我幻想出来什么气味的话,那应该是一种难闻的药味,我手上似乎满是这种气味。我听说,我们尊贵的朋友拉帕其尼把他的药物熏染得比阿拉伯香料还浓烈。毫无疑问,才貌双全的碧阿蒂斯也同样会用药来对付她的病人,那药水如同少女的呼吸一样甜蜜。但是,喝那药水的人却遭逢了大不幸!"

乔万尼的脸上显出许多互相冲突的感情。教授提到拉帕其尼纯洁可爱的女儿时的语气,折磨着他的灵魂。可是这和他的看法截然相反的观点,却使得数以千计的可疑之点在刹那间清楚起来,它们像妖魔一样对着他龇牙咧嘴。但他还是努力压制着这些念头,以真正情人的那种彻底的忠诚来回答巴格里奥尼。

"教授先生,"他说,"你是我父亲的朋友,想对他的儿子友好或许也是你的目的。我对你只有尊重和敬仰。不过,我请求你注意,先生,有一个话题是我们必须避而不谈的。你不认识碧阿蒂斯,因此,你用这种轻率的伤人的话加之于她,你估计不出这有多冤枉——这是亵渎,我甚至可以说。"

"乔万尼,我可怜的乔万尼!"教授带着怜悯的平静表情回答,"我远比你更了解这不幸的姑娘。你会听到下毒者拉帕其尼和他的有毒的女儿的真实情况的。是的,她有多美就有多毒。听着,尽管你会对我这白发苍苍的老人有所不逊,我还是不能沉默。在妩媚的碧阿蒂斯身上,那印度女人的古老神话已经成为现实,这是拉帕其尼那深奥和致命的科学使然!"

乔万尼呻吟了一声,用手掩住了脸。

巴格里奥尼继续说道:"天然的亲子之情没有能约束住她的父亲,他把他的孩子用这样可怕的方式献作对科学的疯狂兴趣的牺牲品。我们说句公平话,因为他是个真正的科学家,好像连他自己的心都在蒸馏器里提炼过了。那么,你的命运将会怎样?无疑你是被选作新实验的材料了。结果可能是死亡,或许比死亡还要可怕。拉帕其尼,在他称之为科学的兴趣面前,是不顾一切的。"

"这是一场梦,"乔万尼喃喃自语,"这真是一场梦。"

"但是,"教授接下去道,"振作起来吧,世兄。挽救尚不为晚。我们甚至可能把她领回到正常世界中来,离开她那与世隔绝的状态,那是她父亲的疯狂造成的。请看这个小银瓶,它出自著名的本文托·西利尼之手,配得上作为一件爱情礼物送给意大利最美丽的姑娘。它里面的东西更是无价之宝,这种解毒药只要一小口就可以使波吉亚最毒的毒药失去作用。它对拉帕其尼的毒药无疑一样有效。把这小瓶和其中的药水献给你的碧阿蒂斯,满怀希望地等待着结果罢。"

巴格里奥尼把一个小巧精致的银瓶放在桌上,告辞了,让这番话自己去影响这年轻人的思路。

"我们还是会打败拉帕其尼的。"巴格里奥尼下楼时暗自欢喜,一面思忖着,"可是,我们得承认,他实在是个了不起的人,真是了不起。不过他行医时,却是个不足道的庸医,所以尊重医道中好的老规矩的那些人受不了他。"

乔万尼在与碧阿蒂斯的全部交往中,对她这个人阴暗猜疑的念头也曾偶然缠绕过他。然而,她的表现使乔万尼感到她是这么单纯、自然、深情而又清白无辜,这种印象是如此深刻,以至于巴格里奥尼描绘的形象看起来陌生而不可信,好像和他自己最初的看法并不一致似的。在他初逢这美丽的少女时,确实有过不好的印象,他不能完全忘记在她手中枯萎了的那束花,在浴满阳光的空气中死去的那个小虫,而除了她呼吸的芳香以外,又找不出任何别的可以看到的原因。这种事件,在她人格的灵光里消融了,失去了事实应起的作用。感觉所证实的那些具体的事情都被认作是错误的幻想,有些东西是比我们亲眼见到和亲手摸到的更为真实。靠了这种更好的证据,乔万尼对碧阿蒂斯满怀信任,不过这是她的高尚品质的必然力量使然,而不是由于他这方面具有慷慨宽容、根深蒂固的信心。但是现在,初期热情的升华使他的精神达到的高度不能再保持了,他垮下来了,匍匐在世俗的怀疑中,这就玷污了碧阿蒂斯洁白无瑕的形象。他并没有放弃她,他只不过是不信任罢了。他决定做一次令他满意的决定性试验,只要一次就可以决定,她肉体中究竟有没有那些可怕的特性,那些必然会有灵魂的畸形与之相应的特性。他从远处看,眼睛可能会欺骗他,所以才看到了那蜥蜴、飞虫和花朵的遭遇。但是如果他能在几步之内,目睹一朵鲜花在碧阿蒂斯的攥握中骤然枯萎,那就不必再问了。他这样想着,一面匆匆赶到花店,买了一束鲜花,花朵上还闪耀着早晨的露珠。

现在已经到他每天会见碧阿蒂斯的时候了。在他下到花园去以前,乔万尼没有忘记照照镜子——一个漂亮的青年总会有这点虚荣心的,但是在这困惑和焦急的时刻还表现出来,也是他感情肤浅、性情不真的迹象吧。他览镜自语,他的容貌从来没有像这样韶秀英俊,他的眼睛从来没有像这样活泼有神,他的双颊也从来没有像这样富有血色,显示着旺盛的活力。

"至少,"他想,"她的毒药还没有渗到我的身体之内。我可不是在她掌握中毁掉的花朵。"

他一面想着,眼光落到了那束花上,那是他一直握在手中的。他看到那些朝露浥然的花朵已经低下了头,鲜艳明媚已成过去,一阵无名的恐怖震撼着他全身。乔万尼苍白得像大理石一样,站在镜前一动也不动,只顾瞪视着镜中的自己,好像那是什么吓人的东西。他记起了巴格里奥尼提到过屋中弥漫的香气。他的呼吸一定是有毒的了!他想到这一点不由得毛骨悚然,因为他自己而毛骨悚然!他从木然的状态恢复过来,好奇地观察着一个在这古老屋檐上结网的蜘蛛。它来回编织着一幅艺术品,就像一直在古旧的天花板下晃着的蜘蛛一样,在积极起劲地干活。乔万尼弯过身去,向那小虫吐出一口深长的气。蜘蛛突然停止了工作,由于这小艺术家的恐怖,蛛网也颤抖起来。乔万尼又照它吹了一口气,更深更长,而且渗透了他发自内心的恶意。他不知道这是因为他已成为妖邪,抑或只不过是出于绝望。那蜘蛛拼命挣扎了一番,终于死去了,只剩下躯壳悬挂在窗前。

"受诅咒的人!受诅咒的人!"乔万尼喃喃地对自己说,"你已经变得这么毒了吗?一口气便让蜘蛛送了命!"

这时,一个丰满甜蜜的声音从花园里飘了上来。

"乔万尼!乔万尼!过了时间了,你怎么还不下来?下来吧!"

"是的,"乔万尼又喃喃道,"她是我的呼吸不会杀害的唯一的生物了!但愿如此!"

他冲下楼去,转眼就站在碧阿蒂斯明亮而深情的目光前了。一分钟以前,他的愤怒和绝望强烈到如此地步,以至于他简直希望一眼就能把她看枯掉。但是她本人的出现却产生着一种十分真实的影响,是他不能立即摆脱的。他记起了她那女性温柔宽厚的力量,常使他的心灵宁静,如从宗教里得到的一样;他记起了她的心灵多次神圣而热情地迸射,如同泉水深处涌出的清泉,纯洁明澈,展示在他的灵魂之前。如果乔万尼能够正确估价这些回忆,他会肯定一切丑恶的怪异不过是世俗的幻想,而且,不管是怎样的罪恶的纱幕笼罩着碧阿蒂斯,真正的碧阿蒂斯仍然是天上的安琪儿。他的感情纵然不够忠贞诚挚,但她的出现还是没有完全失去神奇的力量。乔万尼的愤怒平息了,神情麻木不仁。明敏的碧阿蒂斯立即感觉到在他们之间存在着黝黑的深渊,那是他或她都无法逾越的。他们一起散步,悲伤而沉默,走到大理石喷泉那里,池水依然,中间便是那棵开满宝石花朵的树木,乔万尼闻到花香,觉得精神为之一振——可以说是如饥似渴地吸着这香气,他发现了这一点,很是恐怖。

"碧阿蒂斯,"他突然问道,"这棵树是哪里来的?"

"我父亲创造了它。"她纯朴地回答。

"创造了它!创造了它!"乔万尼重复着,"你这是什么意思?"

"他是深知自然奥秘的人,"碧阿蒂斯回答道,"就在我落地的时候,这棵植物破土而出,它是他的科学、他的智慧的贡献,而我只不过是他尘世间的孩子罢了。别走近它!"她恐惧地注意到乔万尼正在靠近那棵树,又继续讲道,"它的性能是你梦想不到的。可是我,最亲爱的乔万尼,我和它一起长大,一起到了青春的年华,它的呼吸滋养着我。它是我的姊妹,我以人类的感情爱着它,因为,啊!——你没有怀疑过它么?——命运真可怕。"

乔万尼这样阴沉地向她皱着眉,碧阿蒂斯不由得顿住了,发抖了。但是对他的爱情的信任使她安了心,而且因为自己竟然有这瞬间的怀疑而脸红。

"可怕的命运,"她继续说,"我父亲对科学的致命的爱把我和我同类的社会隔绝开来,直到上天送来了你。亲爱的乔万尼,啊,你的可怜的碧阿蒂斯是多么孤寂啊。"

"你是很苦命的了?"乔万尼盯着她,问道。

"最近我才知道我的命有多苦,"她温柔地回答,"啊,是的。但是我的心过去如同古井,所以不起波澜。"

本来是阴郁沮丧的乔万尼突然爆发了狂怒,如同乌云中劈出一道闪电。

"可诅咒的人!"他叫道,带着恶意的轻蔑的愤怒,"那么,发现了你自己寂寞沮丧,你使得我也像你一样和生活的温暖隔绝,把我哄到了你那无可名状的恐怖世界里!"

"乔万尼!"碧阿蒂斯叫道,她那大大的明亮的眼睛看着他的脸。她听不懂他在说些什么,只是吓坏了。

"是的,有毒的东西!"乔万尼一再地重复着,气得发狂,"是你干的!是你毁了我!是你在我的血管里注满毒汁!是你把我变成了一个和你一样可恨、丑恶、讨厌而又恐怖的动物——骇人听闻的畸形怪物!现在,如果我们的呼吸对我们自己也像对别人一样致命的话,让我们以不可言喻的仇恨来接个吻,就死掉吧!"

"我遇到了什么事,"碧阿蒂斯自言自语,从心底发出了低沉的呻吟,"圣母啊,可怜我,可怜我这个心碎的孩子吧!"

"你——你还祈祷?!"乔万尼残忍地轻蔑地叫道,"就是从你嘴里出来的这些祷词,用死亡污染了周围的空气!好吧,好吧,让我们祈祷吧!让我们到教堂去,在拱门前把手指浸到圣水里!我们后面的人会像遇到瘟疫一样被毁掉!让我们在空中画十字吧!就在这神圣的标记中把诅咒远播四方!"

"乔万尼,"碧阿蒂斯平静地说,因为她的悲伤超过了愤怒,"为什么要用这些可怕的诅咒把你自己和我连在一起呢?像你称呼我的那样,我确是一个可怕的东西,而你——除了唾弃我的可憎恶的不幸,走出花园,去找你的同类,忘记世上曾爬过一个可怜的碧阿蒂斯那样的妖怪,还需要做什么呢?"

"你还假装不知情吗?"乔万尼向她大声咆哮,"看吧!这种威力就是我从拉帕其尼的纯洁的女儿得到的。"

一群夏日的昆虫嗡嗡地飞过空中,它们循着这致命的花园的花香来寻找食物。它们在几株灌木前转了转,又飞到乔万尼头上盘旋,很明显,他吸引它们的力量和那几株树木是一样的。他向它们吐了一口气,就朝着碧阿蒂斯苦笑,这时,至少有十多只小虫纷纷落地。

"我明白了!我明白了!"碧阿蒂斯发出一声尖叫,"那是我父亲的致命的科学!不不!乔万尼,那不是我!绝不!绝不!我梦想的只不过是爱你,和你在一起一阵子,就让你走开,只留下你的形象印在我的心坎上。乔万尼,你要相信,虽然我的身体是毒药滋养的,我的精神却仍是上帝的创造,它朝朝暮暮渴望着爱情的滋养。可我父亲——他在这样可怕的感情里,把我们联结起来了。好吧,唾弃我,践踏我,杀了我吧!你说过这些话以后,死,还算得了什么呢?但是那不是我做的。就是给我全世界的幸福,我也不会做出那样的事!"

乔万尼责骂一通以后,怒气发作完了。他现在带着忧伤也不无温柔的感情想到他和碧阿蒂斯之间的亲密、特殊的关系。他们站着,在完全的孤独之中,而这种孤独感就是在最密集的人群中也不会减少一分的。那么,见弃于人类,不是应该使这与世隔绝的一对更加亲密吗?如果他们互相虐待,还有谁会好好对待他们呢?此外,乔万尼思索着,他是不是还有可能回到正常世界中,并且手携着获救的碧阿蒂斯?啊,软弱的、自私的、卑鄙的灵魂!在乔万尼的恶毒言语这样惨痛地伤害了碧阿蒂斯如此深沉的爱情之后,他竟还梦想着尘世的结合与欢乐,好像那还有可能似的!不,不,没有希望了,她必须带着那颗破碎的心,沉重地超过现世的边界,她必须在天国的泉水里洗涤伤口,在永恒的光辉里忘记自己的痛苦,而在那里得到安宁。

但是乔万尼并不了解这一点。

"亲爱的碧阿蒂斯,"他说,向她走近,她像每次他走近时一样向后退缩,但现在原因不同了,"亲爱的碧阿蒂斯,我们还不是完全无路可走。瞧瞧!这是一种烈性药,一位有学问的医生曾向我保证,这药灵验无比,它的成分和你那令人恐惧的父亲给你我带来灾难的东西完全相反。它是用神圣的药草制成的。我们是不是一起吞掉它?这样就可以把罪恶洗净了。"

"把它给我!"碧阿蒂斯说道,伸出手来接那小银瓶,那是乔万尼从胸前取出来的。她用一种特别加重的语气加了一句:"我愿意喝,但是你一定要等着结果。"

她把巴格里奥尼的解毒药喝了下去。就在这时,拉帕其尼的身影在拱门下出现,向大理石喷泉这边慢慢走来。这位苍白的科学家看着这一对璧人,脸上显出胜利的表情,如同一个艺术家终其一生创作出一幅画或一组雕像,最后对自己的成功很是满意。他停下来了,他那弯腰曲背的身形因为自觉的力量而直了起来。他向他们伸出两手,摆出一副父亲想要祝福自己孩子的姿势。但是,也就是这双手,在他们生命的溪流里放进了毒药。乔万尼发抖了,碧阿蒂斯神经质地颤抖着,把手放在自己的心上。

"我的女儿,"拉帕其尼说,"你在世界上不再是孤独的了。从你的姊妹树上摘一朵宝石花,请你的新郎戴在胸前吧。现在它不会伤害他了。我的科学和你俩之间的感情在他体内发生了作用,现在他和普通人隔绝开了,就像你,属于我的骄傲和胜利的女儿,不属于普通女人一样。然后,你们相亲相爱通行世界,让所有别的人去害怕好了!"

"我的父亲,"碧阿蒂斯微弱地说——她说话时仍把手放在胸口上,"为什么你给你的孩子安排了这样不幸的命运?"

"不幸?"拉帕其尼叫道,"你这是什么意思,傻姑娘?你有神奇的禀赋,所向无敌,难道你把它看作不幸?你能够吐一口气就征服最强有力的人,你把这看作不幸?你有多么美,就有多么令人畏惧,这难道是不幸?你是否情愿处在一个软弱女人的地位,受一切罪恶的随意拨弄而自己却不能有所作为?"

"我情愿让人爱慕,不愿让人畏惧,"碧阿蒂斯喃喃说道,慢慢倒在地上,"但是现在没关系了。我去了,父亲,你竭力混入我的生命的罪恶像梦一样飘走了,像那些毒花的芬芳一样,在伊甸园的花丛中,不会再污染我的呼吸了。别了,乔万尼,你那仇恨的话语在我心里像铅一样沉重,但是在我升上去时,它们会远远飘落。啊,是不是从一开始,你天性中的毒素就比我更多呢？"

对碧阿蒂斯说来（拉帕其尼的技术在她的肉体凡躯上起了根本性的作用）毒素就是生命，所以那烈性的解毒药就是死亡。这样，这个可怜的牺牲品，这个人类发明和被歪曲了的人性的牺牲品，就这样倒在她父亲和乔万尼脚下，毁灭了。就在这时，巴格里奥尼教授从窗户里向外看，大声招呼那如同遭到五雷轰顶的科学家，胜利的语调中夹杂着恐怖——"拉帕其尼！拉帕其尼！这就是你的实验的结局！"

（原载《世界文学》1979年第1期）

一个纪念

我重读《拉帕奇尼的女儿》这篇小说时，总觉得它是对我们那迟开而早谢的一代人的纪念。我知道他们中有人喜欢这篇作品，也一定还有很多人喜欢这世上许多美好的事物，而他们来不及欣赏了。

信

[澳大利亚]帕特里克·怀特

波金霍恩太太想起来她该给茂德写一封表示关心的信。几乎任何疾病都使她发烦,但是亲爱的、古怪的老茂德·布勒斯,虽然为人平淡无奇,却是忠诚实在,对于茂德的血压,真必须说几句话。不过也许是西比尔·法恩沃斯血压高?不是的,西比尔的病名听起来是一个更专门的术语。

波金霍恩太太还是喜欢坐在起居室里她那细木镶嵌的书桌前,在早餐的例行仪式之后,赶写几封信,其中许多是不必写的。这样做,似乎可以维持她的身份。她庆幸还有海瑞特,不过海瑞特也不能永远活下去。

波太太的呼吸急促了。

"查尔斯!"她叫道,不为什么事。

没有回答。

她选了一张二级信纸,上面优雅地印着字母:望庐,新南威尔士州萨塞帕里拉。于是波太太准备好了。

最亲爱的茂德(她的书法素有豪放之称):

我以为没有比人家告诉你"慢慢来"更讨厌的了。你可以想象,剥夺了你的每年来访,我们会多伤心。望庐的花苞今年会特别繁盛,你又那么喜爱它们。然而,我们必须忍受自己的苦难。

我把这消息告诉查尔斯,他默不作声。但是我知道,在这重要的时刻,他所爱的姨妈不能来,他会思念、会难过的。我曾满怀希望劝说他参加今年的聚会,特别因为今年是他五十岁的生日。我简直难以相信!可是,当然,一切都证明着这一点。真的,查尔斯的举止有时甚显老态,使得他可怜的母亲反觉得年轻了。

这时波太太忍不住向镜子望上一眼。她的眼睛在镜子里依然十分迷人。

茂德,亲爱的,你素来知道,我不愿把烦恼推给别人,但是你的教子越来越使我忧虑。这事儿也很难说清楚。

她犹豫了一下这样写看上去是否太粗俗,她后悔还在下面加了线。

但是……(她勇敢地写下去)……事情越来越复杂了。自从他"引退"后,你记得我曾煞费苦心安排一些日常工作,来引起他对生活的兴趣。然而我费的劲儿并不总是成功的。安排他割草的失败也许是可以理解的,查尔斯不喜欢机械,草地枯燥无聊,刈草维持的时间不长(必须叫诺曼回来,他现在又聋又无礼,但我们有他,还算运气)。我这方面较近一次动脑筋的结果是劝说查尔斯步行到萨塞帕里拉去取信。我租了一个有意思的私人小信箱,女邮递员苏登太太是个正派人——查尔斯曾钟情于她。几个月来一切顺遂,直到上周,我那讨厌的宝贝儿子宣布:他不能再继续取信了!所以,现在请把信仍寄到我家。我得为查尔斯想点新花样。

我知道这一切对远在墨尔本的人来说,不过是微不足道的琐事。但这关系着我,我不愿向别人说,除了他的教母,而且你看来确实能影响他,亲爱的茂德。我常怀感谢……

波太太又停住了。想想也奇怪,邋遢的、心地简单的茂德在许多情况下总是知道该怎么办。是谦卑的美德使然吗?噢,但是波太太也曾祈求过谦卑啊。她皱紧了双眉,镜子变得不那么宽厚了。

放松一下吧。

波太太做出一个微笑,淡淡的、超越世俗的,像她学会了的那样。

最后,希望你恢复健康,亲爱的茂德。我肯定地说,当我们在望庐的花丛中漫步,在海瑞特叫我们进生日午宴之前,我们两个会以深切的感情想到你。

至爱的　乌苏拉

又及,如给查尔斯写信,请勿提这些事。

她封好信封(那胶水味道真恶劣),然后就去找查尔斯了。

在餐室,查尔斯坐在大皮圈椅里,椅子丑陋不堪,但那是曾属于狄基的。查尔斯正在读着什么,也许表面上是这样。她看得见他的后脑勺,他小心地、尽可能地使他那稻草色的头发遮住脆弱的头顶。有时那做母亲的几乎以为还能看见她孩子头上血管脉搏的跳动。

"查尔斯,"她温柔地说,走过去,"你在读什么?"

他是在读什么,而且继续在读。

"你,"她问,"读什么,查尔斯?"

"自由牧场体系的家禽繁殖。"

他的小胡子,一度曾是稻草色,现在由于灰色的暗影显得有些脏。

"可我们没有家禽,"她说,"它们的气味不好。"

他继续读。

"也许你愿意我给你买几只,"她考虑着,"半打小鸡,"她请求道,"长大了的那种,那些鸡雏很麻烦,你准会感冒。"

查尔斯说:"不要。"

他继续读。

波太太不能忍受大皮圈椅咯吱咯吱的声音。她喜欢诺曼的刈草机。只要理智上稍加合作,刈草机运转的疾风能摧毁一切别的声音、感觉和存在。

"好吧。"她叹息道。

她整了整帽子。那是从事园艺时戴的旧的大草帽。波太太喜欢戴这种大软帽,戴起来也合适。大而下垂的帽子造成一种婚礼的气氛。

"你到门口去看过邮差是否送信来了吗?"她想起来了。

"没有。"他回答。

他的面颊确实抽动了一下。也许这又给皮肤增加了一条新的极细极细的皱纹吧?

"但是为什么,亲爱的?"

他只是读,只是读。

波太太不能控制自己激动的呼吸了。

"那么我自己去取。海瑞特正忙着。诺曼这么粗鲁,没有敢再叫他做什么。"

她走到花园里。尽管那个从事园艺的家伙把功劳据为己有,这花园其实是她自己设计的。那座房屋,有着小小的、近乎菱形的铅条玻璃,粗砖垒出都铎式花边。现在它是太大了一些。但是狄基死时,她曾下决心要努力维持它。她沿着小径走去,摸一摸自己引为骄傲的蔷薇。路旁的栀子花碰撞着她的面颊。不能说她唇边迸发出的是一阵抽泣,但是经历了岁月风霜的栀子树,确实引起了她不胜今昔的悲痛。

当然,除了账单,没有别的。付过账的收据是最好的了。查尔斯有两个让人破费的通知,还有表哥关于公司的报告。

查尔斯"引退"以后,波太太和倪表哥以及毕度思先生私下里商定,公司的报告定时寄给她的儿子。使在其位,她说。波太太喜欢收集过去年代的成语,其实她从未真的属于过那个时代。她偷用那些词句,使她觉得自己像是参与了什么阴谋。

但这个上午的事却似乎真有阴谋在反对她。她踩进纠结的茅根草丛里,几乎在靠近台阶处绊倒。诺曼绝不会听从劝说锄去那些草的。

她走着,紧抓着账单。

原来是狄基处理这些账单的。狄基·波金霍恩,一个身材高大、性情平和的人,几乎完全被人遗忘了。甚至他的寡妻,有时从许多银镜框中看见狄基的脸,都会感到惊异,那是他剩下的一切了。

但是我确实真爱亲爱的狄基啊。

肯定了这一点后,波太太拿着信回到餐室。她并不想打扰他,不过,这是她的责任。

"你的信,查尔斯。"她递过信去,他接下了。

"你不拆开看看吗?"

他放下小册子,把手在嘴上搁了一会儿。他的骨架纤细,一点不像父亲。

"也许会有点有意思的事。"她哄着他。

"是的。"

但他站起身,把信放在占满整个壁炉板的漆匣里,合上盖子。波太太束手无策,茂德要在就好了。

"我刚写了信,"她宣布,"给茂德姨妈的。都是她的烦心事。谁知道什么时候能寄出去!诺曼刈着草,不肯停。"

这时查尔斯·波金霍恩提出了出人意料的建议。

"给我那信,"他说,"我送到萨塞帕里拉去。"

他的母亲几乎不知道自己的心情是感谢还是痛苦。每次她发觉人类灵魂之井比她能接触到的更深时,她都感到一阵小小的悲痛。不管怎样,她交出了信。查尔斯迈着神经质的轻步子走出餐室。他的骨架脆弱,完全不像父亲。他父亲走起路来总是像要把什么压碎似的。

独对狄基的相片,她想起别的一些她过从甚密的男子。英国的花呢衣服,鞋尖包头上闪着光的考究鞋子,都使她兴奋。她会瞟着男人的手腕,来煽起他的虚荣心,因为他推测那是她的青睐。她真是老手了。许多血色很好、穿着漂亮的快活男子,在回想到乌苏拉·波金霍恩的巧笑时,还会张开嘴唇。

现在她在屋子里走动——那千真万确是她的步伐——长裙拖曳,表达了她的精神,事实上她穿着她不怎么喜欢的一件衣服。乌苏拉·波金霍恩(图拉克地方的罗骚家族中的一员)总是喜欢有裙裾的长裙和松垂的衣袖;喜欢把边上缀饰着羽毛的披肩,不经意地围在颈上。那颈项!试看每逢她在婚礼上出现,抚摸着小山羊皮手套,轻掠闪着光辉的浅色头发,所有人就都忘记了新娘。她的顾盼可不能说是鼓励,因为她从不玩弄任何人的感情。她崇拜她的狄基,虽然她的倩笑也曾为了某个别人,她却永不会承认。

波太太为许多婚礼出过力,她总摆脱不了婚礼的气氛。每天早晨,在干完书桌上的事之后,她走到贮藏室插花。海瑞特找到了那把总是爱丢的剪子,摆出了一些与花朵不相配的花瓶。

让波太太来主持一切。

"可爱的,可爱的蔷薇啊!"

但是今天,什么东西在啃嚼那蔷薇。

她的戒指叮叮作响。在白天,除了为海瑞特示范做多层蛋糕外,她从不取下戒指。其实怎样做蛋糕,海瑞特自己知道。

今天,这些戒指真野蛮啊。

她在踱回餐室以前,忍不住看了窗外一眼——她总是小心而又小心的。餐室是空的,悄无声息,已出现过的形影似乎仍在那儿滞留。她几乎期望狄基的皮圈椅轧轧地响起来。

波太太打开漆匣,里面有相当大的一束信札。没有拆开,已有好几天了。

这时她感到害怕,也许人世间有些东西,是在她的理解力之外。

查尔斯·罗骚·波金霍恩刚一出来,走到光亮的、充满生意的花园,就畏畏葸葸侧身而行。阳光使他那黄里带红的眼睛什么也看不见,可是,他抓住那封信不放。

清晨变安静了,老诺曼正蹲着鼓捣那刈草机。

查尔斯停住脚步,因为人总是要停住的。

"那是什么,诺曼?"他问,"一个齿轮吗?"

诺曼是从来不会为了跟查尔斯说话而抬起头来的。

"齿轮!是那个该死的磁电机!"

查尔斯不无轻松之感。

"修理它!"诺曼抱怨,"修理该死的磁电机!"

因为,他妈妈说过,她再也不在刈草机上花钱了。可怕的东西。如果是别的有吸引力的什么,还好商量。

查尔斯·波金霍恩继续走着,穿过他母亲所谓的东方大灌木丛,她喜欢这么叫。他撕去手指甲边上的倒刺。当他还是长着一头金发的小男孩时,就已对这种似乎死掉的皮肤有了兴趣,常常撕到出血。他就那么站在木料间旁边,或者溜进灌木丛中去撕。

"不觉得很有意思吗,茂德姨妈?这些倒刺,只要别撕得太狠。"

对茂德·布勒斯来说,她的教子是个最富于奇思妙想的孩子。"是的。"她说,摸摸他的头。

她嫁给一个好人家出身的穷牧师,没有生育。

查尔斯走上通往萨塞帕里拉的路。这是他的路,不过无人知晓这条路。虽然他身个儿单薄,穿着外出的黑色细条子衣服,现在倒是很有信心地迈着步子。对那些到处都有的值得怀疑的面孔,他连头也不回。太太们停住打扫或聊天,观察着"那位波金霍恩先生"。

他终于到了。从边上绕过去,安静地、灵巧地把信投入信箱。

信一投出,他连忙逃走。连女邮差也没有看见他。苏登太太的头发是直的,而且竖着,他对她曾怀有温柔的感情。

今天运气不错,好大一札信。查尔斯到私人信箱取信时,苏

141

登太太经常这样说。

查尔斯·罗骚·波金霍恩回家去时,比来时轻快得多。

他曾和茂德姨妈一起看马戏,那些丑角真可怕,尤其是表演折断脖子的那个。可怜的,可怜的查尔斯,她安慰道,现在可以看了,没什么,不过是马戏而已。马戏?可一匹马也没有,有的是那些可怕的丑角。她要他放心,说这些都是愚蠢的胡闹。他从她怀里慢慢抬起头来。奇怪着她没有别的表示,有的只是慈祥。她用手抚摸他,还是那样自然。在丑角和恐惧都消失以后,他长久地凝视她的手。

她解释道:这不是真的,毫无意义。

查尔斯常常奇怪究竟什么有意义。现在他从小山上下来,不时发出低声呜咽。

"早安,波金霍恩先生。"年迈的郎兰茨小姐说。

"早安,郎兰茨小姐,你的气色不错。"

她能喜欢他吗?

从小进了好学校,波金霍恩文雅知礼。他学习很出色,人们竟忘了这一点。他的母亲过去经常坐在讲台下,等着散会,等着他把奖品堆在她怀里。

他们还送他去剑桥,爹同意了。波金霍恩最初慎重行事。二年级时,他请过两三个人来吃茶点,他们来过一次就不再来了。但是查尔斯沉浸在他所发现的一切之中。他以优等成绩得到了学位。必须承认,那只是第二名。他的辅导教师认为,如果最后考试时他不发作记忆丧失的毛病,可能会把第一名拿到手。查尔斯悄悄地垮下来了。他曾憧憬过在某个偏僻的学术机构中搞一点拉丁语系的语言研究。奇怪的是,研究语言能使他——当然是谨慎小心地——和人交往。

但是一切当然都是不可能的了。因为别的原因。

他的母亲写道：

　　……不打电报，是因为我了解电报会引起更大的震惊。至少这点可以告慰，爹死在睡梦之中，毫无痛苦。只是太突然了！我以为从悲痛中恢复需要很长时间，但我要尽可能地工作。总得关心我们的公司。幸亏侃表哥和毕度思先生很出力，爹很信任他们。但是查尔斯，他最深切的愿望是他的儿子……

查尔斯回来了。

她没有到船边去接他。她宁愿离开喧嚣的人群，在他们俩都爱着的地方团聚。

她走下台阶来迎他，仰起满是泪痕的脸，眼睛出奇的蓝。她拍拍他的手臂，并且把手搁在那儿，欣赏一下英国毛呢的质地。

那时的查尔斯·波金霍恩正是那种所谓干净利落的小个子，小胡子平板地分梳，衣着链扣都很雅致。那些日子他还能说个故事，烟卷儿的烟形成了一道防范的屏障。音乐还没有走板，舞会上还有一两个姑娘看他几眼。

"告诉我，"他的母亲说，把脸凑近来，"一定有那么一个人了。"

"有个人？谁？"

"哎呀，"她笑了，"你这个傻孩子！有一个迷人的姑娘！"

查尔斯如同受了雷击。

"但是，"他说，"我以为凡是要求我的，我都做到了。"

离开房间时他用手帕狠狠擦着额头。

他的母亲不得不舐湿嘴唇，她的眼睛比任何时候都蓝。后来她又盘问了几次。

"真的,"她说,"我不信就没有那么一个可爱的姑娘。要是真没有,简直是不正常。"

她盯着他的嘴看,他的嘴试着做出种种形状。

"没有这么一个人。"他说。

就这么一句话,别的什么也问不出来。

波太太告诉郎小姐,从一定的角度看,这种情况是不幸的,不过她和查尔斯一起过得很快乐,他们有许多共同的兴趣。

在那段日子里,查尔斯·罗骚·波金霍恩一旦决定做什么事,那是一丝不苟的。每天清晨乘火车上班。侃表哥讲解工厂的情况。工人们认为对他们有所期望,就会热心地干活。查尔斯分得一间办公室——不是他父亲那间,那间侃表哥接用了——是一间小一点的,空气一样新鲜良好,设备齐全。日间休息时,秘书把文件放在他的公文格里。格里森小姐有一股玫瑰牌香水的气味。他从公文格中取出文件,庄重地研究着。

开始使他烦恼的是声音。有时格里森小姐的嘴会无声地翕动。还有机器,他永远也学不会看见机器而不转过脸去。

公司里每年有聚餐和舞会,他的母亲都要到场露面。毕度思先生带她跳一个又一个华尔兹。对毕先生来说,他的手表是太小了。

"波先生,你喜欢葛蕾泰·嘉宝①吗?"格里森小姐问。

"玩得可好,亲爱的?"他的母亲问。

至少,她的表演总归不会失败。

一两年后,有人出主意,采用纸帽和飘带,使舞会的气氛更

---

① 葛蕾泰·嘉宝,瑞典籍电影明星。

加欢快。

查尔斯怀疑这是一种秘密的玩笑,他永远猜不透其中深意的玩笑。

不过,还有他的母亲呢。她也和机工们跳舞。

他的情况越来越坏,怀疑起机器来了。他正坐着研究格里森小姐的文件时,机器砰砰地响得厉害。其实声音是传不过来的。这有一定好处。至少大多数声音传不过来。

于是,还有汤姆森·约翰逊建筑公司来的那个拜德吉利。

"事情顺利吗?侃!"

他正把砂石扔进机器。

"顺利?顺得不能再顺了。甚至带着那多余的齿轮!"

那些沾了油泥的碎片几乎甩了出来,飞进查尔斯的办公室。他把格小姐的文件放错了格子。

那天傍晚他回家后,一星期没有出门。

"我必须告诉你,侃,可别说出去。"他的母亲给办公室打电话,"查尔斯有轻度的精神崩溃,是的,需要休息……我会联系的……谢谢,侃,亲爱的,全靠你了。"

但是一周过后,查尔斯又去上班了。他情愿坐在那儿。他们让他保留那间办公室。他继续上那儿去看《先驱报》,直到最后,如同波太太自己说的那样,查尔斯"引退"。

望庐的岁月像最无情的机器一样有规律地运转。区别是,这里是由沉默顺利地打发日子。虽然他除了小册子、通知等,别的一概不再读,总是有些字句使他烦恼。"我有着爱的全部激情……"这诗句像是压低了声音的小号。他经常会溜到灌木丛中去整理自己的不起波澜的思想,或者撕下指甲边的死皮。有时他的喉结几乎软化成惊叹的言词,他的眼睛深处也几乎凝定

145

了清晰的形象。

有时他的母亲会叫他,但是只有时机合适,他才回答。

这一天是查尔斯五十岁生日,他很早就醒了,他知道一定有事要做。他可能收到礼物。礼物还是使他惊喜,尽管他很聪明,能预先猜到人家会送些什么。

他母亲来了。拿着半打瑞士巴厘纱衬衫,全绣有他名字的缩写字母。在这栋房子里,她永远起得最早。她吻他。她的面颊,仍有传奇般的娇嫩颜色,碰上去像冰水一样冷。

"祝你长寿,亲爱的查尔斯!"她说,神采焕发,声音如同流水琤玑,从高处滴落。

"可爱不?"她怂恿着,"摸摸看。"

"很可爱。"他说,看着那些衬衫。

不久她就走下花园,来到露水和蛛网当中。她喜欢在热气升起来前到花园来,剪下蔷薇的花朵。尖刺会撕破她的丝袖,那也是蔷薇色的。但是她总会赢得最后的胜利。

这一天已经预示着酷热,新生的、干渴的叶子提心吊胆,无可奈何。查尔斯始终是有准备的。热风把一丛丛花苞吹得焦黄。今年茂德姨妈不会来分担他的苦恼了。别的细节仍然依旧:烤笋鸡,巧克力奶油冻,海瑞特的冰镇大蛋糕——海瑞特那干瘪的脸上布满四季常青的忠诚,对这样的忠诚,他从来不敢正视。

早饭以后,查尔斯下楼来。他母亲怕发胖不吃早饭。他确知有点什么事。他的心怦怦作响,那声音响得就像一个人穿了胶鞋走过铺了漆布的过道。

这时他理解到,也许是睡眠使他明白了改正错误的必要。没拆的信有满满一匣,放在壁炉上的漆匣里。

这些封好的信是否会带来他本想逃避的危险？翻搅起深藏的秘密？散播煤气，促使毒药成熟？他的心乱作一团，使他发火。快到九点时，邮差还会送更多的信来。

准九点，邮差果然来了。钟声伴随着这件大事。正在守望的查尔斯，看见枸树丛中的帽顶一闪。

偶然的兴趣促使他走下小路，去散散心，他的便服的衣襟飘了起来。

有一封信伪装得像账单，这是那种表面天真、内里恶毒的东西。还有——他要不要感谢上苍？——一封茂德姨妈的信。

查尔斯很快回到餐室。决定先拆哪封信，却费了时间。要弥补过失，要改变命运。一大堆信件倾匣而出，散布在果酱和面包屑之间。

他拆开一封。

  ……此机器刈草比市场上任何其他机器都干净，装备优良。它能消灭稻田稗草，派特逊氏蛀草、雀稗和家庭园地的顽固侵入者——菊草的疯狂生长。

  关于轮番割草……

查尔斯退却了。他几乎觉得机器刈草时带起的风吹过身旁，使他难以维持平衡。他想起有一次看见哪儿写着，一把刀脱下来打中了一个人的眼睛。

但是只要拆开一个信封，就能消除一点罪恶。他的手颤抖着寻求更多的解脱。就算这不是挽回面子——因为他并没有什么高尚的企图——的话，也是他的责任。

他终于又拆开一封。

  ……否则（下一个威胁是这样子的）立即停止供应，不再给予警告……

他的脖子都直了,眼睛鼓了出来,血管跳得几乎都不能运送血液了。

这时查尔斯·波金霍恩记起了他的教母。他一直相信茂德姨妈可以解救一切。只要在拆信前,他那肿胀的舌头没有把他噎死。

我亲爱的查尔斯:(这是她自己的口吻)

这只是个便条,祝你生日非常快乐。在这时刻不能和你在一起,真是沮丧极了。但是自从那次发病以来,医生禁止我出门。

亲爱的查尔斯,我愿你知道,你给了我多么巨大的幸福,几乎就像你是我的亲生儿子。我承认,我是个不令人满意的教母,一方面因为路途遥远,把我们分开,也因为我自己的缺陷。我唯一的安慰是有这样一个信心:对精神上的事加以讨论一定会有损它的纯洁。我亲爱的,你是不是会理解这一点而得到安慰呢?我常愿意这样想,我们互相给予了同样的慰藉。

现在,查尔斯,我必须向你推心置腹——也就是说,我不愿惊动你的母亲——根据各种情况,我可能不会活多久了。知道真情,永远是一种冒险。有时,人必须冒这个险。我询问自己的病情,人们告诉了我。同时,我要祈祷,我的精神永远永远和你在一起。

寄上一个小包,作为生日礼物。如果它先期到达,请到你生日那天再打开。

爱你的教母
茂德·布勒斯

查尔斯忍不住哭出声来。祝福啊！能降临到他们两个,也许是他们三人头上吗？

但是难道茂德姨妈不明白,包裹包藏着巨大的危险吗？它威胁着政治家、外交家、电影明星,所有重要人物的性命？至少包裹还没有到。或者他们已经收起来,放在没人过问的碗柜深处,忘记了它的力量？

他在屋子里走动。窗开着。在诺曼刈草机的无意义的声音之上,他忽然听见有动物在爬过来。这是那阴险的软体动物。或许是下雨了？大滴大滴的雨初次打在桑树叶上。不管是什么,他关上了窗户。

但是他关不住自己的心。

"什么事？"他母亲走进来,立即问道,"啊,你拆信了！我真高兴！有什么有意思的事吗？"

可不是！

波太太看出来出了事。

"查尔斯,"她说,"我们可不能屈服啊。"她却在发抖。

对于查尔斯来说,四堵墙都在向他尖叫。

她俯身向他时,她的脸变成了一把圆锯。牙齿疾速地旋转着,眼睛像是钢做的圆盘。

他也尖叫起来。

"亲爱的,"她哭道,"我们出了什么事？我们一定得坚强！"

这以后,他们坐在沙发上,他们的腿都颤抖着。他不再那么害怕了。虽然还在哭,因为他忘记了怎样可以停止。她的脸变成了一堆水果软糖,那是他的爱好,就是现在也可以扔一块到嘴里,如果那白白的物体上不是明显地涂着血迹的话。

他继续哭着,为了他们所不能逃脱的和永远不能找到的一切。

"坚强！坚强！"波太太命令道。

这是她的儿子吗？她曾在手里抱着的一束嫩枝,她几乎可以折断的脆弱的嫩枝。

但是在她眼前的是,她自己的脸庞的残余,上面斜伸着衰老的牙齿。

"记住,记住,"她无力地说,"我永远在你一边。"

这没有止住他的哭泣。

不过他至少记起了。她站在楼梯脚下,一身白缎衣。他把手放在光滑的栏杆上,慢慢走下楼来。她说,记住,查尔斯,你已经到了这个年纪,不能拆阅文件。别人的事是他们自己的事。此外,她加说了一句,你会在信里发现什么伤害你的心。永远记住这个。

记住。噢,妈、妈、妈,噢,妈妈！

"我要帮助你,"他母亲这时在说,"如果你愿意,如果你信任我。"

她把他的头抱在胸前,胸针上的蓝宝石几乎要戳进他的眼睛。

"噢,是的！是的,是的！"他哭着,咕哝着。

他在螺旋形的楼梯上慢慢下降,落进了遥远的、白缎子包裹的深处,他俯身去拾取她的声音,只是那外壳而已。他不是小天使吗？看哪,狄基！宫殿顶上的小天使飞下来了！他是我的！我的天使啊！哦,多甜蜜的话语！那时她抚摸他,用白缎子拥抱着他。

"查尔斯！查尔斯！"乌苏拉·波金霍恩喉咙里发出咯咯的声音。

"哦,上帝救救我们!"她呼叫着。

如果查尔斯的思绪没有那么混乱,他本可以听明白。但是他一定要冲过去,甚至到更深的地方去,冲过那蓝宝石和脸上的皱纹,去寻求初生时的黑暗。

"啊呀,可怕呀!啊呀,查尔斯!"

他刚把脸在她身上蹭来蹭去,她就猛地把他推开了。这是她该受的吗?真有这样的事!她有这么一个不成器的怪物孩子!

(原载《世界文学》1982年第3期)

花园茶会

[英国]凯瑟琳·曼斯菲尔德

那天天气终究是恰如人意。就是预先定制,也不会有更完美的天气来开花园茶会了。温煦和暖,没有风,也没有云,蓝天上笼着淡淡的金色的烟霭,像初夏时节常有的那样。天刚黎明,园丁就起来修剪、清理草坪,直到整片草地和种矢车菊的深色平坦的玫瑰形花坛都似乎在发光。至于玫瑰,你禁不住会觉得,它们是了解这一点的:在花园茶会上,只有玫瑰引人注目,只有玫瑰尽人皆知。玫瑰在一夜之间,开放了几百朵,是的,足有几百朵。绿色的枝茎给压得弯了下来,仿佛接受过仙人的拜访。

早点还没有完,搭帐棚①的工人就来了。

"帐棚该搭在哪儿,母亲?"

"亲爱的孩子,不用问我。今年这些事,我决定都让你们孩子管。别想着我是你们母亲,就把我当作贵客好了。"

但是梅格不可能去管那些人。早餐前她洗了头,正坐着喝咖啡,头上裹着绿色的头巾,深色的湿发卷一边一个地贴在脸

---

① 新西兰、澳大利亚一带,节日或宴会时,常在户外用帆布搭棚,无壁,不同于帐篷,姑译为帐棚。

上。那蝴蝶似的乔丝,总是穿着绸衬裙和一件短晨衣就下楼来。

"萝拉,非你去不可了。你有艺术眼光。"

萝拉飞开去了,还拿着她那块黄油面包。有个借口在户外吃东西多香甜,再说,她乐意管事,她总觉得她能比别人安排得好。

四个人站在花园小路上,聚在一起,只穿着衬衫。他们拿着卷着帆布的木架子,背着大工具袋,看上去很神气。萝拉现在希望她没有拿那片黄油面包,但是没有地方搁,也不能扔掉。她走近他们时,努力板着脸,甚至装作有点近视,脸上泛起了红晕。

"早安。"她说,模仿着她母亲的声调。但是听来非常矫揉造作,她很不好意思,像个小女孩似的结结巴巴地说:"噢——呃——你们来——是搭棚的事吗?"

"对了,小姐,"工人中最高的一个说,他是个脸上满是雀斑的瘦高小伙子,他移动一下工具袋,把草帽推到脑后,低下头朝她微笑,"就是来搭棚的。"

他的微笑是这样随和,这样友好,使得萝拉恢复了常态。他有多么可爱的眼睛,不大,可是那样的深蓝色!于是她看着其他几个人,他们也都在微笑。"高高兴兴的,我们不会咬人。"他们的微笑似乎在说。工人多么可爱!多么美妙的早晨!她不应当提起早晨,她得像个办事的样儿。那帐棚。

"好吧,放在百合花圃那边怎么样?行吗?"

她用没有拿面包的手指着百合花圃。他们转脸朝那边看。一个小胖子努出了下唇,高个子皱眉了。

"我不喜欢,"他说,"不够显眼。你知道吧,像帐棚这样的东西,"他毫不拘束地转向萝拉,"得搁在一个地方,就像在你眼睛上砰一下子猛打了一拳似的。你懂吗?"

萝拉的教养使她纳闷了一会儿,一个工人对她说什么往眼睛上砰一下子猛打一拳,是不是够尊重?但是她确实懂他的话。

"放在网球场的一角吧,"她提议,"不过乐队要占另一个角的。"

"哼,还要有乐队,是吧?"另一个工人说。他的脸色苍白,形容憔悴,深色的眼睛打量着网球场。他在想什么?

"只不过是个很小的乐队。"萝拉温和地说。如果乐队很小,或许他不会太介意。但是高个子插话了。

"噢!小姐,那儿才是个地方。那些树前头,那边,效果会好的。"

在卡拉卡树①前面。那么卡拉卡树就看不见了。那些树很可爱,叶子宽大、发亮,还有一串串黄色的果实。它们就像你想象中的长在荒岛上的树,骄傲、孤独,在沉默的辉煌里把树叶和果实举向太阳。它们必须让帐棚遮住吗?

它们就得被遮住。工人们已经扛起帆布卷走过去了。只有高个子落在后面。他弯身捏着薰衣草的嫩枝,然后闻着拇指和食指上的香气。萝拉看见这姿势很觉惊奇,他居然在乎这些——在乎薰衣草的香气。她认识的人里有几个会这样做?工人们真是可爱得出奇,她想。为什么她不能有工人朋友呢?他比那些和她跳舞,每个星期天夜晚来吃晚饭的傻头傻脑的青年们强多了。她和这样的人会相处得好得多。

高个子正在一个信封背面上画着什么,那是要系起来或是留着挂起来的什么东西。萝拉认定一切过错都在那悖情悖理的阶级差别,在她这方面,她可没有感觉到这种差别,一点儿也没

---

① 卡拉卡树:一种新西兰树木,种子蒸熟干燥后可食,生时有毒,果实呈橙黄色。

有,一丝一毫也没有。于是传来了木槌敲打的砰砰声。有人吹口哨,有人唱起歌来:"你就在那儿么?伙伴儿!""伙伴儿!"

其中包括了多少友谊,多少——多少——只为了证明她有多么快活,让高个子看看她有多么自在,而且她是多么蔑视愚蠢的习俗。萝拉瞪着这张小小的画儿,大大地咬了一口黄油面包。她觉得自己就像个女工。

"萝拉!萝拉!你在哪儿?电话,萝拉!"声音从房子里传出来。

"来啦!"她滑了开去,掠过草坪,上了小路,上台阶,穿阳台,进了门廊。在门厅里,她的父亲和劳利正在刷帽子,准备上班去。

"喂,萝拉,"劳利很快地说,"在下午以前,你看看我的上衣好吗?看要不要熨一下。"

"好吧。"她说。忽然间她止不住自己,跑向劳利,轻轻地迅速地拥抱他一下。"噢,我真爱宴会,你呢?"萝拉说着,几乎喘不过气来。

"还可以。"劳利那热情的、孩子气的声音说,他也抱了妹妹一下,然后轻轻一推,"快去接电话吧,傻姑娘。"

电话。"是的,是的;噢,是的。基蒂吗?早安,亲爱的。来吃午饭?千万来,亲爱的。当然高兴。午饭很凑合——只有些干三明治和碎的蛋白甜饼,还有些什么剩东西。是的,真是个好得不能再好的早晨,不是吗?你的白衣服?我当然应该了。等一会儿,别挂断。母亲在叫。"萝拉往后靠了靠,"什么?母亲?听不见。"

薛立丹太太的声音从楼梯上飘下来:"告诉她戴上那顶漂亮帽子,她上星期天戴的。"

"母亲说,要你戴那顶漂亮帽子——你上星期天戴的。好,一点钟。再见。"

萝拉放回话筒,举起两臂伸了个懒腰,深深地吸了一口气,然后把手臂张开放下。"唉!"她叹了口气,叹气过后她立即很快坐起来。她平静地倾听着。房子里所有的门似乎都打开了。轻捷的脚步和这里那里的话音使得房子里充满了生气。通往厨房一带的包着绿毡的门开了又关上,发出闷闷的声音。这时传来了一阵刺耳的嘎吱声。那是在推动沉重的钢琴,琴身下不灵活的小轮子在响。空气真好!如果你停下来留心一下的话,是否空气总是这样呢?轻风在追着玩,从窗顶进来,又从门里出去。小小的两点阳光,一点在墨水瓶上,一点在银相框上,也在嬉戏。可爱的小小的光点。特别是墨水瓶盖上的那一点。它是温暖的,一颗小的温暖的银星。她简直想吻它。

前门铃响了,楼梯上传来仆人塞迪的印花布裙窸窣的声音。一个男人的声音在低低地说什么。塞迪不在意地回答:"我真不知道。等等,我去问薛太太。"

"什么事,塞迪?"萝拉走进门廊。

"是花店的人,萝拉小姐。"

果然是的。一进门处放着一个大浅盘,满装着粉红的盆栽百合。只有这一种,没有别的,只有百合——美人蕉百合,粉红色的大花朵,正在盛开,光辉夺目,在光润的深红色的茎上,活泼的生意咄咄逼人。

"哦,塞迪!"萝拉说。声音像是轻轻的呻吟。她蹲下来,似乎要用百合的光焰温暖自己。她觉得它们在她的手指里,在她的嘴唇上,在她的胸中生长着。

"弄错了。"她含糊地说,"没有人订过这么多。塞迪,去请母亲来。"

就在这时薛立丹太太来了。

"没有错。"她平静地说,"对的,是我订的花。这些花不是很可爱吗?"她按一按萝拉的手臂,"昨天我走过花店,看见橱窗里放着这些花。我忽然想,一辈子就这一回,我要有足够的美人蕉百合。花园宴会是个好借口。"

"可我以为你说过你不想干预。"萝拉说。塞迪已经走了。花店的人还在外边运货车旁。她搂住母亲的脖子,轻轻地,很轻地,咬母亲的耳朵。

"亲爱的孩子,你不会喜欢一个一板一眼的母亲的,你会吗?别这样,送花的人在这儿呢。"

他仍在搬进花来,另一满盘。

"请把花儿摆好,就在一进门的门廊两边。"薛立丹太太说,"萝拉,同意吗?"

"哦,好极了,母亲。"

在休息室里,梅格、乔丝和矮个儿的好汉斯终于把钢琴搬好了。

"要是我们把这睡椅靠墙放着,把房间里所有的东西都搬出去,只留椅子。你们觉得怎样?"

"行。"

"汉斯,把这些桌子都搬到吸烟室去,拿个扫帚来扫掉地毯上的痕迹——慢着,汉斯——"乔丝爱向仆人发号施令,而他们也乐于听从她,她总是使他们觉得像是在参加演一场戏,"告诉母亲和萝拉小姐立刻到这儿来。"

"是,乔丝小姐。"

她转向梅格:"我想听听钢琴的音对不对,万一今天下午人

157

家要我唱歌呢。我们试一遍《烦闷的生活》吧。"

砰！嗒——嘀——嗒——嘀——嗒！钢琴的声音猛地响得激动人心,乔丝的脸色变了。她两手紧握。当她母亲和萝拉走进来时,她忧郁而又莫测高深地望着她们。

　　生活多么令人厌烦,
　　一滴眼泪——一声悲叹。
　　爱情反复易变,
　　生活多么令人厌烦,
　　一滴眼泪——一声悲叹。
　　分手……在顷刻间！

在"顷刻间"这几个字上,虽然钢琴的声响哀痛欲绝,她的脸上却绽开了一个光彩焕发,毫无同情心的微笑。

"我的嗓音不是很好吗,妈咪？"她兴高采烈。

　　生活多么令人厌烦,
　　希望成泡影。
　　梦醒魂断。

但这时塞迪打岔了。

"什么事,塞迪？"

"太太,厨娘问,三明治菜单您预备好了吗？"

"三明治菜单,塞迪？"薛立丹太太迷迷糊糊地回答,从她脸上孩子们就知道她没有预备好。"让我想想。"她随即对塞迪肯定地说,"告诉厨娘,十分钟内就给她。"

塞迪走开了。

"好,萝拉,"她的母亲迅速地说,"跟我到吸烟室去。那些名称我写在什么信封背面了。你替我另写过。梅格,这就上楼去把你头上的湿东西取掉。乔丝,立刻跑去穿好衣服。你们听见没有,孩子们,还是要我等爹爹晚上回来告诉他?还有——还有,乔丝,要是你真上厨房去的话,安慰一下厨娘。今天早上她真吓人。"

那信封最后在餐室大钟后面找到了,薛太太简直想象不出它怎么会到那儿去的。

"你们孩子里有谁从我皮包里偷去的,因为我清楚记得——奶油奶酪——柠檬冻。你写完了吗?"

"写完了。"

"鸡蛋和——"薛太太把信封举得远远的,"看起来像是耗子,不能是耗子。会吗?"

"那是橄榄,亲爱的。"萝拉回过头说。

"是的,当然了,橄榄。那搭配太可怕了。鸡蛋和橄榄。"

她们终于写完了。萝拉送到厨房去,发现乔丝正在安慰厨娘,她看去一点儿也不吓人。

"我从来没有见过这样精致的三明治,"乔丝那欢快的声音说,"你说过有多少种,厨娘?是十五种吗?"

"十五种,乔丝小姐。"

"好,厨娘,我祝贺你。"

厨娘用做三明治的长刀把渣屑堆在一起,脸上堆满了笑。

"高德伯糕点店的人来了。"塞迪从食品室里出来宣布说。她看见那人从窗下走过。那就是说奶油松饼送来了。高德伯糕点店的奶油松饼闻名遐迩,也就没有人想在家里自做了。

"拿进来放在桌上,姑娘。"厨娘命令道。

塞迪拿进奶油松饼又回到门口去了。当然,萝拉和乔丝已经太大了,不会真的喜欢这样的东西。尽管如此,她们还是禁不住认为那些松饼看上去令人垂涎,真的。厨娘开始摆盘子,抖掉松饼上多余的糖霜。

"这让人想起过去所有的宴会,是不是?"萝拉说道。

"我想是的。"讲究实际的乔丝说,她是从来不愿多想往事的,"它们看起来又松又软,我得承认。"

"一人来一块,好小姐,"厨娘用令人舒服的音调说,"您妈咋知道哩!"

噢,不可能。想想看,早餐刚过又是奶油松饼,想想都够让人打颤。尽管如此,两分钟后,乔丝和萝拉都在舔着自己的手指,脸上那种专心致志的表情,那是只有吃了打过的奶油才会有的。

"我们从后门到花园去吧。"萝拉建议,"我想看看那些人把帐棚搭得怎样了。他们都是了不起的好人。"

但是后门堵塞了,厨娘、塞迪、高德伯糕点店的伙计和汉斯都挤在那儿。

出了什么事。

"啧啧啧。"厨娘像只受惊的母鸡在叫唤,塞迪用手捂着脸腮好像牙疼。因为要努力听懂,汉斯的脸皱作一团。只有高德伯店的伙计似乎很得意,事情就是他说的。

"什么事?出了什么事?"

"吓人的事,"厨娘说,"死了一个人。"

"死了一个人?在哪儿?怎么死的?什么时候?"但是那伙计不会让人就在他的鼻子底下抢走他的话题。

"就在这儿下头的那些小房子里,知道吗,小姐?"知道吗?当然,她知道的。"好,那儿住着一个年轻人名叫司考特,是个赶大车的。今天早上在豪客街的拐角上,他的马看见一架拖拉机,受惊了,把他甩出车来,后脑勺着地。遭了难了。"

"死了!"萝拉瞪着那伙计。

"他们去抬他起来的时候,他已经死了。"高德伯店的伙计兴致勃勃地说,"我来的那当儿他们正把尸首运回家去。"然后他对厨娘说,"他留下个老婆和五个小的。"

"乔丝,上这儿来。"萝拉抓住她姐姐的衣袖,拉着姐姐穿过厨房到绿毡门的另一边。她停下来,靠在门上。"乔丝!"她说,惊魂未定,"我们怎么样才能停止这一切?"

"停止这一切?萝拉!"乔丝叫道,很惊讶,"你说什么?"

"不举行花园茶会了,当然的。"为什么乔丝还假装不懂呢?但是乔丝更加惊异了:"不举行茶会?亲爱的萝拉,别这样矫情。我们当然不能这么做。没人指望我们这么做,别太过分了。"

"就在我们大门外死了人,我们还怎么可能举行宴会呢。"

真是过分了,那些小房子挤在一个胡同里,在山坡下面,坡上是薛宅。中间有条大路。真的,是太近了。它们是那么刺眼,根本没有权利来做邻居。它们是些简陋的漆成巧克力色的小房子。院子里的小块地上什么都没有,除了白菜帮子、病母鸡和番茄酱的罐头壳。它们烟囱里冒出来的烟都一派穷相。一小片一小缕的,不像薛家烟囱冒出的大股银色的笔直的浓烟。那胡同里,住着洗衣妇,还有扫烟囱的人,还有一个皮匠,还有一个人,他的房前密布小鸟笼。孩子们成群地挤在一起。薛家孩子小时候是不准去的,因为怕学会粗话,怕传染上什么病。但是他们长大以后,萝拉和劳利散步时有时穿过那里。那肮脏贫困的景象真令人厌恶。他们走出来时总是不寒而栗。不过人还是必须什么地方都走走,什么事都见见。所以他们从那里穿过。

161

"只要想想,那可怜的女人听着乐队有多难受。"萝拉说。

"噢,萝拉!"乔丝开始真的着恼了,"要是每回出事你都要取消乐队,你的生活就太紧张了。我完全像你一样难过,一样同情。"她的目光变得冷酷了,她看着自己的妹妹就像小时候打架时那样,"感伤不会使一个喝醉的工人复生。"她柔和地说。

"喝醉的!谁说他喝醉了?"萝拉气呼呼地面对乔丝,就像这种时候她习惯说的那样,她说,"我马上要上去告诉母亲。"

"只管去,亲爱的。"乔丝轻轻地说。

"母亲,我能进来吗?"萝拉转动大的玻璃门把。

"当然,孩子。怎么,什么事?怎么脸这么红?"薛立丹太太从梳妆台前转过身来。她正在试一顶新帽子。

"母亲,有一个人出了事,死了。"

"不是在花园里吧?"她的母亲打岔道。

"不,不是的。"

"噢,你吓坏我了。"薛太太叹了一口气,如释重负,然后取下那顶大帽子,放在膝上。

"可是,听着,母亲,"萝拉哽咽地说,简直喘不过气来,她讲了那可怕的事,"我们当然不能举行宴会了,对不对?"她请求着,"要来乐队和那么多人。他们会听见的。妈妈,他们几乎算得上是邻居啊!"

使萝拉惊异的是,母亲的行为和乔丝一模一样。更难忍受的是,她似乎觉得有点好笑,她不肯认真对待萝拉。

"但是,我亲爱的孩子,通情达理些吧,我们不过偶然听到这事罢了。要是有人正常地死去呢——我简直不懂他们怎么能在那些小破窟窿里活着——我们还是应该举行宴会的,对不对?"

对这一点萝拉只好说"是",但她觉得一切都错了。她坐在母亲的沙发上揉着椅垫的褶边。

"母亲,那我们岂不是太狠心了吗?"她问道。

"宝贝!"薛太太起身向她走来,拿着那顶帽子。萝拉还来不及阻止,薛太太就把帽子给她戴上了。"我的孩子!"她的母亲说,"这顶帽子是你的。简直就是专给你做的。这样的帽子我戴太年轻了,我从没见过你这样漂亮。看看你自己吧!"她递过一面手镜。

"可是,母亲。"萝拉还没完,她不肯看自己,转过脸去。这一次薛太太失去耐心了,就像乔丝刚才一样。

"你很不通情理,萝拉。"她冷冷地说,"那样的人并不指望我们牺牲什么。要是照你现在这样,弄得大家都扫兴,也不很近人情吧。"

"我不明白。"萝拉说。她很快地出来,走进自己卧房去了。偶然间,她一眼就看到了镜中的妩媚可爱的姑娘,戴着缀有金色雏菊的黑帽子,还有一条长长的黑丝绒带。她从没有想到过自己能有这样的美貌。是母亲对吗?她想。现在她希望母亲是对的。是我过分吗?也许是过分。一会儿,她又想到那可怜的女人和那些小孩,还有那运回去的尸体,但是都似乎模糊不清,不够真实,像是报纸上的图片。她决定,等宴会过后我再来想。而不知怎么的,这似乎是最好的办法……

一点半用过午餐。两点半他们都为这聚会准备好了。穿绿上衣的乐队已经到了,在网球场的一角就座。

"天!"基蒂·梅特兰的声音如同鸟声鸣啭,"他们不是很像青蛙吗?你应该安排他们围着池塘,让指挥站在水中央的一片叶子上。"

163

劳利到了,去换衣服时和她们打了招呼。一看见他,萝拉又记起那事故了。她想告诉他。如果劳利的意见和别人一样,就肯定那是对的了。她随他走进门厅。

"劳利!"

"哈!"他正上楼,但他转过来看见萝拉时,忽然鼓起了两腮,目不转睛地看着她。"我说,萝拉!你看来真让人神魂颠倒哩。"劳利说,"真是一顶花哨帽子!"

萝拉轻声说:"是吗?"抬头对劳利一笑,终于没有告诉他。

一会儿,客人川流不息地来了。乐队奏了起来。雇来的侍者从宅子跑向帐棚。到处可以看见双双对对的人在漫步,俯身赏玩花朵,互相问候,走过草坪。他们像是欢乐的小鸟儿,半路上飞到薛家花园来栖息一个下午,它们本是要飞到——飞到哪里呢?啊,多么高兴。和这些快活的人在一起,握手,亲吻,朝人们的眼睛里倾注微笑。

"亲爱的萝拉,你真好看!"

"帽子配得多好。孩子!"

"萝拉,你挺有西班牙情调呢。我从来没见过你这样惹眼。"

而神采飞扬的萝拉,款款地回答:"用过茶了吗?要不要冰淇淋?这种西番莲果子冰淇淋真的不同一般。"她跑向父亲要求道,"亲爱的爹爹,能让乐队也喝点什么吗?"

然后这完美的下午慢慢地成熟了,慢慢地凋谢了,慢慢地合上了花瓣。

"没有更使人愉快的花园茶会了……"

"最大的成功……"

"可以说是最……"

萝拉帮助母亲送客。她们并排站在门廊里,直到一切都成为过去。

"都完了,都完了,谢天谢地。"薛太太说,"萝拉,叫他们都过来。大家去喝点新鲜咖啡吧。我是精疲力尽了。是的,茶会很成功。可是,唉,这些个茶会,这些个茶会!为什么你们孩子们总是坚持要举行茶会!"他们在空无一人的帐棚里坐了下来。

"来一块三明治,亲爱的爹爹。我写的菜单。"

"谢谢。"薛先生一口咬下去,三明治就不见了踪影,他拿起另一块,"我想你们没有听说今天发生的一件惨事吧。"他说。

"我亲爱的,"薛太太说,举起了手,"我们听说了。几乎破坏了今天的茶会呢,萝拉口口声声主张延期。"

"噢,母亲!"关于这件事,萝拉不愿受到揶揄。

"确实是可怕的事。"薛先生说,"那汉子还结过婚呢。就住在下面的胡同,留下一个妻子和半打小孩,人们这么说。"

一阵不自然的短暂的沉默。薛太太不安地抚弄着茶杯。父亲说这些话真是很不得体……

她忽然抬起头来。桌上全是没动过的三明治、点心、松饼,都要浪费了。她又有了一个出色的念头。

"我知道,"她说,"我们装个篮子,把这些完全是好好的食物送给那可怜人。不管怎样,孩子们可以大吃一顿了。你们同意吗?而且一定会有邻居去看她,诸如此类。这么多的现成的点心该多好!萝拉!"她跳起身来,"把那个大篮子给我取来,在楼梯下面的橱柜里。"

"可是,母亲,你想这是好主意吗?"

多奇怪,她又一次似乎是和他们全体不一致了。拿些他们宴会的残渣剩屑,那可怜的女人会愿意么?

"当然了！你今天是怎么回事？一两个钟头以前你还硬要我们同情,而现在——"

哦,好吧！萝拉跑去取篮子了。母亲把篮子装满了,堆得高高的。

"你自己拿去,宝贝,"她说,"就这样跑过去吧。不,等一下,把海芋百合也带去。过那样日子的人就喜欢海芋百合。"

"花梗会弄坏她的花边衣服。"讲究实际的乔丝说。

是会弄坏的。这提醒很及时。"那么就只拿篮子去。还有,萝拉!"她母亲随她走出帐棚,"绝不要——"

"母亲,什么?"

不。还是不向孩子灌输这些念头吧!"没什么!去吧。"

萝拉关上花园门时,暮色正在降临。一条大狗跑过,像个影子。道路白闪闪的,下面洼地上一座座小房子罩在深深的阴影中。在这个下午以后,一切都显得那么宁静。她走下山坡,走向一个地方,那里有一个人躺着死去了,而这是她不能了解的。为什么她不能呢?她停了一分钟。她给那些亲吻、笑语、匙盏叮当的声音,还有踩过的草地的气味塞满了。她再也装不下什么别的了。多么奇异!她仰望暗淡的天空,只有一个念头:"是的,这次茶会真成功。"

过了马路,胡同到了。胡同里烟熏火燎,又黑又暗。披着肩巾、戴着男式花呢帽的女人匆匆走过。男人们靠在栅栏上,孩子们在门口玩耍。这些粗陋的小房子里发出低哑的嗡嗡声。有的屋里闪着灯光,窗内人影螃蟹般地横移过去。萝拉低头赶路。她希望自己穿上外套就好了,她的衣服多耀眼!还有那垂着丝绒飘带的大帽子。要是戴了另一顶帽子就好了。人们在看她吗?他们一定会的。不该来。她一直知道这是个错误。甚至到了现在,她是不是还是该回去呢?

不,太晚了。这就是那家人家了。一定是。屋外黑压压地站着一群人。门旁椅上坐着一个老妇人,脚下垫着报纸,靠着拐杖闲望。萝拉走近时,人们静了下来,让开路,好像原来就在等她,知道她要来似的。

萝拉非常紧张。她把丝绒飘带甩向肩后,向身边的一个女人问:"这是司考特太太的家吗?"那女人古怪地笑着,说:"是的,姑娘。"

哦,远远躲开这里多好啊!她走上窄小的台阶敲门时,真的说了出来:"帮助我,上帝啊。"躲开这些盯着看的眼睛,或者用什么把自己遮盖起来,甚至用那些女人的肩巾也行。我留下篮子就走,她决定。我甚至不等把篮子腾空。

门开了,一个小身材的黑衣女人出现在昏暗中。

萝拉说:"你是司考特太太吗?"使她恐惧的是那女人回答说:"请进来,小姐。"她就给关在过道里了。

"不,"萝拉说,"我不要进来。我只是送这篮子,母亲叫我——"

在昏暗的过道里,那小女人似乎没有听见她的话。"请走这边,小姐。"她用一种讨好的声调说。萝拉跟随着她。

她发现自己到了一个破旧、狭小、低矮的厨房,厨房里点着一盏冒烟的灯。一个女人坐在火边。

"伊姆,"领她进来的小女人说,"伊姆,这是一位小姐。"她转向萝拉。她意味深长地说:"我是她的姊妹。小姐。您不见怪吧,您哪?"

"哦,那当然了。"萝拉说,"请,请不要打扰她。我——我只是想留下……"

167

但这时火边的女人转过脸来了。她的脸浮肿而红胀,眼睛和嘴唇都肿着,看上去很可怕。她似乎不能明白为什么萝拉在那儿。这是什么意思?为什么这陌生人提着个篮子站在厨房里?这都是什么事?那可怜的面孔又皱在一起了。

"好吧,我亲爱的。"另一个说,"我来答谢小姐。"

她又说了:"您肯担待她,小姐,我瞧准啦。"她的脸也肿着,油滑地勉强做出笑容。

萝拉只想走开,走得远远的,她回到过道里。有一扇开着的门,她一直走进去,却原来是卧室,死去的人躺在那里。

"你想瞧瞧他,是不是?"伊姆的姊妹说着,擦过萝拉走到床边,"别害怕,姑娘——"这时她的声音亲热而有点调侃意味,她亲昵地揭下被单,"他瞧着挺是样儿的,什么也显不出来。过来,亲爱的。"

萝拉走上去。

一个年轻人躺在那里,正在酣睡——睡得这样熟,这样深,使得他远远离开了她们两个。啊,这样遥远,这样宁静。他在梦乡,永远别叫醒他。他的头陷在枕头间,眼睛闭着,在合拢的眼皮下,什么也看不见。他把自己交给了梦。花园茶会,食物篮子,还有花边衣服,这些和他有什么关系呢?他离这一切都太远了。他是奇妙的,美丽的。在他们欢笑着,音乐飘扬的时刻,这奇迹来到胡同里。幸福……幸福……一切都好,那沉睡的面孔在说。原该如此,我满意。

不过你还是不能不哭,而且她不能不对他说话就走出房间。只听得萝拉发出了孩子气的一声哭泣。

"原谅我的帽子。"她说。

这一次她不等伊姆的姊妹了。她找到门,走下台阶,走过黑沉沉的人群。在胡同拐角处遇上了劳利。他从阴影里走出来。

"是你吗？萝拉。"

"是我。"

"母亲都着急了。办得好吗？"

"是的，不错。哦，劳利！"她抓住他的手臂，靠到他身上。

"喂，你在哭吧，是不是？"她的哥哥问。

萝拉摇摇头。她是在哭。

劳利用手臂围着她的肩。"不要哭，"他用他那温暖亲切的声音说，"可怕吗？"

"不，"萝拉哭着，"简直是神奇。不过，劳利——"她停住了，望着哥哥，"人生是不是——"她期期艾艾，"人生是不是——"但是人生是什么，她没法说明白。没有关系。他很明白。

"不是么，亲爱的？"劳利说。

(原载《曼斯菲尔德短篇小说选》，
上海译文出版社 1983 年出版)

第一次舞会

[英国]凯瑟琳·曼斯菲尔德

若问舞会开始的确切时间,莉拉会觉得很难说。也许她的第一个舞伴要算是马车。和她同车的有薛立丹家的姑娘们以及她们的兄弟,这并没有关系。她坐在自己的小角落里,把手放在软垫上,觉得像是触着一个身着礼服的陌生青年的衣袖。他们一路经过跳着华尔兹舞的路灯、房屋、篱笆和树木,滚滚地向远处疾驶。

"你真的以前没有参加过舞会吗?莉拉?可是,我的孩子,这太怪了——"薛家的女孩们叫道。

"我们最近的邻居有十五英里远。"莉拉轻轻说。把扇子文雅地打开又合上。

啊,天,要像别人那样无动于衷是多么难啊!她勉强自己不要总是微笑,不去关心周围的一切。但是这些事件件都是这样新鲜,这样令人兴奋……梅格的晚香玉,乔丝的琥珀长项链,萝拉那小小的深色的头伸出在白毛皮领上,如同雪中透出的花朵,她永远也不会忘记的。她看见劳利扔掉新手套的扣环上的薄绵纸条时,甚至感到一阵痛苦,换了她会愿意保存这些纸条作为纪念品的。这时劳利靠向前把手放在萝拉的膝上。

"喂，亲爱的。"他说，"第三个和第九个，像往常一样，小芽儿？"

啊，有个兄弟是多么了不起啊！莉拉激动地想道。要是有时间，要不是太不像话，她就忍不住要哭了。因为她是独女，从来没有兄弟对她说"小芽儿"，从来没有姊妹会像这时梅格对乔丝那样，说："我从没见你的头发梳得像今天晚上这样好！"

但是，当然，没有时间了。他们已经到达舞厅了，前前后后都是马车。大路很亮，两旁是移动的扇形的灯，人行道上一对对快活的男女仿佛在空中飘过，小巧的缎鞋一只追着一只，就像鸟儿一般。

"拉住我，莉拉，你会走丢的。"萝拉说。

"来吧，姑娘们，咱们冲一下！"劳利说。

莉拉把两个手指放在萝拉的粉红色天鹅绒斗篷上。她们似乎是给抬过了那金色的大灯笼，带进过道，给推进写着"女士"的小房间。房间里挤得几乎没有地方脱外衣，声音震耳欲聋。两边两条长凳上高高地堆着外面穿的东西。两个系白围裙的老婆子跑上跑下抛着一抱抱的新脱下的衣物。每人都往前挤着，想达到房间另一端的小梳妆台和镜子。

一盏跳动的大煤气灯照亮这间化妆室。它不能等了，它已经在跳舞了。门又一次打开来时，从舞厅里传来一阵乐队调弦的声音，火光几乎冲到了天花板。

深色头发和浅色头发的女孩都在轻掠秀发，重接缎带，把手帕掖在背心的前襟下，抚平大理石一样洁白的手套。而且因为她们都在笑着，在莉拉看来，她们全都可爱。

"没有一根暗发夹吗？"一个声音叫道，"太特别了！我连一根暗发夹也找不到！"

"在我背上扑点粉吧,真是个好人。"另一个声音说。

"可我得要针线。我把褶边撕破好几里长啦!"第三个悲叹道。

然后,"传过去,传过去!"装节目单的草篮在粉臂间传递过来了。可爱的粉、银两色的小节目单,带着粉红的铅笔和蓬松的流苏。莉拉从篮子里拿出一张时,她的手指颤抖了。她想问问谁:"我也该拿一张吗?"但是她仅仅有时间读到"华尔兹 3:《两个人,独木舟上的两个人》,波尔卡 4:《羽毛飞舞》",梅格叫了:"好了吗? 莉拉?"她们挤过通道,走向舞厅的双扇门。

跳舞还没开始。但是乐队已经停止调音,大厅这样喧闹,似乎乐队即使演奏也是听不见的。莉拉紧靠着梅格,从梅格肩上望过去,觉得挂在天花板上的颤动着的彩色小旗也在说话。她差不多忘记了羞涩,忘记了在穿着打扮时,她坐在床上,一脚穿着鞋,一脚光着,请求母亲给表姊们打电话,说她终究还是不能去。她在她那隔绝的乡下家里,坐在廊子上,在月光下倾听小猫头鹰叫着"还要猪肉"时,心中涌动的那种渴望,这时变作了欢乐的急流,甜蜜得难以独自承担。她抓住扇子,注视着发光的金色地板、杜鹃花、灯笼、厅的另一端铺着红地毯的舞台和镀金的椅子,还有角落里的乐队。她喘不过气来地想:"多美妙啊!简直是无与伦比啊!"

女孩们都聚在门的一边,男人在另一边。给姑娘们做陪伴的那些年老的妇女穿着深色服装,有点儿发傻地微笑着,在打过蜡的地板上迈着谨慎的小步子走向舞台。

"这是我乡下的小表妹莉拉,请照顾。给她找个舞伴,是我在带领她。"梅格迎着姑娘们一个又一个地说。

陌生的面孔对莉拉微笑——甜甜地,漫不经心地。陌生的声音回答:"当然了,亲爱的。"

但是莉拉觉得姑娘们并没有看见她,她们向男人那边望。为什么男人还不开始?他们等什么呢?他们站着,抚平手套,摸摸光滑的头发,互相微笑。然后,相当突然地,他们仿佛刚决定该这么做似的,在嵌花地板上滑过来了。姑娘群里有一阵欢乐的骚动。

一个高个儿漂亮男子飞向梅格,抓过她的节目单,飞快地写着什么。梅格把他转给莉拉。"我有幸和你跳舞吗?"他低头微笑。

一个戴眼镜的深褐色头发的人走过来,然后是劳利表哥和一个朋友,萝拉和一个生有雀斑的小个子——他的领带没有打正。

然后来了一位上了年纪的人——胖胖的,头秃了一大片——拿起她的节目单,喃喃地说:"我看看,我看看!"他把他那写满名字看上去一团黑的节目单,和莉拉的对照着看了好长时间,似乎他不大好办。

莉拉不好意思起来,恳切地说:"啊,请不要麻烦吧。"但是他没有回答,却写上了什么,他又望着她。"我记得这张发光的小脸儿吗?"他轻轻说,"是不是往昔的相识呢?"

这时乐队开始演奏,胖胖的人不见了。在发光的地板上飘过来的音乐的巨浪把他扔得远远的,把一群群人分成一对对,散开去,旋转着……

莉拉在寄宿学校里学过跳舞。每个星期六寄宿生都被匆匆地赶到一个波纹铁造小小的传教厅里去,由易可里小姐(从伦敦来的)教"精选"课。墙上挂着有斑点的乐谱,一个可怜的、惊恐的、戴着缀有兔子耳朵的棕色绒帽的小女人敲打着冰冷的钢

173

琴,易可里小姐用她那白色的长教鞭捅女孩们的脚。那间满是尘土味的小厅和这里真有天渊之别。莉拉觉得,她拿得准,要是舞伴不来,要是她只能听着神奇的音乐,只能看着别人在金色的地板上又滑又转,至少,她是会死的,或者会晕倒,或者会举起双臂,从闪耀着星光的黑洞洞的窗口飞出去。

"我们的,我想——"有人鞠躬,微笑,把手臂递给她,她终于不必死了。有人揽住她的腰,她飘开去,像是一朵花被投进池塘。

"地板不错,是不是?"一个微弱的声音靠近她的耳边慢吞吞地说。

"这么滑,可真是妙不可言。"莉拉说。

"请原谅!"那微弱的声音露出了惊异,莉拉又说了一遍。于是停顿了一下,那声音才回答:"哦,不错的!"她又被旋转起来。

他带得很漂亮。莉拉断定了,这就是和男人跳舞跟和姑娘跳舞的很大不同。姑娘们互相碰撞,互相踩脚,带舞的女孩总是把你紧紧抓住。

杜鹃不再是一朵朵分开的花了,它们成了粉红和白的旗帜在旁边流过。

"上星期你在贝尔家吗?"那声音又来了,听上去很疲倦。莉拉思索着是否该问问他想不想停下来。

"不,这还是我第一次跳舞呢。"她说。

她的舞伴喘吁吁地略微笑了一声。"哦,是吗?"他不大相信似的。

"是的,这真是我有生以来的第一次舞会。"莉拉很热切,能把心里话告诉什么人,使她如释重负,"你知道,我一直住在乡下,直到现在才……"

这时音乐停了,他们走过去坐在靠墙的两把椅子上。莉拉把她那双穿着粉红缎鞋的脚缩拢在椅下,拥着自己,看着一对对舞伴通过转门走过又消失的情景,感到很幸福。

"有意思吗?莉拉?"乔丝问,点着她金发的头。

萝拉走过时对她极轻微地眨眨眼,这使莉拉有那么一会儿糊涂了,难道她真的算是大人了?当然她的舞伴没有多说话。他咳嗽,藏好手帕,往下拉着外套,拣去袖子上的一根细线。这都不相干。乐队几乎是马上就开始了,她的第二个舞伴似乎是从天花板上跳下来的。

"地板不坏。"新的声音说。是不是总要从地板说起呢?接着:"星期二你到尼甫家去了吗?"于是莉拉又解释了。她的舞伴不感兴趣,使她有点奇怪。因为这多么令人激动啊,她的第一个舞会!她什么都刚开始,她似乎觉得,以前她从不知道夜晚是怎样的。以前的夜晚向来黑暗、寂静,常常是美的——啊,是的——但是有时令人忧伤,太严肃了。而现在黑夜永不会再像以前一样了——夜晚展现了耀眼的光亮。

"来一杯冰淇淋怎么样?"她的舞伴说。他们穿过转门、过道,到了餐室,她的双颊燃烧着,真渴极了。小玻璃碟里的冰淇淋多么可爱,结了霜的茶匙多么凉,连它也冰过了!他们回到舞厅时,那胖子在门口等她。他的年纪又使她吃了一惊,他应该在台上和父母们一起。莉拉把他和别的舞伴相比,觉得他寒酸了些。他的背心打皱,手套掉了一个扣子,外衣像是撒满了法国粉笔灰。

"来吧,小姐。"胖子说。他不想多费力气去揽住她。他们文雅地移动开去,不大像跳舞,更像散步。但是他不提地板了。

175

"你是第一次参加舞会是不是?"他喃喃地问。

"你怎么知道?"

"哦,"胖子说,"这就是上了年纪的用处了。"他带她掠过不太会跳的一对时,轻轻喘着,"这类事我干了三十年了。"

"三十年?"莉拉叫道,比她出生还早十二年!

"想到这点是很难受的,是不是?"胖子阴郁地说。莉拉看着他的光头,很为他难过。

"你现在还在跳,这是了不起的。"莉拉好心地说。

"好心的小姐,"胖子说,把她拉紧些,哼着华尔兹中的一个小节,"当然,"他说,"花不常开,景不常在。不用三十年,不——"胖子说,"不用多久,你会穿着黑丝绒衣服坐在台上看别人跳,这漂亮的手臂会变得又短又粗,你打拍子会用另一种完全不同的扇子——黑黑的乌木扇。"胖子似乎打了个寒战,"你就像那边的可怜的老母亲一样,远远地微笑着,指着你的女儿,告诉邻座的老太太说那次俱乐部舞会上,有个可怕的男人要吻她,你的心会发痛,发痛——"胖子又把她搂紧点,好像真的同情那颗可怜的心似的,"因为没有人要吻你了。你会说这些打光的地板走起来不舒服,太危险。嗯,步步生莲的小姐?"胖子轻声说。

莉拉轻轻笑了一声,但是她并不想笑。这是——这能是真的吗?听起来万分真实啊!这第一次舞会归根到底只不过是她最后一次舞会的开始吗?这时音乐似乎变了,听上去很悲伤,很悲伤,它在一声深长的叹息中升起。啊,变得多么快啊!为什么幸福不能永久?就算是永久,也一点不长啊。

"我想停下来。"她透不过气地说。胖子领她到门口。

"不,"她说,"我不要出去。我不坐。我就站在这儿,谢谢。"她靠墙站着,一只脚轻轻敲着地面,拉上手套,勉强地一笑。但是在她内心深处,有一个小女孩用围嘴捂住头,在低声哭泣。为什么他破坏了这一切呢?

"喂,你呀,"胖子说,"千万别把我的话当真,小姐。"

"好像我会似的!"莉拉说,摇着小小的、黑发的头,咬着下唇……

舞伴们又一双双鱼贯而行了。转门开了又关上。乐队指挥开始了新的乐曲。但是莉拉不再想跳舞了。她想回家,或者坐在廊子上倾听小猫头鹰。那时她穿过黑洞洞的窗,望着星星,星星的长长的光芒像是许多翅膀……

可是不久,开始了轻盈的、充满柔情的、迷人的乐曲,一个鬈发青年向她鞠躬。出于礼貌,她不得不跳,直到能找到梅格为止。她木然走进人群中,傲慢地把手放在舞伴的袖子上。但是只有一分钟,一个旋转,她的脚滑动了,滑起来了。灯光,杜鹃花,衣裙,粉红的面孔,丝绒椅子,全都变作一个美丽的飞舞着的轮子。她的下一个舞伴把她撞在那胖子身上,他说"请原谅"。这时,她对他笑得格外灿烂。她甚至没有认出他来。

(原载《曼斯菲尔德短篇小说选》,
上海译文出版社 1983 年出版)

鬼恋人

[英国]伊丽莎白·波温

在伦敦逗留了一天,杜路沃太太要离开了。她到自己的关闭了的房子去找些要带走的东西,有些是她自己的,有些是她家人的。他们现在都习惯乡村生活了。那时八月将尽,整天热气蒸腾,不时有阵雨。她去时,路边的树在湿润的、黄色的午后斜阳里闪着光。在一块块灰云堆积的背景上,断残的烟囱、胸墙很显眼。在她一度很熟悉的街道上,像是在任何一个没有用过的沟渠里一样,淤积了一种陌生的奇怪的感觉。一只猫在栏杆里钻来钻去。但是没有人看见她回来。她用手臂夹好带着的纸包,在那不顺当的锁里用力转动着钥匙,然后用膝盖一顶变歪的门。她走进去时,一股窒闷的空气扑面而来。

楼梯的窗户钉住了,门厅里没有光。她只能看见一扇门半开着,便快步走过去,打开屋里的百叶窗。这位毫无想象力的太太看着周围,她看到的一切,以前长期生活的痕迹,使她感到困惑更多于熟悉。黄烟熏染了白色的大理石壁炉架,写字台顶上有花瓶留下的圈痕。壁纸上的伤,是猛然开门时瓷门柄碰出来的。钢琴已经送走保存,镶木地板上留下了爪子似的痕迹。虽然没有多少灰土渗进来,每件家具上都罩着尘埃的薄膜。而且只有烟囱通风,整个客厅里有一种不生火的炉膛的气味。杜太太把纸包放在写字台上,离开这房间上楼去。她需要的东西在卧室的箱子里。

她曾急着想看看这房子的情况如何——几个邻居合雇的兼职照料房屋的人这星期度假去了,不会回来。一般他不大进屋看的,她从来也不信任他。屋子有裂缝,上次轰炸留下的,她一直很留意。倒不是说会有什么办法修好——

一缕折射的日光横过大厅,她定定地站住了,瞪着厅中央的桌子——上面有一封给她的信。

她先以为——一定是管房子的人回来了。不管怎样,看见房子关闭了,谁会把信投入信箱?又不是一般的通知或账单。可是一切通过邮局寄给她的东西都转到乡下地址了。管房人(就算他回来了)并不知道她定好今天到伦敦——来这里是打算好不让他知道的——这信这么搁着就显出他的疏忽了,让它在昏暗和尘土中等着,使她不安。她不安地拿起信,信上没有贴邮票。但是它不会是什么重要的信,否则他们会知道……她拿着信快步上楼,直到走进从前的卧室,放进亮光来,都没有看信一眼。这房间下面是花园,还可以看见别人家的花园。参差的云块低垂,遮住了阳光,树木和长荒了的草坪似乎已经罩上了暮色。一种因为有人轻视她的习惯而被侵扰了的感觉使她不愿再看那信。不过,在下雨前的紧张气氛里,她读了。那信不过几行。

亲爱的凯瑟琳:

你不会忘记今天是我们的纪念日,还是我们说好的这一天。岁月流逝,很快也很慢,因为情况毫无变化,我相信你会遵守诺言。我看见你离开伦敦,深感不悦。但是你毕竟回来了,我很满意。那么在那安排好的时刻,等着我吧。直到那时……

K.

杜太太看写信的日子,是今天。她把信扔在弹簧床垫上,一会儿又拿起来看——她的嘴唇在残留的唇膏下变白了。她觉得自己脸色大变,就走到镜子前擦出一块地方,紧张而又遮遮掩掩地照。镜中人是一位四十四岁的妇女,在随便拉下来的帽檐之下,眼睛直瞪瞪的。她独自喝过茶离开铺子后就没有搽粉。丈夫送的结婚礼物——珍珠项链,松松地挂在她现在细瘦了些的颈项上。滑进了粉红的V字领羊毛衫,那是去年秋天围坐在炉火旁时,她姐姐织的。杜太太平常有一种遏制着烦恼的表情,但那是表示同意的神情。她生了第三个男孩后,大病了一场,左嘴角边便有了间歇的肌肉颤动。但是尽管如此,她总能保持一种既精力充沛又平静稳重的风度。

她像照镜子时一样猛然扭过脸,走到箱子前,开了锁,掀开箱盖,跪下来找东西。雨开始哗哗地下了,她忍不住回头去看光秃秃的床,上面就放着那信。在雨的帘幕后面,仍然伫立着的教堂钟敲了六下。她数着缓慢的钟声,很快地越来越害怕。"安排好的时刻——我的上帝,"她说,"什么时刻?——我该怎样?在过了二十五年以后——"

花园里有一位姑娘和一位军人在说话。她从没有看清他的脸。天很黑,他们在树下告别。在那关键时刻看不清他,似乎她从来就没有见过他似的——为了证实他出现不止这几分钟,她常常伸出手来。他每次都毫无温柔之意地把它压在制服的纽扣上,使她好疼。军人从法国回来休假,现在离假期结束那么近,她只有希望他已经走掉。时间是一九一六年八月。他没有亲吻,而是远远地推开惊恐的凯瑟琳审视着,看得她觉得他眼中闪着鬼气。她转脸从草坪上望去,在树林间,可以看见客厅亮着灯。她吸了一口气,想象自己奔跑着冲进母亲和姐姐平安的臂弯里,叫道:"我怎么办?我怎么办?他走了!"

听见她吸气,未婚夫漠然地说:"冷吗?"

"你要走得那么远。"

"不像你想象的那么远。"

"我不懂?"

"你不用懂。"他说,"你会懂的。你知道我们说过的话。"

"可那是——如果你——我说,如果。"

"我将和你在一起。"他说,"早晚而已。你不用做什么,只要等待。"

片刻以后,她自由地跑过静静的草坪。穿过窗户,她看见母亲和姐姐,她们一时没有发现她。她已经觉得这古怪的许诺把她和其余的人分开了。没有别的奉献自己的方式更使她感觉孤独迷惑和注定受到诅咒了。她不能做出更不祥的盟约了。

几个月后,有报道说,她的未婚夫已经失踪,推测是阵亡了。她的家庭不只支持她,而且能够毫不吝啬地称赞她的勇气,因为他们对那未婚夫几乎一无所知,也就无可遗憾。他们希望她在一两年内能把自己安慰好——如果仅只是个安慰的问题就简单多了。她的麻烦是,在不明显的悲痛后面,她和一切事物完全脱节了。她没有拒绝求婚的人,因为他们从未出现。好几年里,她对男子毫无吸引力。快到三十岁时,她变得很自然地分担着家庭为她年齿日长的焦虑,开始张罗,猜测着自己的命运。她三十二岁那年,威廉·杜路沃求婚,使她如释重负。她嫁了他,他们在这安静的、树木茂盛的肯星顿一带住下来。岁月积累,在这所房子里,孩子们都长大了。第二次世界大战的炸弹才把他们赶开。作为杜路沃太太,她的生活圈子有限,而且她从不肯想到有人注意着她的生活。

事情就是这样——不管写信的人是活还是死,他送来了威胁。杜太太不能老跪着,背对空屋子。她从箱子边站起,坐在一个直背椅上,这椅子坚定地靠着墙。旧卧室弃置了。她婚后的伦敦的家整个气氛就像一个有裂缝的杯子,使回忆连同它安抚的力量或蒸发或漏掉了,这一切形成了一种危机——而就在这关口,写信人有见识地给她当头一棒。在这个傍晚,这座房屋的空虚把许多年来的笑语喧哗、习惯、脚步全勾销了。透过关闭的窗户,她只听到周围房顶上的雨声,为了振作起来,她说自己在闹情绪——闭上眼睛两三秒钟,告诉自己那信不过是幻想,可是睁眼一看,它就在床上。

那信怎样进来的神秘一面她不肯想。在伦敦,有谁知道她打算今天来到这座房屋?无论如何,明明是有人知道了。就算是管房人回来了,也没有理由料到她来。他会把信装在口袋里,按部就班地去投邮。也没有别的迹象显示管房人来过了——但是,如果不是管房人来过呢?放在一座空屋门口的信不会飞,也不会走上厅里的桌子的。这信不会坐在空桌的灰尘中,那神气似乎确信一定能遇到收信人。这需要人有手——可是只有管房人有钥匙。在这种情况下,她不愿去想,没有钥匙也能走进屋子。很可能现在这儿不只她一个人,楼下也许有人在等她。等待——等到什么时候?等到"安排好的时刻"。至少那不是六点钟,六点钟已敲过了。

她起身走过去,锁上了门。

问题是得出去。飞吗？不,不行。她得赶火车。她是家庭生活中可靠的支柱,不愿意没有拿到要拿的东西就回到乡下,回到丈夫、儿子和姐姐身边去。她又在箱子里拣东西了,拣得很快,胡乱一塞,又很坚决地扎好几个包裹。这样,连同原先买的东西,就拿不了了。这就是说需要出租车。一想到出租车,她的心轻松起来,恢复了正常呼吸。我现在就打电话叫车,车不会很快来,听见马达响,我再平静地下楼,穿过前厅。我要打电话——可是不行,电话线路早掐断了。她拽着电线的结头,那是她错系上的。

逃走吧……他从来对我都不好,不是真的好。我不记得他好过,一点儿没有。母亲说他从不关心我。他就是一心要得到我,那就是他的感情,不是爱情。不是爱情,不想让别人好过。他做了些什么,让我做出那样的允诺？我不记得——但是她发现她是记得的。

她记得,准确得可怕地记得,以致之后的二十五年都烟消云散了,以致她直觉地寻找纽扣留在手掌上的印痕。她不只记得他的每一句话,每一个动作,还记得在八月的那个星期里,她自己的生活全部脱节。我不是我自己了,那时他们都这样说。像盐酸滴在照片上所造成的空白,她无论如何记不起他的脸。

所以,无论他在哪儿等着,我也不会认识他。你来不及从一张根本没料到会出现的面孔前逃走。

必须在钟敲响那个规定的,不管是几点的时刻以前上出租车。她要溜到街上,转过广场,从那儿上大街。她会坐在车里平安地回到自己家。她要叫那确实存在的司机和她一起在房间里来来去去拿包裹。关于出租车司机的想法使她有了决心和勇气,她开了门锁,走到楼梯上,倾听下面的动静。

什么也听不见——但就是在这时,一阵穿堂风吹到她脸上。那是从地窖来的,有什么人选择了这一时刻离开,开了门或窗。

雨停了,人行道朦胧地闪亮,杜太太从自己家前门蹭到空荡荡的街上。空屋的炸坏的门面迎着她的目光。她努力不往后看,向前走上大街去找出租车。真的,真太静了——这个夏天,战争的灾难使得伦敦偏僻的街道更加寂静——静到只要有一点脚步声就不会听不见。她走到有人居住的广场时,才意识到自己不寻常的步伐,调整了它。广场另一端,两部公共汽车冷淡地相对开过。有人漫步街头,还有妇女,骑自行车的,一个人推着一辆有信号灯的小车,这里又是生活的普通潮流了。广场上人最多的一角应该是——过去是——短短的一排出租车。这晚上只有一辆车。虽然无表情的车尾向着她,但却似乎已在警觉地等候。她气喘吁吁地从后面去开车门。那司机头也不回,已经在发动引擎了。她上车时,钟敲七点。车子对着大街,要回到她的房屋应该转个弯。她坐好了,车转弯了。她很惊异它怎么知道该怎么走,忽然想起她还没有说上哪儿。她探身去拉司机和她之间的玻璃板。

司机踩了刹车,车几乎停住了,他转身拉开玻璃板。车猛然停住,使得杜太太向前一冲,通过拉开的这条缝隙,司机和乘客的脸相距还不到六英寸,面对着。杜太太张着嘴,好几秒钟都喊不出来。以后她一声接一声地喊叫,用戴手套的手在车子周围的玻璃上敲。而那车子冷酷地加快了速度,载着她驶向无人居住的荒郊。

(原载《世界文学》1985 年第 3 期)

星期日下午

[英国]伊丽莎白·波温

"这么说你来了!"魏西太太对新来的人说,他加入了草地上的这个小团体。她把轻巧、干燥的手指在他手上放了一会儿。"亨利刚从伦敦来。"她加了一句。周围人的熟悉的微笑说明他们已经知道这事——她不过是指引亨利扮演他的角色。"你经历了什么?——给我们说说。可不要可怕的,我们已经有点儿伤感了。"

"知道这样很遗憾。"亨利·鲁西尔说,带着不急于说自己事情的神气。他把一张藤椅拉进圈子,关切地望着一张张脸。他的目光落在丁香的屏障上,那深紫色的、透着粉红的银色的和纯白的花朵在午后的光辉中开成一片。五月下旬的星期日阳光闪耀,并不暖和,比风还轻的一股冷空气拂着植物的边缘。在丁香篱笆的终结处,跨过阳光打磨过的草地,都柏林群山继续伸延着那迷茫的、几乎是没有颜色的轮廓。这七八个人坐在充满阳光的草地上有遮檐的一边。他们都具有不同程度的长者风度,谁也不承认冷,都在想掌握或否认它,似乎觉得冷是他们各自的隐疾。一种挑剔的、时兴的忧郁气氛,一种躲在玻璃后面的隐居气氛,使他注意到他是在他们的影子里长大的。他回来增加了他们的欢乐,但他感到一种阻碍或是警告——他可以说一些,可别多了。他坐下时,想到近年来他多么麻木地抛弃了从他们那里得到的生活美学,觉得震动。他感到那魅力仍在笼罩着他。他是乘都柏林公共汽车来的,在他走到魏西太太的栗树荫道的半途中,从车上得到的民主气息全蒸发了。她的带有扇形气窗和落地长窗的别墅是意大利式的,离城较近,恰好突出了乡间的美好。现在,锁住他灵魂的战争感觉开始消失了——在这永恒的星期天下午的影响下消失了。

"伤感?"他说,"那就错了。"

"这些日子,我们的生活似乎不是真的。"魏西太太说,完全明白他的看法,"可是更糟的是,今天下午发现我们全都有朋友死去了。"

"最近么?"亨利说,轻轻敲着自己的手指。

"是的,有各种情况。"罗纳德·科夫说,带着足够的冷淡表示他对这一题目已经开始厌烦了,"好,亨利,希望你给我们换换脑筋。这些日子,对我们说来,你是个人物。事实上,我们从听到的伦敦消息中知道,你居然还活着,这是了不起的事。事情是不是像听说的那样吓人——也许更吓人?"他厌恶地说下去。

"亨利也说不准。"有人说,"他看上去总是正确的。"

亨利正在琢磨那遥远的字眼"吓人",这时有什么动静使好几个人转过头去。一位年轻姑娘从窗户里跨出来,穿过草地向他们走来了。她是玛利亚,魏西太太的侄女,光臂上搭着一条小地毯。她把小地毯铺在姑妈脚边,坐下了。她抱着双臂,手指放在尖尖的臂肘上,马上盯住了亨利·鲁西尔。"下午好。"她对他说,声调是嘲讽的,而又有些亲近的意味。

这女孩像一些难缠的小宠物一样,在某方面说来,似乎属于这里的每一个人。艺术赞助人瑞阿·斯托小姐一直不停地把她的皮披肩叠来叠去,这时问:"你刚才在哪儿?玛利亚?"

"屋里。"

有人说:"这么好的天待在屋里?"

"天好么?"玛利亚说,不耐烦地对草地皱眉。

"是天性,"退休法官说,"告诉玛利亚该喝茶了。"

"不,是这个告诉我的,"玛利亚漫不经心地抬起戴着手表的手腕,"表很准。谢谢你,伊萨克爵士。"她又看着亨利,"你刚刚在说什么?"

"你打断亨利了。他正要说呢。"

"有那么可怕么?"玛利亚说。

"轰炸吗?"亨利说,"是的。但是它和生活其他方面没有联系,很难知道一个人究竟感觉如何,似乎没有语言可以表示这样一种反常的感觉。至于思想……"

"那样的话,"玛利亚有点轻蔑地说,"你的思想是不会有趣的。"

"玛利亚,"有人说,"这可不是劝亨利谈话的办法。"

"关于什么是重要的,"玛利亚宣布,"看来没有谁能告诉谁任何事情。在一个人自己体验到以前,什么都没有。"

"亨利也许是对的,"罗纳德·科夫说,"考虑到这一点——暴行是不重要的,它在人的经验里没有地位。很明显,它不能给自己创造地位,没有文学写它。"

"文学!"玛利亚说,"看得出来,科夫先生,你总是安然无恙的。"

"玛利亚,"魏太太说,"你太没有礼貌了。"

伊萨克爵士说:"玛利亚想知道什么呢?"

玛利亚掐了一片草叶嚼着,她在热切地算计什么。她的心似乎蜷缩起来,她尖利地问亨利:"可你是要回去的,当然了?"

"回伦敦?是的——现在只是放假。不管怎样,人不能长久离开自己的岗位。"

话一出口,亨利就意识到多么微妙地得罪了老朋友们。他看得出,他们的处境比他还困难,他这么说太残酷了。魏太太带着她熟练的、总是带点温情的微笑,说:"那么我们希望你在这儿过得愉快,假期不会太短吧?"

"还得当心,亨利,"瑞阿·斯托说,"不然你会发现玛利亚藏在你的行李里,在一个英国港口,可要惹出麻烦!我们觉得她正计划着随时离开。"

亨利直截了当地说:"玛利亚为什么不照正常办法旅行?"

"因为她根本不该旅行。现在只有一种旅行——走向危险。我们认为她没有必要那样做。"

伊萨克爵士加了一句:"尽管如此,恐怕那正是玛利亚愿意的。"

玛利亚像猫一样在草地上漫不经心地蜷缩着,目光低垂。另一阵冷空气从丁香丛中透过,毫无声息地使花朵撞在一起。一位女士不自觉地颤抖了一下,随即大声笑了。斯托小姐冷冰冰地、想当然地说了一段关于爱情的旁白:"玛利亚没有经验,一点儿没有。她盼着遇见英雄,也没遇见。所以她想过海去找英雄。哎呀,亨利,也许她会把你当作英雄的。"

"不是那样。"玛利亚说,她听见了。魏太太弯身碰碰她的肩,叫她进去看茶点准备好没有。不一会儿,大家都站起来,三三两两向屋内走去,有人镇定自若地昂着头,有人垂首思索着什么。亨利知道夏天这一观念已经给丢弃了,他们不会再回到草地上来。餐厅里——白色的墙和镜框的玻璃映出了夏天——他们高兴地看到烧着木柴的炉火。玛利亚肩靠壁炉站着,看着他们围绕圆桌落座。亨利听到的一切都没有在她身上留下痕迹。在这几分钟内,她已经独自开始了生活的新阶段,完好纯洁的新阶段。以至亨利感觉到她无情地抛弃了过去,甚至几分钟前的事也作为过去抛弃了。她走过来按住两把椅子,表示为他留了位子。

奥特立夫人倚在桌边说:"我得问你——听说你损失了一切,能是真的吗?"

亨利不情愿地说:"是真的。我丢了我的公寓和里面的一切东西。"

"亨利,"魏太太说,"所有你那些美丽的东西?"

"唉,天!"奥特立夫人情不自禁地说,"我以为那不可能是真的,我不该问的。"

瑞阿·斯托尖利地看着亨利:"你太无动于衷了。你遭遇了什么事?"

"那是不久前。很多人都有这样的遭遇。"

"不是每个人,"斯托小姐说,"举例来说,我就看不出有什么理由要让我遇上。"

"我们忍不住要注意你,"伊萨克爵士说,"请原谅我们的惊讶。不过,亨利,有一段时间我们都觉得很了解你。如果这不是个痛苦的问题——在这个关口,你为什么不把珍贵物品疏散?你甚至可以把它们装船运到我们这里。"

"我对它们有感情,要和它们生活在一起。"

"而现在,"斯托小姐说,"你什么也没有了,永远没有了。你还真的觉得这就是生活吗?"

"是的,这就是生活。也许我是容易满足的。那地方被炸

189

时,我正好出门了。你们也许觉得——我尊重你们的看法——在我这年纪,应该更情愿和那些玻璃、玉石、图画一起坠入永恒。可是,事实上,我很高兴留下来,活着。"

"在什么水平上?"

"在任何水平上。"

"唉,亨利,"罗纳德·科夫说,"人们没法喜欢你的愤世嫉俗。你说到年纪,对我们说来算不了什么。可你正在壮年。"

"四十三岁。"

玛利亚斜看了亨利一眼,好像是说,到头来他毕竟不是个朋友。但她这时却说:"为什么他该希望自己死呢?"她把茶碰洒在桌布上,又不经心地用手帕擦拭,这使得桌子中央的中国牡丹的花瓣落在黄瓜三明治碟子上。长辈们宽容地、宠爱地看着这小小的灾难,似乎这可以防止更坏的事件发生。

"亨利不像你一样年轻粗暴。亨利的生活是——或许过去是——不断地钟情于某些事物。"瑞阿·斯托说,她在眼皮下转眼看着亨利,"我奇怪你这人已经炸掉了多少?"

"我无法得知。"他说,"也许你有办法?"

"要巧克力点心吗?"玛利亚说。

"要的。"

说起巧克力点心,从亨利七八岁时起,魏家的厨子做这些东西就是有名的。那时是母亲带着来。那棕色圆块的外表和味道把他和那些星期日下午连在一起。到了青春时期,他吃不下,只是看着周围。他十九岁时,魏太太犹存的风韵吸引了他。现在在玛利亚——他兄弟晚婚的孩子——身上,他看出了那种美,一种天生丽质正在萌芽。玛利亚没有犹疑,不受使人踌躇不前的影响,那影响和略带嘲讽的浅笑形成一个圈子,从童年便把亨利和魏太太捆绑在一起。他报复地责怪这使他感动的女孩,她对外界的灾难似乎胸有成竹地怀有某种预感——对野蛮行为,对缺乏精神生活的预感。他的年纪处于两代之间,觉得自己给遗弃了。魏太太可能不会原谅他为了战争世界而离开了她。

魏太太吹熄了茶炉下蓝色的火焰,把银色的活动门啪的一声按下去。这时她完全照着老样子微笑——这也是他母辈朋友的微笑。罗纳德·科夫从三明治上捡起花瓣,在手指间揉着,等她讲话。

"屋里很冷,"魏太太说,"玛利亚,往火上加根柴。瑞阿,你说的话真不合体统,我们该记得亨利受了惊。亨利,说说好点的事吧。从战争开始,你就在办公室工作?"

"在一个部里——在办公室,对的。"

"很不容易吧?玛利亚,如果你到英格兰,所能做的就是这个:在办公室里工作。这不像战争的历史书,你该知道。"

玛利亚说:"这场战争还没有上历史书呢。"她舔着嘴唇尝巧克力的余味,然后把椅子从桌旁推后一点,偷偷看手表。亨利奇怪时间能有什么重要性。

他后来知道了时间的重要性。他走下林荫道去上公共汽车时,发现玛丽亚站在两棵栗树中间。她斜跑过来,把手放在他臂弯里。他们头上的花朵凋落的暗红色雄蕊落在她的秀发上。"你还有十分钟呢,真的。"她说,"他们早十分钟就送你走,怕的是赶不上车又回来,那就一切都得重来一遍。因为总是这样,你想不到这会叫我姑姑多么为难。"

"别这么说,这是不体贴人,我不喜欢这样。"亨利说,玛利亚的手掌里的臂肘僵硬起来了。

"很好,那么走到大门,再回来。我能听见车来。他们说的是真话——我打算走得远远的。没有了我,他们就不得不自己去混时间了。"

"玛利亚,我不能喜欢你。你说的一切都是破坏性的,可怕的。"

"破坏性的?我以为你不在乎呢。"

"我还是要保留过去的。"

"那么你是弱者。"玛利亚说,"喝茶的时候我仰慕你。过去——事情一遍又一遍重演,本来不值得费那么多心——不过,没时间说这些。听着,亨利,我一定得有你的地址。我想你现在总有一个地址吧?"在有绿色垂叶的白门里,她止住他。他吹去了笔记本上的花蕊,写了地址,撕下给她。"谢谢你。"玛利亚说,"我可能来的——如果我需要钱或别的什么。但是可做的事很多,我可以开汽车。"

亨利说:"我要你了解,我不愿与你同谋,任何方式都不行。"

她耸耸肩,说:"你是要他们了解——"说着回头看那座房子。那里的这个下午延续的魅力对他整个灵魂生效了。他抗拒回到死亡的领域去,也许永远再也看不到这里的一切了。那深浅不同的十字形的丁香花,那在魏太太脸庞后面的无色的群山都在萦绕着他。他所害怕的一瞬间——回来的愿望,在这林荫道上把他淹没了,街外摩托声响,玛利亚站在那里注视着他。他敬爱刚离开的那些人的淡泊——恐惧少,怀疑多——过去的优雅情调又重复了。他想:现在我除了兽性的勇敢之外,没有剩下什么,我们将仅仅是野兽而已。

"怎么回事?"玛利亚问,亨利不回答。他们在门里徘徊,树影在她衣服、鬓发间嬉戏。她觉出他的目光变得清醒了,于是不安地问:"怎么回事?"

"你知道,"他说,"你只要从这里走开,就没有人在意你是玛利亚。事实上,你就不再是玛利亚了。那些神色,那些对你说的话,造就了你,你这傻姑娘。你只不过在他们的气氛中才是你。你可能以为行动更好,可是凭你的行动谁会在意你?你会有一个自己的身份证号码,但是却没有你自己了。你整个的生存一直是处于对比的区别之中的。你可能认为需要的是普通的命运,但是根本没有普通的命运。我们每人命运的特殊之处是由你姑姑认可的。我承认,我不赞成她的人生观——这是今天我这么生硬敏感的原因。可是当谁都没有人生观的时候,我们会怎样?"

"你不指望我懂你的话吧?"

"甚至你是野人,甚至你什么也看不起——是的,甚至这一点,你也是从他们那里得到的——那是我该上的车吗?"

"它还在河那边,还得过桥——亨利——"她仰起脸儿,他用沉思的、冷淡的吻碰了碰。"再会,"他说,"米兰达[①]。"

"是玛莉亚——"

"米兰达。这是你的终结。或许这样也好。"

"我会再见到你——"

"你到伦敦我的门口——手腕上拴着小小的新号码。"

"你的问题是,已经快要老了。"

玛丽亚跑出大门招呼停车,亨利上去了,很快给带走了。

(原载《世界文学》1985年第3期)

[①] 米兰达是莎士比亚剧本《暴风雨》的女主人公,亨利这么叫的含义见本卷《打开常春藤下的百叶窗》一文。

我们的第一所房屋[*]

[美国]玛克辛·洪·金斯顿

搬到我们自购的房屋里,已经一个月了,以前,我们租房住。我常爱说"准备房租""这钱留着交房租"和"凑房租"。

租房的人可以很快搬家,不用契约,不用先把存款折腾干净就搬家。水管、线路、屋顶、墙壁和地板都在它们自己恰当而又不明确的位置上,在光天化日之下。如果有一天我们对望着,决定毕竟是不该结这个婚的,我们可以拆掉那木板和砖搭成的书架,或者干脆不管它。没有什么关于财物的闲话。房主人不过是个标记,像蜗牛、乌龟、袋鼠似的。在宗教方面,房主人不像僧侣那样飘在空中;在政治方面,他也不说"把它打倒在地"。我从未成为一个主妇。在这个星球上,我不占有领土。

---

[*] 本篇及以下两首诗发表时总题为《译文一束》,前有小序:"一九八八年四月,中美作家约二十人相会于乐山大佛之旁。美国作家中有三位女士:小说家、《女战士》作者玛克辛·洪·金斯顿,女诗人萝碧塔·怀特曼和艾丽思·福尔顿。金斯顿是华裔,中文名汤亭亭,引起了亭亭玉立、亭亭如盖、娉娉婷婷等美好的联想。与她谈到彼此的创作与生活,知道她因两部小说带来的好运,而她不指望第三部好运到会'更上一层楼',可见明达。怀特曼是印第安裔,曾与她合诵《双声变奏》,并与金发碧眼的福尔顿辩论了一番女权主义。因思译出三人之作,以为此次晤面之纪念。当时诺之,忽忽不觉已近一年。时光可逝,而诺言不可消,卒将几首横行的字变为一个个方块,似还有些意味。"(编者注)

但是一驶近这所房子,我们样样都喜欢——瀑布般的藤蔓,坝状岩石上的青苔和地衣,长满厚厚的水风信子的幽暗的池塘,一只闪光的青蛙——有毒的——正跳进那一片深重的姜黄色,一株巨大的智利松,树下有石凳。前院有三株柏树,像梵高的画。后院有许多松树,一个像耳朵或手肘的拱门,没有任何用处,不过为了从下面走过罢了。一个新英格兰式的门廊,用来脱去外衣和靴子,一间玻璃门饭厅,只有一间卧室,但是带有两个临时房。浴室像个小教堂,厨房里有冰箱——从窗栏间可以看到土地,并且嗅到它。还有——这是无可置辩的——一个作家的阁楼,恰恰是你想象中的作家的阁楼,整一面墙都是书架,凭窗可见盛开的桃花和池塘。我若能望透树丛,可以看到山下,可以看见司蒂文森写作有关夏威夷的作品的地方,那小屋是现在重建的。

在这里我能不间断地构思多么厚的书!从头到尾不受一点干扰!

我们还发现两个暗柜,其中之一有七个格子。在阁楼作画的那位艺术家肯定把笔放在这里,或者,也许曾有一位船长或他的遗孀在这里保存着卷起来的地图。曾坐在有塑料薄板的固定书桌前的人用铅笔在墙上写了大有前途的字眼:性爱、神爱、哲学。

但当说到买房时,我们两个人都想到死亡,于是自动地抵押掉二十年的年龄。"抵押"一词源于拉丁文,就像"人终有一死"也出自拉丁文。"搬家"是我的双亲最先使用的几个英文字之一。起初我还以为它是中文呢。这中国腔的美国字意味着"收拾起你的破烂滚吧"。

我们开始觉得租房不可靠。一个朋友教给学生计算,在蛋白质交换中得到多少失去多少,多少紫花苜蓿变成多少汉堡包。他告诉我们将有一天每个俗人只有一平方尺的地盘。这位朋友离开了城市,在山中买了五英亩地,小溪流淌其间。他要安装太阳能设备,种植菜蔬,养羊,使这五亩地成为一个自给自足的系统。

我们还听说有一家倾家荡产买了一条船,驶到一个不见于地图的岛上。如果我们在什么地方拥有一块空地,到了世界末日,也好上那儿栖身。

凑巧,报上真正的地产栏里出现一则稀奇广告:遇到战争、饥荒、罢工和自然灾害时,这是你和你的家庭的理想住所。

这好处——炸弹落下时有个地方谈谈、说说,还有个写作的阁楼——击败了对所有权的恐惧,我们买了这所房子。

在便宜的住房中,作家的阁楼是个神话。在现实生活里,要有个阁楼,作家得买下那阁楼下的房子,还得有那房子下的土地,还有土地上的树木,作为汲取灵感的景致。

搬家那天,我在新屋到处走,并想:"这是我的树,这是我的花,这是我的草和泥土。"而它们真的有一部分是属于我的。

我的儿子约瑟夫仰望屋后拔地而起的坦塔路斯山,说:"这山上的落叶是不是都得我们清扫?"

在买卖契约办公室,我们照着文件要求,不管什么就签字。回家后伊尔读这些纸,发现这块土地原是夏威夷土地管理所给予一个名叫罗杰斯的人的。"我们不是那家的成员。"伊尔说。不过,我据理思索,难道普天下的土地都属于以色列?不管你声称这产业在哪一年属于你,只有前面一个所有者有理由是主人。举例来说,我们是否有权跑回中国去,说我们有一个农庄,它在公元前一千一百年属于我们?滑稽!不是吗?何况美国人平均每五年搬一次家,我们不过彼此换来换去罢了。

搬家的办法是建立一个司令部,令人惊异的是我不把它设在有秘密性的阁楼,而决定设在餐厅,一个小小的权力点。司令部的组成有卡片桌、花园椅子、打字机、纸张和铅笔等。十分钟就安顿就绪,我觉得可以搬进去了。从司令部,我要向房屋的其余部分探险。

伊尔前来集合并说到"基本行装",我想他指的是牙膏和牙刷。他不停地说:"基本行装是我所需要的一切。"这可得罪了我。我反攻说我的全部需要就是我的司令部。

约瑟夫搬迁的办法是决定他的卧室在顶层,与作家的阁楼为邻,然后就在陌生的环境中把属于他的物件统统摊开。

像过去每次搬家一样,我们把床垫扔在起居室的地板上,在那儿睡上几夜——以便确认自己是在这所房屋中间,而把它的陌生压制下去。黑夜从没有窗帘的窗中透进来。

我从司令部向这所房屋出击,又一次深深感谢能和这样的人结婚。他的几何感觉和我差不多,如果两人对画框的距离意见不一,又怎能一起生活呢?

使我们能在这所房屋中生活的最后一点是:我们彼此允诺,如果负担不了房屋所有权的重量,可以随时卖掉它。自我们结婚十五年来,这话就像是在说:"好了,如果这婚姻没有前途,我们随时可以离婚。"

双声变奏

[美国] 萝碧塔·怀特曼

一

我们住在哪儿?
在那夕阳西下的土地

有多久了?
从你的祖父死于那抵挡不住的战争
而人们心里不再拥有眼泪和胜利
我们站在陌生人的田野上
饶恕已经远离

我们做什么?
我们躲藏　我们交易
我们以艰难的愤怒
回答每一个问题
设想着令人骨碎心伤的以后的朝夕

译研笔记

那时刻何时来?
时间是乞丐
住在地下室里
他向我们口授
怎样幻想　何时迁移
如果逃跑　他会等在十字路口
用针刺你的眼睛
向肋骨撞击

谁会来拯救我们?
没有一个人　没有
只是风吹动时
我听见不止一个声音在呼唤
在雪的风暴里
在春天前风雪袭击的夜晚
我早已熟悉
永远不要听
永远不要听　不要听
它能带来什么消息

二

我们住在哪儿?
在这晨光里

有多久了?

199

我们的到来　只有湖水涟漪能记忆
到湖边去　见芦苇轻梳慢洗
一个回答
来自螃蟹的小天地

我们做什么？
平衡自己的身影
如同明媚阳光中的橡树
尽可能地伸展
把阳光吞取　向愚昧冲击

那时刻何时来？
时间是一只百灵鸟
在树丛中歌唱
坐在你肋骨的嫩蒂　听
那从花朵的蓝色的根迸出
负载于无形的羽翼
飞吧　蜻蜓
现在那只鸟在啼

谁会来拯救我们？
对一些人
是颤抖的
云　黄昏前的空气
来　拉住我的手
为了值得的一切东西

我们的心
很快学会了
如何像山石一般
吐出言语

一切罩单都应是白色

[美国]艾丽思·福尔顿

一个平静的隔离
和着白色变老　耐心
你的头发很快会撒满银屑
脸庞像煮过的柠檬般宁静
说着白色的谎
关于肉体　它包着
你一车骨头
白色和死亡　走开
像白桦在白色的管子里
螺旋上升　月亮穿过树间
抓紧了白色的银团　这纸泄漏白色的声音：
我要用白色
作为罩衣　穿
一面白旗作睡袍
请你在我的漂流中
摆放几位安琪儿剥夺殆尽
我知道你不要看见

皮肤上渐渐消失的瘢痂
还有那旧瘀伤躲躲闪闪
回到心间　心并非白色

（以上三篇原载《文汇报》1989年6月1日）

一 次 会 议

一九八八年四月，有一次中美作家会见的活动在四川乐山举行。不记得会议的主题了，印象是比较轻松随意。到会的中方作家有流沙河、李子云等。他们都很风趣，多才善辩。

美方的作家中有三位女作家，很希望她们的作品有中文翻译，一篇小文章也好，我就应下了。译稿发表在《文汇报》上。后来，也收入在一九九六年一月出版的《宗璞文集》中。当时，我也讲了一点霍桑的浪漫主义，好像当地刊物拿去发表，现在找不到了①。子云和流沙河都已仙逝，我有时想，他们会不会坐在乐山大佛的肩上观赏大自然？

---

① 即《传统与外来影响》，见本书第二卷。（编者注）

缪塞的诗

[法国]阿尔弗莱德·德·缪塞

威 尼 斯

在红色的威尼斯①,
没有一只船在动,
河里没有一个渔夫,
也没有一盏灯笼。

在宁静的地平线上,
独自地,坐在古刑场的
那只大狮子②举起了
它铜铸的前掌。

在他的周围,一群群
大船和小船,

---

① 威尼斯的房子多是赭石色的,故称红色的威尼斯。
② 指圣玛克的狮子,是威尼斯的象征,与此同名的广场上有它的铸像。

好像鸳鸯一样
围成一个圆圈。

它的旗帜
在水汽氤氲中沉睡,
在迷雾里交织着
轻盈地回旋。

渐渐消失的月亮,
被一片浮云遮上,
那片云啊,披着
半掩的星光。

圣十字架女修道院长
因此脱去了
她那白衣上的
多褶的外氅。

古代的宫殿,
庄严的走廊,
还有骑士的
雪白的台阶,

桥和街道,
忧伤的雕像,
还有那迎风战栗

波动着的海港,

一切都沉浸在寂静中,
除了那卫兵,
手持长钺,在雉堞上,
看守着那满库的辎重。

——啊!这时不止一个少女
支着耳朵专心听着,
在月光下等候
一个风流少年。

为了那即将举行的舞会,
不止一个少女在打扮,
把那黑色的假面具
放在妆台的镜前。

令人倾倒的瓦尼娜①,
在她芳香的床上
睡去时还紧紧地
搂着她的情郎;

还有那狂野的那尔西斯,

---

① 出处不详。

在她那龚多拉①上
流连忘返地欢宴着,
直到天亮。

而谁个啊,在意大利,
没有一粒疯狂的种子?
谁又不为爱情留着
他最美好的日子?

让那古老的大钟
在年老的大公的宫殿里,
在深夜里为他去计算
那漫长的忧郁。

咱们呢,我的美人儿,咱们不如来计算一下
在你那倔强的嘴唇上
有过多少吻是乐于接受……
多少是勉强而加以原谅。

咱们不如来计算你的妩媚,
计算那温柔的眼泪,
无限恩情在我们眼里激起的
眼泪!

1828 年

---

① 龚多拉是威尼斯的长扁形的船。

给蓓芭

蓓芭,当夜已来到,
你母亲已向你道过晚安,
你半裸着,在灯前,
低下头去祈祷;

在这不安的灵魂
寄托给深夜的时刻;
当你摘下睡帽,
往床底下瞧;

当你全家在你周围
都已沉睡;
啊,蓓比塔①,可爱的姑娘,
我亲爱的人儿,究竟是什么呢,你在沉思默想?

谁知道呢?也许是那
哀情小说中的女主人翁;
也许是那一切希望所猜想的,
却被事实否定了的事情;

也许是想着那些

---

① 蓓芭之别称。

只能引起人惆怅的高山;
也许是西班牙的成双成对的情侣;
也许是糖果,也许是如意郎君;

也许是想着那温柔的衷心之谈,
它来自一颗像你的心一样的天真心田;
想着那跳舞的音乐,想着你的衣衫;
也许是想着我,——也许是空无一念。

1831年

五月之夜

女神:
 诗人,拿起你的竖琴,吻我一吻,
 野蔷薇已经含苞待放,
 暖风将临;春天就在今晚诞生;
 鹡鸰飞向初绿的丛林
 栖息,等待着黎明。
 诗人,拿起你的竖琴,吻我一吻。

诗人:
 这山谷里多么黑暗!
 我好像看见一个人影朦胧
 在那森林上空飘动
 它从草原上出现,
 它的脚掠过朵朵花开的芳草;

这是一个奇异的幻梦,
它悄悄隐去,再也看不见。

女神:
诗人,拿起你的竖琴;黑夜在草地上,
披着芬芳的轻绡扇动微风。
初开的玫瑰,含羞地把花瓣重新合上,
拢住个珍珠色的蜜蜂儿,用最后的芳香使它陶醉。
听!万籁俱寂;想着你心爱的人吧。
今晚,菩提树下,浓荫掩映,
夕阳的告别更显得多情。
今晚,一切都将开花:——不朽的自然
将充满爱情、细语和芳香,
好像一对年轻夫妻的新床。

诗人:
为什么我心跳得这样快?
什么东西在我身体里激荡,
使我平白地感到惊慌?
是不是有人在敲我的门?
为什么我这盏半明不灭的灯,
突然照得我两眼难睁?
全能的上帝啊!我浑身战栗。
是谁来了?谁在喊我?——没有人。
我孑然一身,只听得时钟在报鸣,
啊,孤独!啊,贫困!

女神：
　　诗人，拿起你的竖琴,青春的美酒
　　今夜将在上帝的血管中酿成。
　　我胸怀不宁;爱火烧得我喘不出气
　　干燥的风使我的嘴唇灼热如焚。
　　懒惰的孩子啊！你看,我多美丽。
　　我们的第一个吻,难道你已忘记？
　　我的翅膀触摸到你时,我见你是那样
苍白！
　　你两眼泪珠晶莹,倒向了我的怀里。
　　啊！我安慰过你深深的苦痛,
　　唉,那时你还多么年轻,就渴望着爱情,
　　今夜请你安慰我吧,我在焦急地盼望;
　　我必须祈祷,才能活到天明。

诗人：
　　真是你的声音在呼唤我吗？
　　啊,我可怜的女神！真是你吗？
　　哦,我的花！哦,我的永生的女神！
　　唯一贞洁、忠实的生灵,
　　你身上依旧焕发着对我的爱情！
　　是啊,你来了,是你,我的金发女神,
　　是你,我的姐姐,我的情人！
　　在深沉的夜色里,我感到
　　你金色的长袍照耀着我,

它的熠熠光芒射入我的心底。

女神：
诗人,拿起你的竖琴;正是我,你那永生的女神。
我看见你今夜沉默又悲哀,
我好像是一只鸟,听见幼稚的呼唤,
为了和你一同哭泣,我从天空飞来。
来吧,朋友,你痛苦。孤独的烦恼
在侵蚀你,有些东西在你心底里呻吟;
你想必是发生了爱情,世上常见的爱情:
快乐的幻影,幸福的虚形。
来,让我们在上帝面前歌唱,唱你的幻想,
唱你失去的快乐,唱你往日的苦痛;
让我们接个吻就起程,去到一个陌生的世界,
让我们随意地唤醒你生活的回声,
我们来谈谈幸福,谈谈光荣和狂欢。
不管是不是幻梦,也别管是什么梦。
让我们来想象一处可以遗忘一切的地方;
来吧,现在只有我们两人,整个世界都属于我们。
看啊,这是绿色的苏格兰,棕色的意大利,
还有希腊,我的母亲,那里出产的蜂蜜多么甜蜜,①
阿尔戈斯和普忒勒翁②,遭过屠杀的城市,

---

① 以下关于希腊的这段幻想旅行,其中涉及的地名,缪塞是从荷马的史诗《伊利亚特》第二卷中借用的,但作了非常自由的运用。
② 阿尔戈斯、普忒勒翁,均为古希腊城名。

还有墨萨圣城①,鸽子喜爱的地方；
蒙茸的珀里翁②山巅随着季节变换,
蓝色的提塔瑞斯③和银色的海湾
在它的天鹅照影的水面
映出白色的冈米尔配着白色的奥露索纳④。
你说,我们的歌声将会催眠何种金色梦想？
我们要流的眼泪将来自何方？
今天早上,当晨曦抚摸你的眼帘,
是哪位沉思的天使俯身在你的珍品枕旁？
她穿着飘飘的长衫,摇动着丁香,
轻轻地向你述说她的爱情的衷曲,
我们是否要歌唱希望、欢乐和悲伤？
我们是否要用鲜血把铜铁般的队伍浸染？
我们是否要叫窃玉偷香的情郎悬在丝制的绳梯上？
我们是否要使骏马的喷沫随风飘扬？
我们要不要指出,是什么样的手,
把天国里无数的明灯,
用生命和永恒爱情的圣油日以继夜地点燃？
我们要不要深入海底去撷取珍珠？
要不要向塔尔昆⑤喊:"是时候了,黑暗到了！"
我们要不要把山羊引向苦乌木树？

---

① 墨萨是古希腊城名。
② 珀里翁是古希腊山名。
③ 提塔瑞斯是古希腊河名。
④ 冈米尔、奥露索纳,均为古希腊城名。
⑤ 塔尔昆,根据古罗马的传说,此名字系指公元前统治罗马的一个家族,关于他们的故事,多半是一种传说。

我们要不要给忧郁之神指出天空的方向?
我们要不要跟着猎人翻越险峻的山岭?
牝鹿凝视着猎人;它啜泣,它哀求;
灌木丛中它的家在等它;一窝鹿刚刚出生;
猎人弯下身,杀死了母鹿,
把它还在悸动的心扔给流汗的猎狗。
我们是否要描绘一位两颊妍红的少女,
带着一个随从,到教堂去望弥撒?
她在母亲身旁,眼神恍恍惚惚,
微张着的嘴唇把祷词都遗忘,
她战栗着,从柱间传来的回音里
倾听一位英勇骑士的马刺的声音。
我们是否要叫法兰西古代的英雄,
全副武装登上碉堡的雉堞,
把远古的光荣教给行吟诗人,
在素朴的短歌里重新唱起?
我们是否要使一首无力的悲歌披上白纱?
那滑铁卢巨人①是否会给我们讲述他的生涯?——
说一说他曾经如何把人类残杀,
当黄泉的使者还不曾用翅膀
把他打倒在绿色丘陵之上,
并使他的双手交叉在他那颗铁铸的心头。
我们是否要在一首盛气凌人的讽刺诗里,

---

① 指拿破仑。

把那七次卖身投靠的诽谤者①提名示众?
他被饥饿所迫,走出了默默无闻的困乡,
妒忌和无能使他激动得发抖,
竟指了天才的面孔去辱骂希望,
去咬那被他的呼吸玷污了的月桂。
拿起你的竖琴! 拿起你的竖琴! 我再也不能沉默。
春风吹拂,我展翅飞起。
风就要把我带走,我就要离开大地,
为我洒一滴眼泪! 上帝在倾听我;现在正是时机。

诗人:
如果你只需要,我亲爱的姐姐,
一个友谊的亲吻
和我眼中一滴泪,
我将毫不吝啬地给你;
但愿你记住我们的爱情,
如果你重新回到天国。
现在我既不歌唱希望,
也不歌唱光荣和幸福,
唉! 甚至痛苦我也不愿歌唱。
嘴保持着缄默,
为了听心灵诉衷情。

女神:
难道你以为我像秋风,

---

① 这里实有所指,但所指何人待考。

215

直到坟地上去找眼泪把自己孕育,
而痛苦在我只不过是眼泪一滴?
诗人啊!一个吻么?应该是我来给你。
我在这里要拔去的野草,
便是你的闲散;你的痛苦应该属于上帝。
无论你的青春忍受过什么样的忧患,
让它加深吧,这神圣的创伤——
黑天使们在你心底留下的创伤;
没有什么比巨大的苦痛更能使我们伟大。
可是,你不要认为,啊,诗人,
因为受了痛苦,你的声音就应该在人间沉默。
最绝望的歌是最美丽的歌,我曾听到多少不朽的歌,
而它们只不过是一串呜咽。
长途跋涉,十分疲倦的塘鹅,
在黄昏的浓雾中回到苇丛;
看见它远远地在水面拍打着翅膀,
饥饿的幼雏便沿着海岸奔来;
以为就要得到食物大家分享,
它们摇动着奇丑的长嘴,
欢呼着奔向它们的父亲。
塘鹅缓缓地走上一块高耸的岩石,
垂下双翼,庇护着它这堆孩子,
这忧郁的渔夫啊,它仰望天空,
鲜血从它裸露的胸脯往外迸涌;
原来它徒然搜遍了海的深底;
海洋里空洞洞,海滩上一片荒凉,

它只能带回它的心当作孩子们的食粮。
黯然而沉默,它躺在岩石上,
把它做父亲的五脏给孩子们分尝,
崇高的慈爱抚慰了它的伤痛;
凝视着它流出鲜红血浆的胸膛,
在死亡的筵席上,它衰弱难支,踉跄欲倒,
在欣悦、惊恐和柔情中不胜迷惘。
但有时,尽管作着神圣的牺牲,
却觉得死亡的苦痛时间未免太长久,
它生怕孩子们还要使它活下去受罪;
它猛然挣扎起身子,迎风展开翅膀,
扇打着胸脯狂叫一声;
在深夜中发出那样凄厉的告别哀鸣,
惊起了成群海鸟,离开海岸一齐飞去,
在海边流连忘返的旅客
感到死神掠过,不禁向上帝默祷求助。
诗人啊,历来伟大的诗人都是这样,
他们使暂居尘世的人欢畅,
但是他们在节日里奉献给人类的盛宴,
却往往和那塘鹅一样。
他们述说着挫折了的希望,
述说着爱情和不幸、悲伤和遗忘,
绝不是令人心情舒畅的乐章。
他们的诗句好像利剑。
剑锋在空中画出耀眼的光圈,
可是光圈上往往染着鲜血点点。

诗人：
　　啊女神！不知足的精灵，
　　不要过多地要求我。
　　当北风狂吹的时节，
　　人在沙子上什么也写不成。
　　我经历过我那个时代，
　　我的青春总是在我的嘴上
　　准备着像鸟儿一样歌唱，
　　但如今我已受尽痛苦的折腾，
　　只要我述说那么一点，
　　试着配上琴音把它歌唱，
　　它将折断我的竖琴，像折断一根芦苇一样。

1835 年 5 月

绿　西

——悲歌（挽诗）

等我死去，亲爱的朋友，
请在我的坟墓上栽一棵杨柳。
我爱它那一簇簇涕泣的绿叶；
它那淡淡的颜色使我感到温柔亲切，
在我将要在那里永眠的土地上，
杨柳的绿荫啊，将显得轻盈、凉爽。①

---

① 这六句诗已刻在拉舍兹墓地缪塞的墓碑上。

一天晚上,只有我们两人,我坐在她身旁,
她低着头,梦幻着,用她一双小白手
把那副羊皮手套轻轻地抚摸。
这是缠绵的低语,简直像微风的翅膀
在远处吹拂着芦苇,
唯恐在路过时惊醒鸟儿们的甜睡。
忧郁的夜的淡泊的愉快,
从我们周围的花蒂中散出,
公园里的栗树和古老的橡树,
它们的细枝摇摆着,犹如哭诉着悲哀。
我们倾听着夜的声息;半开的小窗
给我们送来了春天的芬芳;
我们那时只有十五岁,只有我们两个人,我们在幻想。
我凝视着绿西,她的脸色苍白,头发金黄,
她那对温柔的眼睛举世无双,就像最晴朗的天空
那样深隽,那样富于蔚蓝色的幻想。
她的美使我陶醉;在世界上我只爱她。
但是我相信我爱她像爱姊妹,
来自她的一切都是那样纯洁!
我们沉默了很久;我的手抚摸着她的手,
我凝视着她那忧愁而可爱的前额在幻想,
我在灵魂中深深感到,在每一个动作中,
容颜的青春和心灵的青春,
和平和幸福,这一对孪生的征象,
为治愈一切痛苦,在我们身上原是能够发挥多么大的力量

万里无云的晴空升起一轮明月,
霎时间天空中撒上了一片银光。
她看见我的眼睛里反映着她的形象,
她微笑着像一个天使:她在歌唱。

痛苦的女儿啊,和谐!和谐!
为歌唱爱情,天才创造了这个语言!
这语言对我们说,是来自意大利,而对他说,却来自天上!
温柔的心声,只有在这种语言中
幻想,这惶惑的处女,掠过阴霾,
蒙着她的面纱,而不对眼睛感到恐惧!
谁知道一个孩子能听到些什么,又能说些什么,
在你神圣的叹息里?叹息生于他所呼吸的空气,
像他的心一样悲愁,像他的声音一样温柔。
人们偶然瞥见日光一闪,一滴眼泪在流;
其余的都是人群所不知的
波浪,夜和森林一样的神秘!……

只有我们两个人,在沉思幻想;我凝视着绿西。
她悦耳的短歌的回声仍在我的耳边低吟,
她沉重的头在我身上偎依。
可怜的孩子,你是否在心中感到了黛斯蒂蒙娜[①]在呻吟?
你哭了,在你可爱的嘴唇上,
你凄然地让我亲吻,

---

① 在莎士比亚的《奥赛罗》中,黛斯蒂蒙娜唱过《小杨柳》。

接受我的吻的正是你的忧伤。
我就是这样地吻你,凄冷、悲惨,
就这样,两个月后你被安放到坟墓里,
就这样,我贞洁的花儿啊!你悄然逝去。
你的死和你的生一样是微笑一缕,
纯洁居宅的屋顶下的神秘,
歌儿、爱情的梦幻、欢笑、孩童的趣语,
还有你,可爱的不知名者,你毫无戒备,
你曾使浮士德在玛格丽特的门槛上迟疑,
童年的真诚啊,你遭到了什么样的境遇?

孩子,安息吧,你的记忆,还有你的灵魂。
永别了!在夏夜里,你那双白手
再也不会在象牙的琴键上飞奔……

等我死去,亲爱的朋友,
请在我的坟墓上栽一棵杨柳。
我爱它那一簇簇涕泣的绿叶;
它那淡淡的颜色使我感到温柔亲切,
在我将要在那里永眠的土地上,
杨柳的绿荫啊,将显得轻盈、凉爽。

1835 年 5 月

十二月之夜

诗人:
  当我还是一个小学生,
  一天晚上我守夜在大厅,
  四周是这样静寂,
  一个黑衣的可怜的幼童
  走来坐在我的书桌前,
  他好像是我的一个弟兄。

  他的脸美丽又凄凉;
  他借着蜡烛的亮光
  来看我打开的书本
  把前额靠在我的手上,
  一直待到第二天天亮,
  沉思着,脸上还带着温柔的笑痕。

  当我快到十五岁,
  有一天,在灌木丛生的树林之内,
  我慢慢地闲行。
  一个黑衣的青年,
  走来坐在一棵树跟前,
  他好像是我的一个弟兄。

  我向他问路,

他一只手拿着野蔷薇一束,
另一只手拿着竖琴一张。
朋友似的对我点了头,
然后就半转过身去,
用手指着小山顶。

等我到了相信爱情的年纪,
一天,我一个人在房间里,
为我的第一次痛苦而哭泣,
一个穿黑衣裳的陌生人,
走来坐着,靠近炉火,
他好像是我的一个弟兄。

他忧郁又愁烦,
用一只手指着天,
另外一只手里拿着剑,
他好像也为我的痛苦而悲哀,
但他只发出一声长叹,
就像梦幻一样地消失不见。

当我到了放荡的年龄,
为了在欢宴中纵饮,
一天,我把酒杯高高举起,
一个穿黑衣裳的宾客,
走来坐在我的对面,
他好像是我的一个弟兄。

他外面穿着一件大衣,
里面摆动着深紫色的破烂衣裳。
他头上有一棵不结果的覆盆子,
他消瘦的胳膊想拉着我的胳膊,
我的杯一碰上他的杯,
那杯子就在我虚弱的手里碰得粉碎。

一年后,正是夜间,
我跪在床边,
就在这床上,我父亲刚刚咽气。
一个人走来坐在床上,
一个孤儿,穿着黑衣裳,
他好像是我的一个弟兄。

他的眼睛里浸满了泪,
好像天使在伤悲,
他的头上戴着荆棘冠;
他的竖琴横卧在地,
外衣的红色有如鲜血,
他的心上刺着一把利剑。

我记得是那样清楚,
在我一生中的任何瞬间,
我都能把它认出。
这是一个奇异的梦幻;

然而,不管他是上帝,还是魔鬼,
我到处都看见这个友谊的影子把我伴随。

在以后的岁月中,我不想再受苦,
为了重新做人或是永久消逝,
我却想离开法兰西;
当我走得心焦意躁,
我就想着要去寻找,
找那希望留下的踪迹;

在比兹,在阿平宁山脚边;
在戈洛涅,在莱茵河对岸;
在尼斯,在山谷的斜坡上;
在佛罗伦萨,在皇宫的内院;
在布里格,在荒凉的阿尔卑斯山
环绕着古老的城垣;

在日纳,那柠檬树的下面;
在维威,那苹果树的绿荫前;
在哈佛港,在大西洋的岸边;
在威尼斯,在可怕的利多火山旁,
在一座坟墓上竟有这么多的荒草啊,
苍白的亚德里亚海就在那里死亡;

无论在哪里,在这广阔的天空下面,
疲乏已征服了我的心和双眼,

从那永恒的创口里,血不断地流淌;
无论在哪里,那跛足的"愁烦"
总把我拖在它身后边,
在一块泥土上,带着我到处游荡;

无论在哪里,总是渴望啊渴望,从不停歇,
渴望着一个不知名的世界,
因为这样,我从未断绝过梦想,
然而无论在哪里,虽然那是我从来没有到过的地方。
那些事物却和我经历过的相仿,
同样的人面,同样的流言。

无论在哪里,在漫长的旅途上,
我双手抱着头
像个女人似的痛哭。
无论在哪里,我就像只绵羊,
毛都被树丛磨光,
灵魂感到空虚又荒凉。

无论在哪里,在那儿我曾想沉沉入睡,
无论在哪里,在那儿我曾想与世永诀,
无论在哪里,我曾抚摸过那里的土地,
总有一个人走过来坐在我的道路上,
一个不幸的人,穿着黑衣裳,
他好像是我的一个弟兄。

你到底是谁啊,你,在这一生中,
我总看见你和我走着同一路程?
你是这样忧伤,我不能相信
你是我的坏命运。
你的温柔的微笑显得太容忍,
你的眼泪含着过多的怜悯。

看到了你,我爱上帝,
你的苦痛和我的苦痛简直是姊妹;
又好像是友谊。
你到底是谁啊?——你不是我的好天使,
你从来也没有教导过我。
你看得见我的痛苦。(真是件奇事!)

而你却看着我在痛苦中生活。
二十年来你总是在我的道路上走着,
而我却不知道怎样称呼你。
如果是上帝派你来的,你到底是谁啊?
你向我微笑,但却不分享我的快乐,
你同情我,但却从不给我慰藉!

这一夜我曾看见过你。
那是一个悲惨的夜里。
风的翅膀敲打着我的窗;
我独自一人蜷缩在卧床,
我注视着那里的一个亲爱的角落,

那火烫的亲吻使它还在发热；
我像弃妇一样,架着空中楼阁,
我感到我的生命有一个片段
正在缓缓地破裂。

我收集起昨夜的情书,
这些头发,这些爱情的遗物。
所有过去的一切都在我耳边呼喊,
喊着不终朝的海枯石烂的誓言。
我细看这些神圣的遗物,
我的手在发颤；
心的血泪还须由心灵吞咽,
对遗物泪珠纷落的眼睛,
明天却对它视若无睹!

我用一块粗毛布包上,
这些幸福日子的遗迹。
在世界上能持久的,我对我自己讲,
只是这头发一缕。
像一个潜水人迷失在深深的海洋里,
我迷失在人们对我的遗忘中。
我用探测锤向各处寻觅方向,
远离开世人的眼睛,我独自哭泣
我那可怜的埋葬起来的爱情。

我要用黑色的火漆

把这脆弱的、亲爱的宝贝封起,
我预备把它送还原主,但我却不信这是真的,
可是我一面哭泣,一面还要怀疑。
啊!软弱的女人,傲慢又狂妄,
就是你,你也不会把它忘记!
天啊!为什么要口不应心欺骗自己?
为什么要有这些眼泪,这个受压抑的胸膛,
还有这些呜咽,如果你并没有爱我的情意?

是的,你憔悴,你痛哭,你哭泣;
但是你的空中楼阁使我们远远分离。
好吧,永别了!总有一天你将会屈指算计
我们分别后彼此隔离的日期,
去吧,去吧,在你那冷酷的心中
带走你那已得到满足的傲慢。
我感到我的心活泼、健壮,而且年轻,
在你给我的痛哭上边,
容纳更多的痛苦,还有足够的地盘。

去吧,去吧!不朽的大自然
并没有把它的一切都给了你,
啊!可怜的孩子,你想获得美丽,
但你却不知道什么是宽宥!
走吧,走吧,去追随你的命运;
失去你的人并没有失去了一切,
让我们破灭了的爱情迎风飘散——

上帝鉴临！你啊，我曾爱得你那样疯狂热烈，
既然你要离去，为什么又要有当时的爱情？

在阴暗的夜里我突然看见，
一个幻影无声无息地游荡，
我看见一个人影掠过我的窗帘；
走来坐在我的床上。
你到底是谁，黑衣的伤心人。
你的脸是这样苍白又凄凉？
你要我做什么呢，愁烦的旅客？
这是一个空虚的梦幻？还是我在镜子里，
看见了我自己的容颜？

你到底是谁，我的青春的幽灵，
什么都不能使你疲倦的朝圣人？
告诉我为什么我总看见你坐在阴影里，
在任何我走过的地方。
你到底是谁，孤寂的拜访者，
我的痛苦的忠实的陪客？
在人间你总是追随着我，你到底为了什么？
你到底是谁，你到底是谁，我的兄弟，
为什么我总是在流泪的日子里才看见你？

幻影：
　　——朋友，我的父亲也是你的父亲。
　　我既不是守护的天神，

译研笔记

也不是人的坏命运。
我所爱的那些人们,我不知道
在我们这小小的尘世上,
他们的脚步朝着什么方向。
我不是神仙,也不是邪魔,
你称我为你的兄弟,
这个称呼非常适当;
无论你到哪里,我也总在那里,
直到你生命的最后,
我将坐在你的墓石上陪伴着你。

上天已把你的心交托给我,
当你痛苦的时刻,
请你安心地到我身边来,
我将在人生旅途上追随着你;
但是我不能摸你的手;
朋友,因为我是孤寂之神。

1835 年 11 月

致拉马丁书

当伟大的拜伦离开拉维纳①,
要在大海里找到一个遥远的地方,

---

① 拜伦在一八二三年七月十四日离开拉维纳到希腊。一八二四年四月十九日,拜伦逝世于被土耳其围攻的城市弥索隆基。

在那里英雄地结束他那不朽的忧愁①,

他坐在情人的脚旁,

面色苍白,这时他已面向希腊,

这个情人正是吉裘利②,

她打开了一本谈论他的书籍,在一个晚上。

拉马丁,在你记忆里是否还保留着这段时间,

以及那些写给被放逐的王子的诗句③?

你是否还记得是谁写了那些诗?

你那时还年轻,你啊,我们亲爱的荣誉,

你正初次试弹

这张在你指下呜咽的琴弦。

天作之合的女神

在你多愁善感的额头上寻觅着梦幻,

她还是羞怯的处女,爱恋着桂冠。

你不会了解,法兰西的高贵的儿子,

如果不是由于他的痛苦,你不会了解,

并写出这位卓越的骄傲的人。

你有什么权利竟敢接近他,怜悯他?

是怎样的鹰,加尼迈德④,把你带给这位天神?

你曾否想过有一天你也能达到这样的地位,

---

① 当时拜伦由于他的爱情生活为当时贵族社会所不容,不得不离开英国。
② 系指黛莱萨·吉裘利伯爵夫人。
③ 拉马丁曾把他的《默想集》中的第十七首《人》献给拜伦。
④ 加尼迈德是特洛伊的王子,曾充当伯爵侍从。朱庇特变成了一只鹰,把他抓走了。

高高在上,垂耳倾听?
不,你那时只有二十岁,你的心在激动。
你读过《拉拉》《曼弗莱德》和《义勇舰长》①,
你写着诗,带着未干的泪痕;
拜伦的精神使你从大地上升起,
受了他的痛苦的感召,你向他走去。
你在远处呼唤着这绝望的灵魂;
因为你认识了他的伟大,才觉得他是你的朋友,
正像绿色山谷中奔腾的流水,
那天才的回声在你心中羁留。

他啊,那时的欧洲,还正全副武装,
颤抖着倾听他的粗狂的音乐;
他啊,十年来他总是逃避着声誉,
宇宙中都盛满了他的孤独、高洁,
他啊,受到忧伤感召的伟大诗人,
早厌弃世态炎凉,成为殉道的先烈,
他啊,可怜的意大利的最后的情人,
为了他最后的流放正准备着离别;
他啊,享够了人世的尊敬,
像一只天鹅,在歌声中濒近幻灭,
他在大地上思索着该为谁牺牲……
他的情妇念诵的诗句中,
有着一个陌生的青年来自远方的亲切的致敬。

----

① 这三部诗都是拜伦的作品。

我不知道他是否了解诗句的丰富；
他眼中闪着忧伤的微笑：
表示着衷心的语言总受他欢迎。

诗人啊,现在你那忠诚的女神,
由于你贞洁的爱情,知道了什么是不朽,
并在你的额上戴上了马兰花冠,
现在轮到你接待我,恰似接待伟大的拜伦。
和你并驾齐驱,我并不希望；
因为你得天独厚的那些才赋,我却没有一样；
你我的命运距离得越远,
上帝越使我们成为知心的伙伴。
我并不打算对你致以无谓的颂扬,
关于你是否回答,我就更连想也没想；
为了提出这些书简的往还,
需要一个我所没有的名望。
长时期来我一直在写我已厌倦的人世,
我曾否认这种厌倦,因为我自己也曾怀疑,
我错把在面前闪过的浮华的身影,
当作了漆黑的深夜。
诗人,写信给你是为了告诉你我在爱,
告诉你一线阳光已照到我身上,
告诉你在那居丧和极端痛苦的日子里,
我所流的泪曾使我想起你。

拉马丁啊,在我们的青春时代,有谁

不会背诵,一个黄昏你在湖边吟成的,
那动人的情人之歌①?
谁不曾把这些神秘的诗句反复吟咏?
在这些诗句里,你的情人把衷情倾吐,
谁不曾为这些神圣的啜泣而呜咽?
这些呜咽啊,天空一样深远,流水一样纯净。
啊!这些虚伪爱情的深长的惋惜,
这些每走一步都会遇到的时间的废墟,
无止境的田野只蒙着刹那的光辉,
谁能说自己是一个人,如果没有认识这些道理?
无论是谁都不愿永远带着伤疤;
但是每个人心里都有着一个随时会破裂的它,
都在心的深处珍藏着它,亲爱而秘密的刑罚,
伤疤越大,越不易脱下。
我是否会对你说,忧伤的圣歌歌唱者,
你那光荣的痛苦,我也曾经历过?
我是否会对你说,我在这辽阔的天空面前,
曾用两臂紧抱着生活和希望,
而我的梦幻在刹那间这样逃去,正如你的一般?
我是否会告诉你,一天晚上,在芬芳的微风里,
我像你一样在幸福的和平里沉沉睡去?
听着仙乐似的最亲爱的声音,
曾感觉到时间已在我心里停止②。

---

① 指拉马丁的诗《湖》。
② 拉马丁有"时间啊,停止你的飞翔……"的诗句。

我是否会对你说,一天晚上,我独自留在地上,
被一种可怕的回忆吞噬着,像你一样,
我对自己的痛苦感到惊奇,
一个孩子能够忍受这样的痛苦而没有死去?
啊!我在这可怕时刻的感受啊,
我是否敢抱怨它,或对你述说?
我怎样表达这种不可言喻的痛苦?
继你之后,在你面前,难道我还能有这样的试图?
是的,关于这充满恐惧和快乐的一天,
我要对你忠实地讲述;
这不是歌儿,也不是泪,
我只对你讲上帝所对我说的一切。
当农夫晚上回到茅屋,
发觉庄稼已被雷击,
起初他觉得是梦幻,他感觉头晕目眩;
他不禁怀疑自己而仰问苍天。
到处都是夜的黑暗,田野上燃着熊熊的火焰。
他在周围寻找那熟悉的地方,
在那里,他的妻子总是倚着半开的柴扉等着他;
他看到了一点灰烬,而灰烬周围是一片荒凉。
他的半裸的孩子们从灌木丛中走出。
告诉他可怜的妈妈
是怎样恐惧地喊叫着死在茅屋下面;
但是现在在远处是一片寂静。
这可怜的人听着,明白了他的不幸。
他绝望地紧紧地把儿子们抱在胸前,

译研笔记

如果他不伸手去求援,
他今晚就只剩下了饥饿,而死亡就在明天。
他窒息的咽喉没有发出一声呜咽,
他沉默地踉跄了几步,感到茫然,
坐在无人之处,望着天边,
眼看着他的收获都被烧光,
化成了旋转的黑色的浓烟,
痛苦的侵袭使他和理性绝缘。

正像这样,当我被不忠实的情人辜负,
我才第一次感到痛苦,
一支带血的利箭突然射穿了我,
孤独地默坐在忧愁深处。
这不是在湖边,湖水清澈,漪波涟涟,
也不是在小山脚畔绿草如茵,野花缀满;
浸满泪水的眼睛只看见空虚一片,
窒息的呜咽再也不能把任何回声召唤。
这是藏垢纳污的巴黎,
一条小巷曲折而又黑暗,
冷嘲热讽的人群在大声叫喊,
这种声音,不幸的人有谁不会听见!
惨白的灯笼在黝黑的石路上,
一线微光比黑暗更凄惨,
追随那些渺茫而黯淡的灯火,
在黑暗中来往的脚步声时续时断。
到处沸腾着多么奇妙的狂欢;

237

正是过狂欢节的二月天。
酗酒的人站在泥污中,
互相亲热着,唱着平淡的叠句并互相谩骂。
在敞篷的马车上拥挤着人群,
行驶在阴暗的天空下,
继而又消失在这无理性的城市的边涯。
在流着树脂的火炬下,淫秽的歌声如此嘈杂。
老弱妇孺却正狂饮在酒家,
这时节,不贞的修女,
像不安的幽灵一样到处游荡。
这好像是古代一幅荒唐的肖像,
在这样一个对罗马人如此亲切的著名的夜里,
不贞的维纳斯手里拿着火炬,
长发飘拂,来自最隐秘的庙宇。
公正的上帝啊!这样的夜晚我竟在独自哭泣!
啊,我唯一的情人!我究竟有什么对不起你?
你怎么能够离开我?你头一天夜晚还在山盟海誓
你是我的生命。上帝也知道这个。
啊!你,你是否知道,冷酷而残忍的朋友,
透过这耻辱,透过这黑暗,
我在那里,注视着你亲爱的灯光?
它好像是天空的一颗星,发着闪闪的光亮。
不,你什么也不知道,我没有能看到你的身影;
你的手没有来轻轻拉开窗帏。
你更没有注意天空是否阴暗;
你也没有在这可怕的坟墓里将我寻觅。

拉马丁啊,就在那里,在一条漆黑的小巷,
我坐在十字路的一块界石上,
两手抚着心,抱紧了我的创伤,
感到那不可战胜的爱情的鲜血从伤口流淌;
就在那里,在这恐怖和不幸的深夜里,
在这如醉如狂的人群和狂热中
他们走过时,好像对我的青春大声叫嚷:
"你今晚在哭泣,难道你未曾笑过,像他们一样?"
就在那里,在这堵墙前,我会将自己责打,
就在那里啊,你相信吗?清廉而高贵的诗人,
我记起了你那神圣的诗歌。

你啊,你了解爱,请回答吧,艾尔薇尔①的情人,
而你是否了解人们会分手告别?
你是否了解到:这个字,手能写出来
嘴也能说出来,心啊,也能把它牢牢铭记?
那嘴唇啊,在上帝面前用一个亲吻就可以结合。
在我们不知不觉中,每天都变得更深更密;
是它把我们叛逆的意志连根拔起,
并用它那奇异的枝脉把我们的心紧紧相联系;
这种情谊的强大力量
比岩石和金刚钻都更坚硬不屈。

---

① 艾尔薇尔是拉马丁给予裴丽·查理夫人的名字,她在《湖》中被拉马丁刻画成为不朽的形象。

它既不怕时间,也不怕钢铁和火焰,
连死亡本身也不怕,是它使得情人们
直到坟墓也还把彼此的骸骨爱恋;
你是否了解,十年以来这种情谊都把我们俩牵系,
在十年中一直都把我们俩合而为一,
可是它忽然断了,消失在空间里,
使我们因曾经认为生活幸福而感到恐惧?

诗人啊!人类的天性真残酷,
它每走一步都跨向那注定归宿,
难道说人们在世间不止一回地死去,
还要背着十字架拖着疲惫的脚步。
因为,在世上还能怎样称呼
那沧海桑田的必然?它日日夜夜,
都使我们获得一切,而又失去一切。
它变化万千,使我们把光明全给予了希望。
这就是死亡,令人恐怖的死亡?
它们使得世事变幻,
使得人总是对希望感到疲倦,
而人的容颜也总是那样随时变换。
心的坟墓,又是多么孤单!
欲望怎样变成习惯?
人怎么会没有失足跌入欲望的深渊,
而竟能踏着自己的残骸步步向前?
他到处去播种,到处挥霍着自己的生命:
他播种着欲念,恐惧,愤怒,焦虑和愁烦,

一切都过去了,消失不见,在他身上只剩下梦幻。
他那颗可怜的心是这样形成:
就必然地不断地在焚毁,
死是他的极限,这他并不是不知道,
在走向死亡的途中,他每走一步就死去一分。
他在他的朋友,他的儿子,他的父亲之中死去,
他死在他所哭泣和他所希冀的事物里:
且不谈人的躯体应该埋葬,
遗忘是什么?难道不就是死亡?
但是遗忘甚于死亡,它比生命还要久长,
此间只留下一具虽生犹死的躯壳;
失望住在里面,而等待着它的是空虚。

算了吧!好或坏,不屈或脆弱,
谦逊或骄傲,悲哀或愉快,都永远是呻吟,
这个人,这个用沃土做的人,不管他怎么样,
你会看见过他,拉马丁,他的痛苦也无非是你的痛苦;
他在人世间所经历的苦痛,
没有一个不属于你,没有一个不使你感动;
因为你会歌唱,朋友,你会哭泣。
告诉我,在你悲哀的日子里你想什么?
当你求教于痛苦时,它对你说过什么?
被你的朋友们所欺骗,被你的情人所背弃,
对天,对你自己,难道你从不曾怀疑?

不,阿尔封斯①,永远也不。痛苦的经历

---

① 阿尔封斯是拉马丁的名字。

给我们带来灰烬,但却没有把火弄熄。
你尊敬上帝所造的痛苦,
却把它轻轻放过,你相信上帝。
不管你的信仰怎样,它也是我的;绝非两种信仰。
我不知道它的名字,我会向天空仰望,
我知道天堂属于上帝,我知道那里宽阔无边,
而无极不能一分为两半。
我还年轻,但已体会到深的痛苦;
我会看见树林变绿,我会想相爱。
我知道大地在各种希望当中吞噬了什么。
我知道要在大地上收获,应该种些什么。
但是我所感到的,我所要给你写的,
是痛苦的天使们所教给我的东西;
我还知道得更清楚,并能更深切地对你说,
他们的利剑会在我心上铭刻。

激动不过一小时,寿命不超过一日的生灵啊
你有什么可抱怨,又有什么可使你呻吟?
你的灵魂使你焦虑,而你认为它在哭泣;
你的灵魂不朽,你的眼泪却将流尽。
你感到你的心被一个女人的轻率所攫取,
你说因为痛苦,你的心已破碎。
你请求上帝宽慰你的灵魂:
你的灵魂不朽,你心的创伤也将会痊愈。

瞬息的懊悔烦扰着你,吞噬着你,

你就说过去的纱幕挡住了未来。
你不要惋惜昨天;让黎明来临。
你的灵魂不朽,但时间却不停息一瞬。

你的身躯已被思想中的痛苦击中;
你感到头重脚轻,两腿无力。
倒下吧,跪下吧,无理性的生灵,
你的灵魂不朽,但死亡即将来临。

你的尸骨在棺材里将化为灰尘;
你的记忆、名字,你的光荣将消失得无影无踪,
但是你的爱情却不会逝去,如果它是如此可贵,
你的灵魂不朽,一定会永远把它回忆。

1836 年 2 月

八月之夜

女神:
自从太阳在一望无边的地平线上,
越过了轴心燃烧着的赤道,
幸福就离开了我,我默默地等待着
我最亲爱的朋友召唤我的时刻。
唉! 他的住所很久以来就是一片荒凉;
往日幸福的一切都已死亡。
独自一个我也要来,罩着面纱,
把我火热的前额靠在他半掩的门旁,

泪珠儿纷落,像寡妇在孩子的坟上悲伤。

诗人:
向你致敬,我亲爱的朋友!
致敬,我的荣誉和我的爱情!
最好的和最亲爱的
是那归来时又能重见的人。
舆论与吝啬
有一个时期曾要把我夺去。
向你致敬,我的母亲和乳娘!
致敬,致敬,抚慰我的人!
张开你的两臂,让我来歌唱。

女神:
对希望冷漠了的疲惫不堪的心啊,
为什么你常常逃开而又这样迟迟归来?
你去寻找的是什么,如果不是偶遇的机缘?
它带回来的又是什么,如果不是痛苦?
我等候你直到黎明,是什么羁留你在远处?
你正追随着一线苍白的光在那漆黑夜中。
人间的快乐对于你,只剩下了
无力地藐视我们的忠诚的爱情。
我来时你的书房空荡荡,
在这座阳台上,我不安地沉思默想,
我梦幻地注视着你花园的墙,
只见你在阴影里,向厄运交出了你自己。

是哪个傲慢美人用链子拴住了你,
使你任凭这棵可怜的马兰花死去?
在以往更幸福的时刻,
它的嫩叶原应用你的眼泪去浇灌抚育。
这棵忧愁的绿草是我的活标记;
朋友,由于你的遗忘,我们两个都将死亡,
而它那轻逸的芳香,像飞翔的鸟儿一样,
将和我的回忆一同逃往天上。

诗人:
今晚,我经过草原,
看见在小径上,
一朵花儿在颤抖,枯萎,
那是一朵苍白的野蔷薇。
有一朵绿色的蓓蕾在它身旁,
在树枝上轻轻摇荡;
我看到了一朵新的花在开放;
最年轻就最美丽:
人也是这样,永远日新月异。

女神:
唉!永远是孤独,唉!永远是眼泪!
永远是脚上灰尘扑扑,永远是额上流着汗水!
永远是可怕的战斗和血迹斑斑的甲胄;
心灵在说谎,而创伤却深深地藏在心头。
唉!无论在哪个国家里,生活永远是一样:

既患得,又患失,有时强取,有时乞求;
总是同样的演员,同样的戏,
不管人类的伪善弄了多少玄虚,
只剩下一副骷髅,这才是千真万真。
唉!我的朋友,你已不再是诗人,
无论什么也不能再唤醒你沉默的琴;
你使你的心沉浸在变幻的梦境;
你不知一个女人的爱情
能将你灵魂的宝藏化为泪水,
而上帝重视眼泪却远胜鲜血。

诗人:

当我穿过山谷,
一只鸟在它的巢里歌唱。
它的小鸟,那窠幼雏,
在夜里刚刚死亡。
它却仍然歌唱着黎明,
啊,我的女神!请你不要悲伤:
失去一切的人,他仍然有神,
天上有神,人间就有希望。

女神:

你将找到什么,当有那么一天
困苦把你独自一人带回你父亲的家园?
你用颤抖的双手拂拭尘埃,
这陋室,你认为自己早已忘怀,

在你自己的住所里,你将到哪里去寻找
一点点安静和温暖?
在那里将有一种声音时刻呼喊:
你用你的生命和自由做什么?
难道你相信人们想忘却的就可以忘却?
难道你相信只要到处寻觅就可以找到自己?
做诗人的到底是你的心,还是你自己?
是你的心,而你的心却不会有回音。
爱情已把它弄碎;而不幸的欲望
早使它一遇到坏人就变得像石头般坚硬;
除了它的可怕的残骸你将一无所感,
这残骸也还要跟蛇的尸体一样仍然蠕动。
当那全能的人禁止我爱你,
为了使我从你这里逃开,到他的身边去,
我无法阻止我那金黄的翅膀轻轻地呻吟,
啊,天啊!这时候谁能来帮助你?我自己也无能为力!
可怜的孩子!那时我们的爱情还未受到威胁,
你在欧特叶森林里沉思,
在绿色的栗树和白色的杨树下,
夜晚,我自由自在地向你絮絮低语,
啊!那时我还年轻,是一个美丽的少女,
树精们为了要看我,打开了一半枫树皮,
在我们漫步时流出的眼泪,
它像金子一样纯洁,落入水晶般清澈的水。
你做了什么,我的情人,在你青春的日子里?
是谁在我迷人的树上摘走了果实?

唉！手举着力量和健康的女神
喜爱你那本是鲜花一样的面颊，
但从你发狂的眼流出的眼泪使你颜色苍白，
这样，你将失去道德，正像你已失去了美丽；
当激怒的天神们把你的天才夺走，
而我，我将仍是你唯一的朋友；
如果我再自天而降，你将怎样回答我？

诗人：

既然森林里的鸟儿继续飞和唱，
就在那巢中的卵全已粉碎了的树枝上；
既然田野里的花朵在黎明时蓓蕾半开，
眼看着草地另一朵已开放的花
毫无怨言地弯下了身，和黑夜同时死去；

既然在森林里，在绿枝编成的屋顶下，
我们听到小径上的枯木在噼啪作响，
既然在整个不朽的大自然的领域，
人们无法找到长存不灭的哲理，
而只能永远向前走，永远遗忘；

既然连岩石也不例外，一切将化为灰尘，
既然一切都在今晚死去，为的是明日再生；
既然残杀和战争是一种积肥；
既然在一座坟墓上，我们看见从土里
长出供给我们面包的神圣植物；

啊，女神！生或死对我有什么关系？
我爱，我愿意气色苍白；我爱，我愿意痛苦；
我爱，我愿以天才来交换一个吻；
有一股永不干涸的流泉。

我爱，我要歌唱欢乐和慵懒，
歌唱我疯狂的经历和我忧愁的一天，
而且我要讲述，永无休止地重复，
在我曾经赌咒不要情人而生活之后，
我又发誓要为爱情生，要为爱情死。

当着所有人的面前，抛弃吞噬你的骄傲，
你心里充满了痛苦，而你却把它紧紧关闭，毫不倾吐。
爱吧，那你就会重生；使你自己成为一朵开放的鲜花，
受过了痛苦，还应该再受苦；
爱过之后，就应该永无止境地爱。

1836 年 8 月

十月之夜

诗人：

我受过的痛苦已像一场梦似的逝去，
我只能将那遥远的回忆
与黎明唤起的薄雾
和眼看着消失了的露珠相比。

女神：

　　你发生了什么事情。啊,我的诗人?

　　是什么隐痛

　　使得你与我分离?

　　唉! 我还感到余痛未已。

　　那究竟是什么痛苦,

　　我不知道;我却为它长久哭泣。

诗人：

　　这是一种人人都熟悉的、寻常的烦恼;

　　但是当我们心里抑郁无聊,

　　啊,多么可怜的狂人,我们竟以为

　　这痛苦,在我们之前从没有人感到。

女神：

　　只有平庸的灵魂

　　才有平庸的苦痛,

　　朋友,让这忧愁的神秘,

　　从今天起离开你的心胸。

　　请你相信我,请你推心置腹地诉说。

　　严肃的沉默之神

　　是死亡的兄弟中的一个,

　　把痛苦倾诉,就可以得到安慰,

　　而且有时一句话,我们就从

　　深沉的悔恨中得到解脱。

诗人：
　　如果现在需要说一说我的痛苦，
　　我真不知道该怎样将它称呼，
　　不知它是爱情、疯狂、骄傲，还是经验，
　　也不知道有没有一个人能从它身上得到好处，
　　然而我很愿意向你诉说它的故事，
　　既然只有我们俩相偎相依靠近炉火。
　　弹起这张琴，请你坐近一点，让我的记忆
　　在你伴奏的乐音中慢慢地苏醒。

女神：
　　在讲述你的痛苦之前，
　　啊！诗人，你是否已治愈了你痛苦的创伤？
　　你今天必须，请想一想，
　　毫不含着爱和恨来讲一讲，
　　如果你还记得我得到过
　　慰藉者这个温柔的称呼。
　　请你不要让我成为一个
　　使你走入歧途的爱情的同谋。

诗人：
　　我的这场病痛已痊愈得这样彻底，
　　连要想到它时，有时都竟怀疑；
　　当我想到我以生命去冒险的那些地方，
　　我好像看见了一个奇异的幻影在那里代替了我自己

女神,请你不要怕吧;对那感召着你的气息
我可毫无恐惧地相信,相依。
哭是多么温柔,微笑又是多么温柔啊,
哭着,笑着那些我们能够忘却的回忆。

女神:
像一位无微不至的母亲
在她钟爱的儿子的摇篮旁,
我这样颤抖着俯下身来
向着你会对我保持缄默的心房。
你说吧,朋友,我的聚精会神的琴
正奏着柔弱的、如怨如诉的乐曲,
它已经在伴着你声音的旋律,
在一线光明里
像一个轻盈的幻影,
穿过了过去时日的阴郁。

诗人:
工作的日子,啊!我生活过的唯一的时光!
啊,但孤寂却要比它更宝贵三倍!
让我们来颂扬上帝,我真的回到了
这间旧书房!
可怜的陋室,它的四壁经常是那样凄凉,
铺满灰尘的沙发,忠诚的灯光。
啊,我的宫殿,我的小宇宙,
还有你,女神,我的年轻的不朽的女神,

让我们来颂扬上帝,我们就要歌唱!
是的,我要打开我的灵魂,
你们将了解一切,我这就要述说
一个女人能给人造成多大的痛苦;
因为有这样一个女人,啊,我可怜的朋友们,
(唉!也许你们已经听说过!)
那是一个女人,我服从于她
就像奴隶服从主人一样。
可厌恶的欺骗的伎俩啊!就是因为它
我的心才失去了青春和力量;
然而在我的情人的身旁。
我曾经窥见了幸福
黄昏时,小溪边
我们同在银光闪闪的沙地上散步,
前面的柳树发白的影子
在远处给我们指示着道路;
我现在还看得见,在月光下,
这美丽的身躯偎依在我的怀抱里……
别再说这些了吧——我那时没有预料到
命运要把我带往何处,也许是那诸神的愤怒
需要一个牺牲者;
她惩罚我就像是我犯了罪过,
而只因为我想得到幸福。

女神:
    那形象来自温柔的回忆,

涌现到你的沉思里。
在它留下的足迹上，
你为什么怕走回来呢？
难道否认美好、幸福的时刻
就算是忠诚的述说？
如果你的命运对你残酷，
年轻人，你应该少残酷些，
而向你的初恋微笑

诗人：
不，——我却要向我的痛苦微笑，
女神，我已对你说过：我要冷静地向你来讲
我的梦想、我的癫狂、我的烦恼，
我告诉你它的日期、时间和情况，
我记得，那是在一个秋夜，
愁惨、冰冷，和今夜的有些儿相仿；
风在喃喃细语，以它那单调的声音
在我疲倦的脑海里摇动着黯淡的惆怅。
我站在窗前等待着我的情人；
在黑暗里聚精会神地听，
我灵魂里感到那样深的不幸，
竟使我怀疑到她的忠诚。
我住的那条街黑暗而又荒凉；
几个人影走过，手里拿着提灯；
冷风从半开的门吹进来，
好像是听到了远处人的叹息声。

我也说不上我那不安的灵魂
是感受了哪一种愁苦的预感。
我纵然记起那一点勇气的余剩,
当钟响时我却感到自己在呻吟,
她没来,我一个人低着头
把墙和道路注视了很久,
我没有对你说过,这个朝三暮四的女人
在我心里点燃了多么疯狂的热情;
在人世间我只爱她,离开了她而生活一天,
那种命运简直比死亡还可怕。
然而我还记得在那个残忍的夜里,
为了割断我的眷恋,我曾做了长久的努力。
我千百次地责骂她背信弃义,
我计算着她给我造成的一切痛苦,
唉!一想起她那倾国倾城的美丽,
什么痛苦和悲愁还会不平息!
最后总算盼到了黎明。——徒然的等待使我疲倦,
我靠在阳台上假寐;
在逐渐明亮的晨曦中我睁开了眼帘,
用迷离的目光四处张望。
忽然,在狭窄的小巷的转角,
我听到了在碎石路上走路的轻微的声响……
伟大的上帝!保护我!我看见了,正是她;
她进来了——你从哪儿来?今夜干了何事?
回答呀,你想要我怎么样?在这样的时间是谁陪你走来?
这副美丽的身躯,直到天亮,它一直躺在哪里?

而我却独自一人在阳台上守夜,啜泣,
在哪里,在哪一张床上,你向谁微笑?
大胆!无信义!难道你还可能来
献上你的嘴唇让我来吻你?
你到底要求什么?是什么可怕的渴望
使你竟敢把我拉向你精疲力竭的怀抱里?
你走开吧,离开这里,我情人的阴魂!
如果你是从坟墓里出来,还回到那里吧!
让我把我的青春永远忘掉,
再想到你时,我会觉得过去是梦一样空虚。

女神:

请你平静。我哀求你;
你的话使我痛心。
啊,我的爱人!你的伤口
又在重新裂开。
唉!难道那创伤竟是那样深?
世界上的痛苦
消失起来是多么缓慢而因循,
忘掉吧,孩子,用你的心灵
驱走那我不愿说出的
女人的姓名。

诗人:

你多么可羞!你是第一个
教我背叛的人,

恐惧和愤怒
使我失去了理性!
你多么可羞!目光黯淡的女人,
你不幸的爱情
把我的青春和美好的日子
在黑暗中全部葬送!
是你的音容笑貌,
是你那使人消磨志气的眼光,
教给了我诅咒,
诅咒一切,甚至那些类似幸福的事情;
是你的青春和美丽
使我深深绝望;
如果我竟怀疑眼泪,
那是因为我曾看见你哭泣。

你多么可羞!我那时
还像孩子一样单纯;
像黎明时的一个花朵,
因为爱你,我打开了心房。
当然这颗没有防护的心
很容易被骗受欺;
但是如果让它一直纯洁
岂不对你更加便利。
你多么可羞!你是
我最初的痛苦之母,
你使我的眼帘

涌出了泪的泉源；
泪在流,请你相信,
怎样都不能使它停住；
它从一个永远不能痊愈的
创作里流出；
但是在这痛苦的泉源里
至少我可以洗自己,
愿我在那苦泉里留下
你的令人嫌恶的回忆！

女神：

诗人,够了。在一个不忠实的情人身旁,
哪怕只有过一天的幻想,
当你谈到她时,也不应凌辱那一天的时光,
要被爱,就应该尊重你的爱情。
如果别人给我们造成了痛苦,
由于人类的弱点而不能饶恕,
若是不能原谅,那就忘掉,
逝世的人安静地睡在大地的怀里：
我们已经逝去的爱情也应睡去。
这些心的宝藏也将化为灰尘；
别用手触动它们残留的神圣的遗体。
为什么在这关于剧烈痛苦的叙述中
你只看到一场梦幻与被欺骗的爱情？
难道说上天的行动没有一定意志？
难道说你竟认为感召你的上帝不专心一致？

也许正是你所控诉的打击保护了你,

孩子;因为你正是从这里才得到启示。

人是学徒,痛苦是老师,

没有受过痛苦的人谁也没见过。

这是一条严酷的规律,但却是崇高的规律。

我们需要从不幸中领受洗礼,

这正如全世界和命运一样有着古老的经历,

以这悲惨的代价一切都可以偿赔。

庄稼为了成熟需要露水;

为了生活和感受,人需要眼泪;

快乐就像折断了的花枝,

开满了花朵,又带着雨水的潮湿。

难道你未曾说过你的疯狂已经痊愈?

难道你不年轻,幸福,到处受着欢迎?

热爱生活的轻逸的欢乐会使你走向哪里,

如果你从来都不曾哭泣?

坐在灌木丛旁,当天色黄昏

与一位老友对坐畅饮,

告诉我,如果你没有为欢乐付出代价,

你会不会那么高兴地把酒杯高举?

你会不会爱花朵、草地、绿色的原野,

彼特拉克①的十四行诗和鸟的歌唱,

米开朗琪罗②和艺术,莎士比亚和大自然,

---

① 彼特拉克(1304—1374),意大利人文主义诗人。
② 米开朗琪罗(1475—1564),意大利画家和雕刻家。

如果你没有在那里面找到一些往昔的呜咽?
你会不会了解天堂的永不磨灭的和谐,
夜的寂静,水流的潺潺低语,
如果没有人间的狂热和不眠之夜
使你想起过与世永别?
你现在不是有一个美丽的情人么?
在你睡梦时紧握着她的手,
你青春时代的痛苦的遥远的回忆
是不是会使她那神圣的微笑更温柔?
你们是不是也将会一块儿散步,
在银色的沙子上,在开满鲜花的森林深处?
在这绿色的宫殿里,白杨树的白色光影,
在晚上不是也会为你们指出道路?
在月光下,你是不是也会看见,
一个美的身躯像从前一样依偎在你的怀抱里?
如果在小径上你遇到了幸运,
你不是会在它身后歌唱着前进?
你还有什么可以抱怨? 不朽的希望
在不幸的手下又重新浸透在你身上。
为什么要仇恨你那幼稚的经历,
厌恶那使你变得更好的痛苦?
啊,我的孩子! 怜惜她吧,这无信义的美人,
是她从前使你眼里流出泪珠;
怜惜她吧! 她是一个女人,而上帝使你到了她身边,
在痛苦中要探讨幸福的人的秘密。
她也很为难啊;也许她爱你;

但是命运却要她使你心碎。
她了解生活,而且也使你认识生活,
你痛苦的果实却由另外一个女人去收获。
怜惜她吧!她悲哀的爱情如同一个幻影一闪即过;
她看见了你的创伤,未能使它痊可,
在她眼泪中,请你相信我,并不都是谎言,
等这一切都过去时,怜惜她吧!
这样你才知道爱情究竟是什么。

诗人:
你说得对:仇恨和教义相违背,
当这个假睡的恶鬼
在我心里苏醒的时候,
那真是充满恐怖的颤抖。
请你听我说吧,啊,女神!
请你做我的誓言的证人:
以我情人的蔚蓝色的眼睛,
还有蔚蓝色的苍穹为证;
以那颗光闪闪,
像珍珠一样闪烁,
在遥远的地平线上发光的
维纳斯星为证;
以大自然的宏伟,
造物者的仁慈;
宁静纯洁的明星为证;
以那草原上的青草

森林和绿油油的草地为证；
以生的力量，
以宇宙的无边无际为证；
我要把你赶出我的回忆，
我疯狂的爱情的残余，
让你在过去中沉睡吧，
神秘而阴郁的经历！
而曾经一度做过我的朋友的你，
仍保留着这形式和这温柔的名义，
我能够遗忘过去的那崇高的一刻，
应该就是宽恕的时机。
让我们宽恕吧；我破坏了
上帝使我们结合在一起的旨意。
用最后的一滴眼泪，
请接受我们永远的别离。
——而现在，金发的幻想者，
现在，女神，为我们的爱情来庆贺，
请你像在那美好时光开始时那样，
给我唱几首欢乐的歌。
芳香的草地已经感到
清晨的迫近；
请你来唤醒我的情人，
去采摘园中的花朵。
请你来看一看不朽的大自然
在沉睡的纱幕中逐渐显现，
它将和我们一起重生

迎着太阳的第一道光线!

1837年11月

寄希望于上帝

只要我柔弱的心还充满青春
还没有向幻想诀别
我愿信赖古老的贤智,
是它把淡泊的伊壁鸠鲁①看作半人半神。
我愿生,愿爱,愿与人和谐,
寻找欢乐,但并不指望过分,
做人们所做的,和像大家一样地生活,
仰首向天,丝毫也没有不安的感慨。

我再也不能控制自己;"无穷"烦扰着我。
想到它时,不能不感到希求和惶惑;
不管人们怎样说它,我的理智总感到恐惧,
因为虽不了解它,却看见它在这里。
世界究竟是什么?生命的目的何在?
如果是为了生活安静,难道要用纱把天空遮蔽?
像羊群一样走过,两眼注视着土地,
否定了其余的一切,难道这就是幸福的意义?
不,这就不再是人,这就是把灵魂的高度降低。
是偶然赋予我生命;

---

① 伊壁鸠鲁(前341—前270),古希腊哲学家。他主张尽一切方法在人间享乐,但他的乐是指精神的乐而非肉体的乐。

幸或不幸,我总是母亲所生,
而绝不能不在人类之中。
怎么办呢?泛神论者的理智说:"享乐吧,
享乐,然后死去,神明们只想到沉睡。"
基督教的声音回答说:"希望吧,
上天永远在注视着,你不能死去。"
在这两者之间我迟疑着,停止了脚步。
我想远离它们,去走一条幽静的小路。
"这条小路不存在,"一个神秘的声音说,
"对于天堂,只能相信或否认。"
我终于也这样想;不安的灵魂
从这个极端到那个极端轮流投奔,
只有无神论者才能对一切无视无闻;
只要他们有一日的怀疑,就再也不能坦然安枕,
我让步吧,既然事物在我心里
留下了充满恐怖的希冀,
我将屈膝跪倒,我愿意相信,我在希望着。
我将变成什么样,人们究竟要我做什么?

我已落入一个最可怕的神明的手中,
它比世界上的一切祸患的总和还更凶;
在这一步也不离开我的见证人的监视下,
我孑然一身,到处遇难飘蓬
它观察我,它跟随我。如果我太激动,
就会触犯它的权威和神圣。
如果我疾步走向脚下的深渊,

想要挽回一小时,就需要永恒的时间。
刽子手的法官,他对牺牲者只有欺骗。
对我来说,一切都成了陷阱,名称也都改变;
幸福是罪恶,爱情是心灵的负担,
七天的创造只是诱惑的召唤。
我不保留人类天性的丝毫痕迹;
对于我,美德和忏悔全无意义。
我等待着奖赏,避免着忧患;
我唯一的目的是死亡,唯一的向导是恐惧。
然而人们说,永恒在期待着
几个上帝的优秀儿女。——他们在哪里啊,这些有福的人?

如果你曾经欺骗过我,是否会还我生命?
如果你说的是真话,是否会为我打开天堂的门?
啊!先知们所预言的乐园,
如果真的存在,那一定是一片荒沙滚滚。
您一手制造的那些有福之人,对他们的要求太高,
当他们的欢乐来到时,已吃尽了万苦千辛。
我只是一个人,不愿降低人的尊严,
更没有过多的奢望。——我为什么停步不进?
既然我对教士的诺言不能相信,
我是否应该求教于漠视一切的人?

如果我的心被梦幻缠绕而感到疲倦,
为了得到满足而回到现实,
我召唤空虚的欢乐的支援,

而感到了那样一种厌烦,仿佛自己还在消逝。
有时在反宗教思想活动的那些日子里,
想要否认这思想的存在,为了停止怀疑,
有朝一日,在生的欲望的海洋里,
我将占有一切所羡慕的东西;
那就请给我权力、财富和健康,
甚至还有爱情,爱情,世界上唯一的宝藏,
但愿金发的阿斯达尔黛①,那位希腊所崇拜的爱与美之神,
从她那漫着蔚蓝海水的岛屿向我伸出两臂,
当我能从大地和胸怀里,
获得它的丰饶的神秘,
把它们按照我的心意变为充满生命力的事物,
并为我自己创造一种独一无二的美;
当贺拉斯②、鲁克雷斯③和年老的伊壁鸠鲁,
坐在我身旁,称我为幸福,
当古老大自然的这些伟大爱好者,
对我歌唱对神明的轻视和欢乐,
我将对他们大家说:"无论我们能做什么,
我痛苦,并且现在已经太迟了;世界已经衰老。
无限的希望从大地上掠过;
即或是我们啊,也应该仰望苍穹而拜倒!"

---

① 阿斯达尔黛是腓尼基和希伯来人所供奉的爱神,希腊人亦加以崇拜。
② 贺拉斯(前65—前8),罗马诗人,著有《诗艺》。他主张有节制地享受人间财富,便是幸福。
③ 鲁克雷斯(前98—前55),罗马诗人。他是伊壁鸠鲁享乐主义的信徒。

究竟还给我留下了什么？我的叛逆的理性
曾徒劳无益地企图相信,而我的心却在怀疑。
基督徒使我恐惧,而无神论者的话
与我的意向相反,我也不能听取。
真诚的信徒说我是无神论者,
而无神论者却说我狂妄无理。
我向谁去诉说啊？哪个友谊的声音
才能安慰这颗被怀疑刺伤的心？

人们都说,有一种哲学存在着,
它不需要上天的启示就能解释生活；
既不相信守教也不反对无神论者。
我完全同意。他们在哪里呢,这些学说的制造者？
他们知道怎样不用信仰就找到真理,
一个告诉我说世间有两种原理
相互敌视,势不两立,二者均不朽；
而另一个发现在远处,在孤寂的天堂里,
有一位不要祭坛的无用的上帝。
我看见柏拉图在幻想,亚里士多德在思索；
我倾听,我欢呼,并继续走我的道路。
在极权的帝王统治下,上帝是这样横暴；
今天听说又有一个具有共和精神的上帝,
毕达哥拉斯①和莱布尼茨②改变了我的存在,

---

① 毕达哥拉斯(前585？—前500？),古希腊哲学家兼数学家。
② 莱布尼茨(1646—1716),德国哲学家兼数学家。

笛卡儿①竟把我抛弃在旋涡中心。
蒙田②在观察,但却认不出来自己。
巴斯加尔③颤抖着逃避他自己的幻影。
庇隆④使我盲目,芝诺⑤使我麻木不仁,
伏尔泰⑥扰乱了一切秩序,
斯宾诺莎⑦感到疲惫,由于探求不可能,
他徒然地寻找他的上帝,而且相信他的上帝到处存身。
对于英国的诡辩家⑧,人只是一架机器,
最后从迷雾中出现了一个德国的拙劣说客⑨
他完成了伪哲学的崩溃,
宣布天堂空虚,到头来是空中楼阁。

看哪,这就是学者的残骸!
五千年来人们一直都在怀疑,
在那样多的劳累与坚持之后,
这就是给我们留下的最后的一个词句!
啊,可怜的无理性者,可怜的头脑啊!
他们用了那么多办法解释一切;
要想飞上天堂,我们得有翅膀;

---

① 笛卡儿(1596—1650),法国哲学家兼数学家。
② 蒙田(1533—1592),法国哲学家兼文学家。
③ 巴斯加尔(1623—1662),法国哲学家兼数学家。
④ 庇隆(前584—?),古希腊怀疑主义哲学家。
⑤ 芝诺(前336?—前264?),古希腊哲学家。
⑥ 伏尔泰(1694—1778),法国哲学家兼文学家。
⑦ 斯宾诺莎(1632—1677),荷兰哲学家。
⑧ 此处系指英国哲学家洛克(1632—1704)。
⑨ 此处系指德国哲学家康德(1724—1804)。

你们有的是愿望,但缺少的是信仰。
我同情你们;你们的骄傲来自一个曾经受过创伤的灵魂。
你们感到了我的心已充满的忧虑,
你们也深知那种痛苦的思想,
它啊,使人一想到"无穷"就会战栗。
好吧,让我们来一同祈祷吧,把愁苦背弃,
它啊,是你们幼稚的筹划和无益的工作。
现在,你们的躯壳已化为灰尘,
我将跪倒在你们的坟墓上,
来吧,不信神的拙劣的说客,各种学说的大师,
过去时代的基督徒,今天的梦幻者;
祷告是希望的呼声,请你们相信我!
为了使上帝回答我们,我们应向它诉说。
它公正,它善良;它一定会把你们饶恕,
你们全都受过苦,其余的就不算数。
如果天堂是一片荒漠,那我们就谁也不会触犯;
如果有人听见我们的声音,他就会觉得我们很可怜!

啊你,从没有一个人真正地认识你,
或者毫无虚伪地把你否认,
回答我呀,是你使我诞生,
而明天又使我死去!

既然你让人了解你,
可为什么又让人对你怀疑?
你能有什么悲哀的欢快,

诱惑我们信赖你的善良?

人一抬起头,
就好像觉得你在天上;
世界的创造和它的征服。
在人看来只是一座空旷的庙堂。

当他重新镇定了自己,
他在自己身上发现你,你和他生活在一起,
如果他痛苦,他爱,他哭泣,
要他如此的,正是他的上帝。

那是最高贵的智慧,
最卓越的野心;
证明你的存在,
并了解你的圣名。

无论人们怎样称呼你,
梵天,朱庇特,或耶稣,
真理或永垂不朽的正义,
人们的两臂总是伸向你。

大地的最后一个儿子
只要他在痛时
感到了一丝幸福的憧憬,
他就会感谢你的恩惠,并铭刻在心中。

整个世界都在颂扬你:鸟儿在巢中用歌声赞美你;
而为了一滴甘雨,
千万生灵祝福你。

你所做的没有一件不受到人们的赞许;
你的任何东西,我们都不会扬弃;
万物都在祈祷,而你在微笑,
我们也只能屈膝。

你究竟为什么,最高的上帝
创造了那么多的痛苦?
使理性,甚至使美德
看到了它也不得不感到恐怖。

当世界上那么多的东西
向神呼吁,
并好像从一位父亲那里
得到了爱情、力量和善良的证据;

在神圣的光芒下,人们为什么
看见的丑行竟那么多?
它们啊,在那些不幸者的口中
只能变成无力的控诉。

为什么在你天堂的杰作里

竟有那么多不调和的东西？
罪恶和瘟疫有什么好处？
为什么要有死亡？
啊,公正的上帝!

你的怜悯一定很深切,
当这个可赞扬而又可怜的世界,
带着它痛苦的善良
痛哭着走出洪荒!

既然你要使世界
屈服于它已充满的痛苦里,
你就不应该允许它
在无穷中瞥见你。

为什么让我们的痛苦和烦恼
幻想着有一个上帝？
是怀疑使得凄凉笼罩了大地；
对于这,我们的见闻总是过多或过少。

如果你的软弱的人类
不配走近你,
那就应该让大自然
把你遮盖,把你藏起。

你还留下了权力,

我们感觉到它的打击；
但休息和蒙昧，
将使我们的苦痛更温柔甜蜜。

如果痛苦和祈祷
都不能感动尊严的你，
那就留着你那孤独的权威吧；
去把太空永远禁押。

但是如果世人的忧虑
能够触及你的身心；
如果在那永恒的原野上，
你有时听到我们在呻吟，

请你粉碎那深远的苍穹，
是它把你的创造遮起；
请你揭去笼罩着世界的纱幕，
显现出你自己吧，公正而善良的上帝！

你在人间只会发现
对信仰的热爱，
整个的人类
都在对你膜拜。

眼中流不尽的泪水
使人精力枯干

它将像轻飘的露水,
在天空中飘散。

你只等待着欢乐与爱情的合唱
把你来颂扬,
正像天使们的歌声一样
弥漫在永恒的天上;

在这崇高的赞颂中,
你将从我们的歌声中看到
怀疑和亵渎狼狈鼠窜,
并听到死亡本身
发出最后的声音。

1838年2月

致阿尔弗莱特·T[①]

生活是多么甜蜜,生命是多么美好!
在晴朗的夏日的傍晚,你曾这样说过。
朋友,你曾这样说,就在迷人的景色里,
在你可爱的森林的最绿的岗上。

我们的马,在阳光下,踏着开花的草原;
而我呢,沉默着,在你身边跑着,

[①] 阿尔弗莱特·塔特是缪塞的朋友,比缪塞大一岁,是他引导缪塞过着放纵的生活。曾有人说,他是缪塞的最长久的朋友,但也是最危险的朋友。

我让我的幻想随意飘荡,
但在心的深处,我向自己说了一遍又一遍:

"——是的,生活是件好事。欢乐是种陶醉;
毫无惧怕、毫无烦愁地度过一生该多么甜美;
欢度青春该多么快慰!

给酒杯和情人戴上花环,
上天已容我们度过三十年,
我们虽然还这样年轻,但已成了老伙伴。"

1938 年 10 月

给 一 朵 花

亲爱的小花,可爱而美妙的回忆,
你对我有什么期求,
垂死的你却带着妩媚的温柔,
是谁打发你来到我的身边?

紧紧地包在封里
你一定经过了长途跋涉。
你都看见了些什么?那只手又对你说过些什么?
是那只手把你从嫩枝上摘去。

你是否只是一棵枯萎的小草,
刚刚接触死亡?
还是在你那要开放新花的胸中

孕育着一种梦想?

你的花儿啊,唉!白得那样
纯洁而又凄凉;
但是你的叶子的色泽
却表示着那怯生生的希望。

你给我带来了什么消息?
你可以告诉我,我最能守口如瓶。
你的新绿是不是一个秘密?
你的芬芳是不是一种言语?

如果是这样,请你低声诉说吧,
神秘的使者;
如果什么都不是,那就不要回答;
请睡在我心上,新鲜而婀娜的花朵。

我太了解那只手,
它充满着恩惠和骄纵,
它用一根柔软的细线儿
拴住了你苍白的花茎。

那只手啊,小花朵,
就算是菲狄阿斯①,普剌克西忒勒斯②

---

① 菲狄阿斯(前500—前432),古希腊雕刻家。
② 普剌克西忒勒斯(前364—前330),古希腊雕刻家。

以维纳斯作模特儿,
也不能丝毫与它仿佛。

雪白的手,温柔而又典雅,
据说它还很爽朗,
只要是谁注意不惹恼它,
它就能打开一种宝藏。

但是它聪明又严厉;
不幸可能来到我身上。
花儿啊,咱们都惧怕它的愤怒。
别再言语,请让我幻想。

1838 年

永　别

永别了!我相信今生今世
再也不会看见你。
天主走过,他把我遗忘,却向你招手,
失去了你,我感到我是多么爱你。

我不哭泣,也不徒然地抱怨,
我知道尊敬未来。
如果新娘的头纱把你带走,
我将微笑着看它飘开。

你离去时满怀希望,
你回来时将傲慢无情;
但是因你不在而痛苦的人,
你却不再认得他们。

永别了,你将去做美梦,
并在危险的欢乐中陶醉;
但是在你的路途上升起的那颗星,
很久的时间里还使你的眼睛昏花难睁。

也许有一天你会感到
一颗了解我们的心价值有多高,
我们了解这颗心所得到的好处,
以及我们失去它而感到的痛苦。

1839 年

愁　烦

我失去我的力量和生活,
也失去朋友和欢乐;
甚至我失去了傲慢,
是它会使我相信我有天才。

当我刚认识真理,
我曾以为它是位良伴;
当我了解了它并有所感受,

便觉得它真使人腻烦。

然而它是永恒的,
谁要是不认识它,
在世界上就一无所知。

天主在说话,
人们应该回答。
我在世上留下的唯一财富
就是我曾屡次痛苦。

1840 年 6 月

请 你 记 住

请你记住,当惶惑的黎明
迎着阳光打开了它迷人的宫殿;
请你记住,当沉思的黑夜
在它银色的纱幕下悄然流逝;
当你的心跳着回答欢乐的召唤,
当阴影请你沉入黄昏的梦幻,
　　你听,在森林深处
　　有一个声音在悄声低语:
　　请你记住。

请你记住,当各种命运
逼得我与你终生永别,

当痛苦、流亡和无穷的岁月
迫使这颗绝望的心枯萎;
请你想到我悲哀的爱情,想到崇高的永诀!
当人们相爱时,分离与时间都不值一提。
　　只要我的心还跳动,
　　　它永远对你说:
　　　请你记住。

请你记住,当在冰冷的地下
我碎了的心永久睡去;
请你记住,当那孤寂的花
在我的坟墓上缓缓开放。
我再也不能看见你;但我不朽的灵魂
却像一个忠诚的姐妹来到你身边。
　　你听,在深夜里,
　　　有一个声音在呻吟:
　　　请你记住。

1842 年

玛　丽

正像春天的花朵
在森林里含苞欲放,
迎着和风最初的拂荡
它神秘的笑颜微酡。

那轻盈又鲜嫩的花茎,
感到花萼在开放,
一直深入到大地的怀抱中
都颤动着欢快和热望。

我那温柔的玛丽就是这样,
当她把可爱的小嘴微张,
睁开了蔚蓝色的眼睛曼声歌唱。

周围是无边的和谐和光亮
使她整个灵魂震荡,
直向遥远的天空飞翔。

1842 年

致 M……夫人

不,即或一种深刻的痛苦
在这颗死去的心中能复活;
不,即或一朵希望之花
在我的道路上还能再发芽;

即或纯洁、恩惠和天真
为你来抱怨我,蛊惑我,
不,亲爱的孩子,你是那样纯朴、无邪而
显得那样美丽,
我不知怎样爱你,也不敢爱你。

然而那样的一天终会来到你眼前，
那一瞬整个宇宙都不值一钱。
但愿我对你的尊敬能牢牢记在你心间！

无论在欢乐与痛苦中，你都将发现，
我忧伤的手儿把你的手儿来牵，
我忧伤的心倾听着你的心弦。

1843 年

阿尔卑斯山的回忆

一个旅客行走在饥渴的平原上，
烦恼征服了他，又疲乏，又悲伤，
火烫的沙土上卷起尘烟莽莽，
在他面前飞舞着一片金黄。

远僻的荒村野店，
有一座古桥在门前，
桥下的清溪银光闪闪，
抚慰着满开野花的河岸。

两只鸟儿在一棵意大利松树上，
跳跃着轮流歌唱，
这鸟儿的小曲中
激荡着忧郁和爱情。

对着这一架葡萄啊,
丰收之神正在微笑,
在架下却有一头野性难驯的骡子在乱跳,
旅客没有摸一摸岸边的鲜花,
就走上了腐朽的木桥。

在桥上,旅客心里充满了莫名其妙的
温柔的忧郁,
他默默地停住,把头低垂
注视着土地;
强烈的阳光晒干了他眼里的泪。

盲目,朝三暮四,啊,命运!
苦刑已迷惑了爱神,
请为我除去那令人生厌的回忆,
请为我除去那一对我总是看见的眼睛!

为什么它们还是这样崇高和美丽,
为什么我还会看到它们闪烁?
你不愿让我再爱它们,
你可阻止我把它们忘记!

就像在痛苦之后,
就像暴风雨刚刚过去,
人们还在仰望着天空祈求,

旅客抬起了头,
看见阿尔卑斯山在永恒的宁静中伫立。

那玫瑰山顶展现在他面前,
白雪和蓝天正在欢乐地纠缠。
纯洁的狄安娜①,如果你到人间停留片刻,
你那美丽的双足一定会先踏上这座山尖。

捉羚羊的猎人们熟悉群山,
山林中并不是没有危险,
他们毫无恐惧,在清新的黎明穿过草原,
拿着武器,深入重叠的峰峦。

当温柔而懒散的太阳,
照着米兰城,但还没有镀上金光,
在那地平线上,满怀着恩惠和惆怅,
一天的照耀使得它疲乏地进入睡乡。

高山在指示:——深渊在你脚底;
雪崩在你头上。——请你不要畏惧;
要注意骡子的失足。
羚羊的锐利眼光正在山巅窥伺,
看见我跌倒在地,它会低声把你讥刺。

---

① 朱庇特的女儿,狩猎之神。

蜿蜒的山溪引向高山。
沉思的旅客走上了这条偏僻的小径；
他转过身来时——田野和平原
却都消失得无踪无影。

浅紫色冰山的奇异光彩
在他背后耸立。
歌曲、眼泪和美丽的意大利
都已成为过去。

来到了这里？
拜伦满怀着傲慢的忧伤，
有一天他经过这里时讲：
"这些松树有着墓地的景象，
这与我的朋友们相仿。"

然而这些松树却很美丽，虽然被雷殛过，
你周围是一望无边的荒漠，拜伦啊，
当枯死的松枝在你的脚下喊嚓作响，
你的心却只听到了它们的沉默。

也许它们比我们知道得更多，更清楚，
这些与大地紧密相连的古老沉默的生物，
它们，在万物之母的丰饶的怀内，
在美好而温柔的休憩中沉睡。

1851 年

（《缪塞诗选》，人民文学出版社 1960 年出版，署名"陈潋莱、冯钟璞译"）

请你记住

陈澂莱(1920—1972)是我在全国文联工作时的同事,是我的挚友,谙法文。二十世纪五十年代末,我们在一起翻译了《缪塞诗选》的几首诗,其实是她翻译,我只润饰文字而已。白天工作很忙,晚上常译到很晚。我嫌她太拘泥,她嫌我太自由,有时为了一个字,要争论很久。我说译诗不能太认真,因为诗本不能译。她说诗人就是认真的,译诗的人更要认真。

这本小书出版后,很快就不见了。近几年突然看见了它,原来是二〇一六年和别人的译诗一起再版,书名是《请你记住》,在人民文学出版社编辑的外国诗选"蓝色花诗丛"中得到了一席地位。这距译书时已差不多有六十年了。我想告诉澂莱,我们译的诗再版了,但是到哪里去找她?

伴随这本《译研笔记》的许多往事,纵然有年月、有记述,可是人永远不能回来了。

岁月本无情,人心自有数。只将笑与泪,留在心深处。

托马斯·哈代诗篇中的"宿命观"

一颗恒星垂望着我,说:
"我与你伫立此地,
天上人间各司其职:
你欲做何?
欲做何?"

我说:"据我所知,
只能等待,让时光流逝,
直到我的变化至此。如此而已。"
恒星说:"我意如此,
我意如此。"

——托马斯·哈代《双方在等待》

内容提要:
第一章 "生活有多沉重?"
第二章 "我无过多期待"
第三章 "不知有何可期"
第四章 "万事无关紧要"

前　言

童年以来,"宿命"这个词语给我留下了非常深刻的印象。我一直想知道为什么我是我,他是他,你是你;为何树木是树木,鲜花是鲜花,草地是草地。我想知道生命是什么,我的生命是如何出现的,又是为何出现的;我想知道宇宙是什么,宇宙是如何又是为何出现的。我思考时,"宿命"就像一个幽灵一样,萦绕在我的心头。我最初阅读托马斯·哈代时,"宿命"这个词语就清楚地向我显现出来。我喜欢哈代,因为他研究生命时,理解"宿命";他试图解释生命时,从未忘记"宿命"。很久以来,我就怀有一个珍贵的理想,想要撰写有关哈代的文章。此刻,在写作有关哈代的论文时,我很快乐,心满意足。不过,既然祖国目前不需要我懒散而幼稚的探讨,我们又非常繁忙,因此我写下的文字非常粗糙,甚至未完成整篇文章。我希望有朝一日我会有时间更认真地完成全文。到那时,我就能说,我真的实现了自己长久以来的愿望。

第一章　"生活有多沉重?"

托马斯·哈代以其对人类苦难的生活进行了动人的描述而闻名于世,以其对将我们玩弄于股掌之间的、看不见的、不可抗拒的力量——无所不在的意志——所持有的观点而著称于世。"托马斯·哈代"这个名字本身暗示了一种忧郁而沉重的感觉。我们一进入哈代的世界,就发现天空是灰暗的,大地像爱敦荒原一样呈现出神秘的黑色,长满了青草。人们生活在云彩的阴影里,不断地跋涉,最终发现悲伤、眼泪和叹息在陪伴着自己,遗忘、不忠和永不安宁在等待着自己。于是,在"他们唱出了自己最挚爱的歌曲""清除了正攀爬的苔藓""在夏日的树下吃过早餐"后,最后的场面是"雨点在雕刻着他们名字的石碑上犁过"①。生活像是无边无际的大海,人既不可能冲出去,也不能拒绝进入其中。我们在大海里浮游、挣扎,有时被海浪所窒息,有时高兴地看到那灿烂的阳光及和风。我们阅尽了同一大海的不同角落,最终变成了同一餐桌上的不同菜肴。

在哈代的宇宙里,天空是灰色的,大地是黑色的,空气是沉重的,但读他的诗不能引起我们的兴奋或绝望消沉。哈代的诗歌恰像一泓清凉的小溪,沿路为我们展现出所有景致,而其本身却不受干扰;我们知道这条小溪在群山和树木间逶迤向前,会变得越来越宽阔,如果它不停歇地流淌下去,明亮的前途就在等待它。哈代对待写作的态度也是冷静而客观的,仿佛他的目标只是为了用镜子来反映生活,而非将自身置于镜子当中。他的态度是一种艺术鉴赏家的态度。但是,我们通过仔细研究却发现,在他那种平静而冷漠的表面下,一颗爱心在剧烈地跳动。有时,在他的诗歌里,摇头比点头表达出更多的肯定意义,恰似我们用叹息或者犬吠来让他人更加感受到夜晚的静谧一样。

这是哈代诗歌所营造的总体气氛。生活由一种自洽、无意识、无目的、不可毁灭的意志所支配。命运之轮无穷无尽地转动,推倒了一代人,而后又树立起另一代人②。"意志编织着一种缺席的注意,自生命最初如此,亦将编织下去。"在历史的浪

---

① 《风雨期间》,托马斯·哈代诗选。
② 欧内斯特·布伦内克著《托马斯·哈代的宇宙——诗人心灵之研究》。

涛中,人类盲目地经历着苦难。哈代曾对一只盲鸟说:"你的命运是永久黑暗的。"①这句诗出现在一首对所有的生灵充满了同情、尊敬和爱戴之意的诗歌里。我们仅以此诗句为例,可以进行两种可能的解读。其一是:我们对自然知之甚少,只能认为自己是盲目无知的。其二是:我们自以为了解的实则是我们所不了解的。如此一来,赤裸裸的事实就粉碎了我们的迷梦,我们如何才能避免失望、绝望乃至阵阵强烈的悲痛呢?哈代写了许多小诗,为我们揭示了生活的本来面目。他撕下了那些感伤主义者和浪漫主义者像铺床单一样蒙在生活上的紫色面纱。他以本质的情感和惟妙惟肖的画面告诉我们,生活是如何艰难地向前进行。生活是苦涩的;生活是在广阔无垠的世界上进行挣扎;在自然法的框架里,生活本身是有限的。其他作家不敢毫无保留地说出来的,他毫不犹豫、毫无保留地说了出来;其他作家不忍去揭示的,他毫无伤感地揭示了出来。他以自己的个性和灵魂,讴歌了他所真正观察到和真正理解的内容。

哈代是个现实主义者。

没有人能否认哈代是现实主义者。他并未为了有别于他人,而在梦境里构建一种哲学。相反,最强烈、最真实地触动着他的那些印象促使他拿起笔来。正如他在《过去和现在的诗歌》的前言中所说:"未经调整过的印象有其自身的价值,通向真正的人生哲学之路似乎在于谦卑地将其种种现象的不同知识记录下来,就像这些现象通过偶然和变化强迫我们接受下来那样。"他通过日常事务,建立了一种哲学。他的印象虽然并未系统化,从学者的角度看,有时甚至琐细,然而又是如此真切,如此

---

① 《盲鸟》,诗选。

靠近我们。诚然,我们可以透过这"一系列的感情和奇想"来观察真正的生活是什么。

我愿意从两个方面来探讨哈代的"现实主义"。一是探讨其主题,即他写了什么;二是探讨他是如何写的。哈代大部分主题涉及到人类的苦难,小部分涉及到人类的希望。人类的苦难可以分为三种:健忘、不忠及永不安宁。实际上,这三者是不可或缺的。健忘主要指的是时间性,人类从过去行进到现在,又从现在行进到未来,人类总是健忘的。不忠主要是指改变心意,指人类拥有如此多的机会对其所有的亲人不忠。永不安宁则主要是指无所不在的意志,也就是宿命。时间、变化及自然的原动力其实是一回事;似乎时间和无所不在的意志是原因,而变化则是结果。这种分割法可能并不确切;但是我认为这种方法将有助于理解哈代的现实主义。

我们可以在此探讨一下哈代的一首抒情诗歌《分离》,以此来总结哈代的现实主义。他讲述了两个恋人被距离和恶劣的天气所分开,但是这两个因素并未使他们彼此分离;真正使其分离的某种因素是不能诉之于人的。诗歌的最后一节是这样写的:

> 在我们之间有一种障碍,
> 那不是刀斧砍就,
> 却比远路、细雨更无尽头,
> 比岁月更长久。

每个人在其生活中可能都会有此感觉。这是一种印象,一种感情,一种普世真理。别离是古往今来一切诗歌不变的主题,也是东西方作家们喜爱的主题。所有的诗人都说真正的爱情和友谊终将延续下去,即便两人长年不在一起。在此,哈代说虚假的爱情和两人之间思想上的差异使得分隔两地的恋人真的分手而去。在中国的诗歌里,我们也有这样的诗句:"海内存知己,天涯若比邻"(大概意思是指距离不能将亲密的朋友分开)和"但愿人长久,千里共婵娟"(愿我们两人都长寿,能在不同的地方赏同一轮圆月)。在莎士比亚的《安东尼与克利奥佩特拉》里,安东尼说道:"我们的分离即住且飞,你虽留此亦将随我,我虽去也仍在你边。"哈代笔下的两个恋人对彼此已有的情意或友谊坚信不疑,这种信任使得他们在精神上靠近彼此,有时他们感觉非常安宁和可靠。他们心心相通,因此分居两地奈何不了他们。哈代以一种否定的方式说,如果恋人之间心意不相通,即便相守在一起也无济于事。

　　这种观点是非常敏锐的,比我刚刚引用的诗句更真切。更为可能的是,恋人们改变了自己的心意,而不是忠实于对方。既然环境对人们的思想有影响,环境不同时,就难以将感情或者心智保持在同样的水平上。因此我们说,在选择主题时,哈代是现实主义者。我们可能都有过这样的经历:我们深爱的某一位朋友,在长久分别后,再次出现在我们面前时,我们竟然会对其大失所望。因此,与其坚持说友谊是不可改变的,莫不如告诉读者,友谊在发生变化,这样反倒更为真实。有一种超越天气、时间和地点的东西;环境不同,友谊最终变成了幻觉。哈代直接看穿了真相,他的这种观点与马克思的那条著名原则非常相近:"存在决定意识。"我前文提到,《分离》这首诗里有三种本质。恋人之间的差别显示出他们是健忘而又善变的,他们的行为受无所不在的意志支配。且看这句诗,"我在这里,你在那里,我们之间相隔百英里",同样是现实主义的。哈代未用华丽的辞藻来描绘恋人之间相隔的高山大川,他只用了三个"and",却总是在我们的心中引起了一种共鸣和回响:"我在这里,你在那里……"

现在,我要开始探讨"健忘"这个主题。事实上,哈代的每一首诗歌都是人类天性的缩影。但是,我们可以分析《分离》所强调的那个部分。"啊,你是在我的坟墓上挖土吗?"这首诗引导读者去遗忘。即便是一条狗也几乎避免不了在哈代的笔墨下受到判断。一切动物的待遇皆如此。在这首诗里,那个死去的姑娘的恋人认为:"我纵然移情别恋,她现在也不会伤心连绵。"她挚爱的亲人们认为:"有什么用?何必在此把花种?"她的对手认为她不再值得被人憎恨。她养的小狗则完全忘记了她的安息地在哪里。我们见到了亲人间的爱意和关怀,见到了被保护人的憎恨和爱戴在快速变化。逝者不能行动,那颗心也不会因为她的恋人不忠而伤痛,那个灵魂也不会对在她的坟墓上种植花卉的人们表示谢意,无论你待它多么和善,它还是保持沉默。因此,把自己从过去、从徒劳的感情当中解救出来的唯一方法就是忘却。过去仿佛是一幅褪了色的画,当你在画一幅新画时,那幅旧画还在日复一日地褪色。最终,过去沉落下去,在心底停留下来,接着就被新的事件所覆盖。哈代将许多首小诗呈现在我们面前,以显示人类的愚蠢和无情无义。有一首诗描绘一个人忘记了自己的誓言,他让伴侣到别处去等着他。几年后,他另娶了妻子,并把妻子带了回来①。而另一首诗里写道:

> 威尔正和同伴踏着旋律,
> 他们是情投意合的知音,
> 我俩六月结婚前,威尔说起
> 他只爱我一个人。

---

① 《在卡斯特桥集市》(第六卷,《等待的妻子》),诗选。

>他说他会放弃所有的旧欢,
>永远和自己的爱人相伴。

那个等待丈夫的妻子想起了丈夫从前说过的甜言蜜语,可是丈夫却已经忘记了自己曾经说过的话。有许多残酷的人,他们本意不想残酷,他们只是身不由己,因为他们的心灵很脆弱,他们一点也不敏感。

我每次阅读《被侮辱与被损害的》和《白痴》这两部小说,都会对主人公的健忘感到震惊;但是他们又似乎是非常敏感的人。他们能够同时爱上两个女性,他们的感情可以毫不克制地游走在两个女性之间。《红楼梦》里的著名情公子宝玉也属于这类人物,我们承认他真爱黛玉,但是他对所有女孩的感情却给他本人和他人带来了痛苦。哈代在生活中目睹过这种现象,就不加感情、不受打扰地记录下来。他想让读者知道人类的残酷性有时来自于人类的愚蠢——容易忘却,于是生活中的悲伤就预定了。

此外,如果我们能够完全抛开过往,那么我们现在就可能会幸福,会自由自在,对此我们是相当有把握的;然而,正如我们已经说过的那样,过去仍旧处于我们的内心深处,只是被新发生的事情遮盖住了而已,我们绝不会因此而感觉幸福。过去曾有的,将来绝不会消失。有时候,当我们突然被某些熟悉的旧有事物所触动,那些旧有的场景和情绪就会自然而然地重上心头。《关于一缕被发现的鬓发》这首诗描述了一缕鬓发如何使曩昔在心头重现。而苦涩,无奈的苦涩使得《过去我不是他》这首小诗厚重起来:

>虽然我的命运是
>思念你从前的可人心意,

> 当我的双脚转向你，
> 你仍旧拥有那份甜蜜，
> 足以令我感到是一种奖励。

过往经常拜访我们的熟人，也搅扰着我们。被忘却的过去甚至是摧毁不了的。麦克白夫人说过："阿拉伯所有的熏香都将不能使这块小小的土地芬芳起来"，"木已成舟，覆水难收"。这是过往的重要意义所在。这是人类的悲剧所在。它使哈代的人物，诸如苔丝、裘德和游苔莎等，深受其苦。我们永远不能重组过去，永远被现在所囿，我们只能生活在过去和现在之间的两难境地里。

尽管如此，人类更其复杂。这不仅是一个有关过去、现在和将来的问题，而且关系到我们在同一时间里具有不同的观点。很难说一个人还记得过去，还是已经遗忘了过去，即便是为了他自己。在同一个时间段内，我们的各种想法可能会互相矛盾，我们完全不知道哪种是自己真正的想法。这是最薄弱的一点，由此人们在生活中招引来许多苦难。这也是不忠的原因所在。不忠部分源于无情无义，部分源于敏感。有时，是完全由无情无义造成的；有时，是完全由敏感所造成。哈代的故事诗中有许多此类事例。《吸血的美人》这首诗描述了一个无情无义的女子。哈代生动地刻画了一个无情的女子，也清晰地勾勒出人类不忠的形态。这个吸血的美人之所以不忠，恰是因为她无情无义。她不追求爱情、理想和希望等生活中的真实事物；她只是攫取他人的财产、爱情和生命来为自己增彩，最终她自己的生活变成了一片空白。她对情人、对丈夫、对自己都是不忠的。我不想展开讨论这首诗，因为显而易见，无情无义导致了不忠。"轻率的新娘"亲手毁了自己。她与人订了婚，却嫁给了另一个人，最终被人发现了秘密。这首诗的前半部分的氛围是相当快乐的；当下面这些诗句出现时，我们才知道发生了悲剧：

> 她变得死一般惨白，一声大叫；
> 他也喊了出来，仿佛是紧接着那一声而来。
> 我们从未听到过如此伤心的喊叫，她似乎心痛难挨。
> 我们正看热闹，突然她转身就跑，踪影顿消；
> 哪里去了，追赶她的丈夫不知道，我们也不知道。

从此处开始，气氛改变了。不同的气氛暗示出一种感情，属于一种复杂的丰满人物（又译"圆形人物"）所有的感情。这个轻率的新娘是一种复杂的丰满人物。她既敏感，又无情。她的敏感是针对那种新的诱惑而言，而她显得无情则是对其未婚夫而言。从上面所引的诗句中，我们知道她并非全然无情无义；比起那个吸血的美人，她更懂得生活和爱情。

通过"清醒"，我们可以更深刻地理解敏感如何导致人物不忠。

> 她仿佛只是范例一位，
> 属于世上可怜的平凡之辈，
> 没有绰约的风姿，亦无剔透的心智，
> 能让她神采奕奕。
> 我把双眼蒙上，
> 就像盖上了思想，
> 没有意识到这个清晨对我的指教。

因为这个人敏感，他被事实所震惊。对他来说，真正的"她"是一种醒悟。实际上，我们经常对自己真正的所见所思感到吃惊；但我们不想认识这个赤裸裸的事实。谈及健忘，悲剧就在这里——人容易忘却,然而人永不可能逃离过去,"木已成舟,覆水难收"。谈及不忠,情况相似。无情引起了不忠,这是必然的结果;但是敏感也导致了一种恶果,即悲剧。

在此,我试以一首诗为例,来说明人类天性的复杂性。无论是无情还是敏感,人的感情、情绪和心理状态有时真是难以描述的,这就使得人具有不忠实的倾向。《叹息》这首诗是一首绝妙的抒情诗:

> 小脑袋靠着我的肩,
> 初始羞涩,继而略微勇敢,
> 竟然还抬起双眼;
> 最后她羞怯地一颤,
> 屈服在我的吻下面。
> 可是她一声长叹。
>
> 这声叹息掺杂着她的情感,
> 是她潜藏的某种悲哀的心念。
> ——并非她不再爱我,
> 在这世上,她最爱的人是我。
> 可她还是一声长叹。
>
> 如果她尝试过,
> 她也无法以最微弱的方式
> 来掩饰激情、恐惧或者疑惑;
> 似乎没有什么能让我们分离,
> 我们的感情是胜利者;我只想得知
> 　她为何叹息。

> 后来,我完全了解了她的心地,
> 她也坚定而真正地爱上了我,
> 直到她生命停息。
> 但是她从未忏悔过
> 在那初次两情相悦时,
> 　她为何叹息。
>
> 记住吧,那是在我们的五月;
> 尽管现在将近十一月,
> 我在耐心等候,
> 直到我认定的变化到来,无忧无愁。
> 有时,我坐在那里,有些遗憾
> 　她当时竟然长叹。

我认为哈代并非真是指那个姑娘有过一种不愉快的过去,也不是说她不忠。生活中有许多事情是不能解释,也不能想象的。有时连我们自己都解释不了。这只是一种感觉,你捉不住它,正如你捉不住幽灵一样。人心宛如一座池塘,向里面扔进一个石子,就可能形成许多涟漪。有时,不知道石子从何而来,也描绘不出涟漪的确切形状。

总体而言,对待不忠这个问题,哈代强调更多的是其不良的方面——无情无义。有许多小诗,如《粉色长袍》,揭示了生活中那些愚蠢的无情无义现象。我们知道,哈代交给我们的是赤裸裸的事实,恰是因为他想让人类变得更好,他也意识到人类可以更好;他深切而清楚地体会到生活中的不良方面,恰是因为他对人类怀有深爱,怀有大爱。

译研笔记

现在,我们来讨论"永不安宁",这是哈代哲学思想里的要点。在下一章里,我将展开讨论。在此,我只是想解释哈代的现实主义到了什么程度。我们知道,在原始时代,人类对大自然怀有极大的恐惧,因为有太多解释不了的神秘事情。夏天时为什么有雷雨,冬天时风为何会刮得这么猛烈;我们为什么必须生存,又为什么必须死亡。诸如此类的许多现象超出了当时人类的认知程度。于是,神话就逐渐地满足了人类想要认识世界的欲望。到目前为止,尚无人能令人满意地回答这些问题。哈代所说的"无所不在的意志",是对那种看不见的力量的一种表述。这种力量是不安宁的,将永不会停止行动。时间、空间和宇宙本身都处于其控制之下。根据这种力量的命令,我们人类在生活的无边海洋里上上下下、前前后后徘徊。哈代试图对神秘的大自然进行解释,并为人类的受苦受难找出一种理由。他的哲学思想建立在人类的苦难和大自然引起人类痛苦的神秘性之上。无论我们是否承认这种无所不在的意志,人类的苦难都是存在的,这总是事实。哈代注意到了这种苦难的存在,否认基督教中上帝的存在。通过阅读这些反对上帝的诗篇,我们可以看到他的现实主义有多么强烈。在《运数》这首诗里,哈代写道:

> 为什么欢乐遭扼杀?
> 为什么播种最好的希望不见发芽开花?
> 是昏庸的灾祸之神遮住了阳光雨露,
> 掷欢乐色子的时运偏掷苦楚……①

诚然,如果有一个爱戴全人类的上帝,为什么他不拯救受苦

---

① 这四行诗的译文系引自张玲所著《哈代》(诗题译为《偶然》),略有改动。(译者注)

受难的凡人呢？哈代怀疑上帝是否存在；但是他却觉得昏庸的灾祸之神是存在的。他在这首诗的开始写道：

> 但愿某个复仇的神会从天上招呼我，
> 大笑说："你这个受苦受难的东西，
> 你知道你的悲伤是我的狂喜，
> 你失去的爱情是我憎恨的收获。"
> 那么我会承受这一切后果……

如果有普爱人类的上帝，他为什么不普救遭受苦难的凡人？因此，哈代认为，要么上帝是一个伪君子，要么它根本不存在。在《新年前夕》《上帝的推断》《被上帝遗忘的》及《上帝的葬礼》等涉及上帝的诗篇里，哈代嘲弄了上帝。在《人类的悲叹》这首诗里，哈代指出上帝是由人创造出来的：

> 如果有仇视一切的上帝从天上大笑着对我说：
> "你这受苦的东西，
> 要知道你的悲哀是我的极乐，
> 你失掉的爱情增添了我的恨意。"
> 那我也将忍受。

哈代相信后来将不会有上帝：

> 明天我的整体会消失，
> 真相应被告知，事实应被面对，
> 那个早些年就最好被面对的事实。

我认为哈代是非常现实的。他在一个基督教国家里长大成人，接受教育，生活在那里，然而他却能否认上帝的存在。他不随波逐流地相信上帝——假定的世界创造者，他以自己的方式去探求自然的本真——也就是说,去假设有一种无所不在的意志使自然运转起来。这种无所不在的意志(宿命),其性质完全建立在事实的基础上。我们不能永远年轻,生活中有许多烦恼,因为这种无所不在的意志(宿命)是永不安宁的;有时,我们毫无理由地在生活中受了许多罪,因为无所不在的意志是盲目的。哈代的哲学思想来自人类的悲惨境遇,又服务于人类的悲惨境遇。

于是乎,最重要的一点出现在这里:无所不在的意志(宿命)本身并不能引起生活中的苦难;我们受苦受难,因为我们有意识,而意志则超出于人类意识的控制。在生活中,我们不断地屈服于这种盲目的意志。《在生命出现之前和之后》这首诗写道:

有一段时光——正像人们可能猜测的那样,
事实上,也像世上的见证所说的那样——
在意识诞生之前,
一切进展优良。

如果我们没有意识,无论这种盲目的力量如何不安宁,我们都不在乎。但是,人类生来即有意识,人类的天性也是不安宁的、不断变化的,我们上文已经讨论过这一点。这就是人类的悲剧所在。我们生活在悲惨的境遇当中,却不自知:

在无知被再次肯定前,
还有多久,还有多久?

主题的第二部分是"希望"。因为哈代是现实主义者,他不但看到了生活中的黑暗面,而且看到了光明面。他不是一个不理智的悲观主义者,瘦弱而苍白,每天在极度的绝望里呻吟。哈代相当健康,但是他敏感。我认为他不像有些批评家所说的那样真有病态。《暗处的鸫鸟》这首诗是哈代对生活所持态度的一个实例。他描写了一个荒凉的冬日景象,使我们了解到即便在冬天,也有不屈不挠的、幸福的生命存在。诗的第二节写道:

> 土地轮廓分明,似乎是
> 　　本世纪向外倾斜的尸体,
> 　阴沉的苍穹是他的墓室,
> 　风在为他的死亡而哀泣。

他使用了"尸体"和"哀泣"这样的词语来唤起死亡——赢得了整个世界的无声的死亡——的感觉。接着,他写道:

> 微生物和生命的古老脉搏
> 　被收缩得干枯坚硬,
> 大地上的每一个灵魂和我
> 　仿佛都已失去热情的本性。

这里为我们展现出一幅毫无生气的画面。万物衰落,一切有生命的东西都像"我"一样了无生机。我认为,最后一行使得这几节诗句的荒凉气氛厚重起来。到此处为止,我们根本见不到希望;严寒向各处伸展。但是:

> 一种声音蓦然升起
> 　在头顶上暗淡的嫩枝里;
> 满腔热情地吟唱夜歌
> 　音韵中有无限的喜色。

生命到来了! 是和快乐一起到来的。哈代知道生活中有许多悲哀、眼泪和叹息,但是他从未失去希望。他相信,从物质和精神的角度看，人们会过上好日子。他指出，希望就在那里；无论人知道与否，希望都是客观存在的。因此，这首诗结尾写道：

> 我能想到有些神助的希望颤抖着
> 进入了他的晚安曲，
> 他知道，
> 我却毫不知晓。

哈代对生活怀有深切的爱，所以他意识到人类有无法忍受的痛苦；而在人类的痛苦中，他看到了不断的希望，促使人类更加热爱生活。这就是我们为何能够找到这首诗①来证明哈代明确而又肯定地相信希望。

> 哦，甜美的明天，
> 在今天过后
> 　不会再有
> 　　这种悲哀的觉念。
> 那么，就让我们借点
> 　希望，因为一次闪光
> 　　很快就会放射出连续不断的光芒；
> 不会因为灰色而变得暗淡，
> 不会有灰色存留。

现在，我将探讨有关哈代作品的问题。哈代在其作品中是现实主义者。他捕捉到生活中的许多印象，并将其精确而深刻地表达出来。他的这些表达令读者大呼："哦，这正是我所能意会，却不能言传的啊！"他描绘了生活的每一个细节，他能把真

---

① 《希望之歌》，诗选。

正的生活拍照下来。他的诗歌的风格并不像他的小说那样华丽。他虽运用不寻常的词汇,但是这些词汇在我们的心中引发的是一种熟悉的感觉,于是这些不寻常的词汇本身好像也是普通词一般。他从不宣扬什么,从未说"你应该做这个",或者"你应该那样感觉",可是我们被诗歌本身感动了。我阅读哈代的诗歌时,感到仿佛是一位老朋友在与我交流。这个朋友敏感、坦诚,对我极为信赖。

我们试以《一周》为例。这首诗把一个恋人心理变化中最微小的痕迹都生动地描绘了出来,其写作方式是现实主义的。他描绘了不同日子里的不同心绪,让读者自然而然地见到了这种缓慢的变化。第一节中写道:

> 星期一夜里我把房门关闭,
> 认为你已不是在这之前的你,
> 假如我们不再相遇,你也不会太在意。

我们知道,恋人们别离后,他们的感觉非常复杂,甚至自己都不知道这究竟是什么感觉。悲哀,忧郁抑或喜悦?无人能给出确切的答案。不错,恋人愿意在一起。可是,分隔两地时,他们是否确信自己心中充溢的只是悲哀而已?也许不仅仅是悲哀,还有与悲哀迥然有别的东西、与悲哀对立的东西。罗伯特·勃朗宁写过这样的诗句:"仿佛只是有了爱,我才能爱得如何深切;仿佛只是有了恨,我才能恨得这样激烈。"他的意思是说,憎恨可以加深爱意,爱意也可以加深憎恨。哈代的这行诗:"假如我们不再相遇,你也不会太在意",恰恰加深了随后几行中思念的情绪。在中国诗歌中,也有"一日不见,如隔三秋"这样的诗句;在英语诗歌中,我们可以见到如下关于别离的诗句:"我用痛苦的眼泪向你保证,抑制不住的叹息和呻吟给你做抵押"及"她在强烈的阳光下在某处藏躲,她的泪水和掉落的雨水一样悲哀;在清风的吟唱中,她呼唤着我;她再次携带鲜花前来"。我们很少说"如果我们不再相遇,你也不会太在意"。可是,有时这种说法倒是更忠实于生活。让我们来读第二节:

>   星期二夜晚我似乎去回溯
>   超出寻常的平庸,
>   在你的思想里,在你的心上,在你的脸部。

在第三天:

>   星期三时我认为
>   你的生活不会和我相随,
>   即便我俩好似佳偶良配。

他(她)只是认为他们可以是佳偶,但是如果不成佳偶,他(她)也并不会太在意。在随后的一天,他(她)的感觉就发生了变化:

>   星期四中午,我由衷地喜欢你,
>   并怜爱地感到我们务必
>   不能居住得远隔彼此,无论发生何事。

此处用了"务必"这个词语。此时他(她)不在乎会有什么困难降临了。唯一重要的事情是他们的居住地离得越近越好。

>   星期五,我激动满心,
>   朝你遥远的城镇凝望频频,
>   我承认你仍旧是我的爱人。

> 星期六,我见你全合我的心意,
> ——甚至是一位拥有
> 所有最佳妇德的女子。

在第七天,他大声呼喊道:

> 正像被剪断了翅膀的海鸥渴望大海一样,
> 星期天晚上我充满了对你的热望,
> 若是没有你,我的岁月会是一片荒凉。

这首诗恰像一幅精心制作、风格完美的绘画,描画得非常仔细,非常细腻。哈代向我们展示了那种心理变化和精确的感觉的过程,也为我们描绘了一个敏感而又喜欢争辩的人这个准确的人物形象,这个人物是生活中真实的人物类型。哈代既忠实于事实,又忠实于生活。有时,那些想要成为现实主义者的自然主义作家忠实于事实,却不忠实于生活。哈代的现实主义写作手法是提取事实的本质,使其忠实于生活。文学理论中将其称为:"一个个体代表一种类型,一种类型也是一个个体。这就是现实。"

哈代出生在乡村,并在乡村长大成人,因此他本人和他的诗歌都具有乡村气息,即两者都质朴无华。哈代具有一种非常深刻的哲学思想,表达起来却并不迂回。如果他想清楚地阐释原因,他就表达清晰的观点;如果他想告诉读者某件事,他就描绘出印象。他时常营造出一种氛围和感觉,使读者情不自禁地受到感动。他给予我们丰富的内容,而不是含糊不清;他给予我们许多色彩,而不是混沌一团;他致力于那些微妙的要点,但从不琐碎。他每次夸张时,从不忘记要忠实于生活。我认为,或许此处"现实主义"这个含义过于宽泛,甚至在他的抒情诗里,那种

珍珠般的抒情诗里,我们都能看到诗人的写作是现实主义的。让我们以他那首著名的《不要觉得我可怜》为例:

> 不要觉得我可怜;
> 在阳光充足的树下面
> 　我不被关注地躺下,宁静地安眠。

诗的第一节已经清楚地声明过:"我已死去,我已获得安宁,不要为我感到遗憾。"这种开头是直截了当的。在中国的花园设计里,有许多方式来设计花园的入口,其中一种叫作"开门见山",也就是说,一眼望去,就能得到风景的概括总貌。哈代在这首诗里也是这样处理的。在随后的几节里,他陈述死者生活得多么好——不怕夜晚,像仙人一样飞行,梦想着"我不悲痛,因此无事使我悲痛"。这种状态多么简单,又是多么感人,多么真实!哈代是现实主义者,因为没有一个真正伟大的诗人可以是非现实主义者。著名的诗句"别时容易见时难"是现实主义的,"去年的雪,今何在"①这句诗也是现实主义的。有时,写作手法可能是想象的,带有相当浓重的修辞色彩,比如李商隐诗歌的隐晦难懂,威廉姆·布莱克诗歌的难以理解。但是哈代的写作手法是现实主义的,他的主题也是如此。

这首诗的第六节和第七节写道:

> 现在很快就会到来;
> 苹果、梨及李子,
> 雌马鹿将鸣唱,秋虫嗡嗡啼。

---

① 原文为法文。

> 你会再次去旅行，
> 到罕见的苹果酒作坊；
> 还要去赴宴请，
> 但我不会到那儿逢迎。

他描述了日常生活中的熟悉情景，在分号后面加上了一句："但我不会到那儿逢迎"，像是暂停过后的一声叹息。哈代非常善于处理非常微妙的要点。第九节写道：

> 轻松地跳起浪漫的华尔兹，
> 成双成对，忘记了不幸和痛苦。

"成双成对"这个词语让人产生了许多联想——他们跳舞时，多么幸福啊！而现在，成对的那个人并不是"他"。他们在跳舞的过程中，可能忘记了不幸和灾难；现在这新的一对起舞时，可能也忘记了"他"。哈代只用了寥寥数语，就向我们展示了丰富的情绪，他所用的并非意象、头韵法、谐音法，或者许多形容词，他只用了简单的动词和名词而已。

让我们再以另一首短诗为例。这首诗并未非常清晰而又详细地描述每一个细节，只是通过几个简单的词语，营造了一种印象：

> 我爬上了山顶，
> 那里薄雾迷蒙；
> 太阳西行
> 　像一道伤口，颜色深红。
> 像我的一道伤口，颜色深红，
> 无人知晓；
> 因为我从未把穿透我的标记示人。

一轮笼罩在雾里的西沉的太阳让他想起了一道深红色的伤口。他用两节短小的诗句非常清楚地将此表达出来。我认为哈代运用明喻多于暗喻，或许这是他之所以不晦涩难懂的原因之一。他在两节之间重复了"像一道伤口，颜色深红"，以使读者印象更加深刻，并将"穿透"作为最后一个词语。"穿透"这个词语语势非常强烈，其意义和声音都让我们感觉到"的确，这是非常痛苦的"。哈代运用简单的词语、最贴切的词语，虽然有时不寻常，但是令人印象非常深刻。

关于第一个内容"现实主义"，我已经阐释完毕。第二个内容是关于这位艺术鉴赏家的态度问题。在主题和写作手法上，我们再次发现他持有一种镜子般的摹写态度。艺术鉴赏家永远不能真正融入到生活当中去，因此他只能喜欢生活，却不能热爱生活。要热爱就需要对生活倾心，而倾心则会使得艺术鉴赏家失去自己的立场。哈代却有所不同，虽然我们说他的态度是艺术鉴赏家的态度。他不仅在生活中观光游历，而且积累了大量经验。我指的是他真正地生活过，他对生活付出过心血，但是他的头脑却依然保持清醒和理智。杰姆斯·格兰维尔·索思沃思在其名为《论托马斯·哈代的诗歌》的专著中说过，哈代的诗歌是其头脑的产物，而不是其心的产物。我们在此可以增加两个形容词：哈代的诗歌是冷静的头脑和温暖的心的产物。

要证实推测就需要具体事实，我们最好分析几首诗歌。《冷酷的五月》是一首自然诗，被认为是有关颜色和声音的最优秀的诗歌，它使我们感觉到了风、云及阴郁的天气。在此我不拟探讨这一点，只讨论哈代所持的态度问题。首先，这首诗是一种描述，揭示了一种对待自然的感情，诗人是客观的。他看见了春风、肮脏的云彩,看见了开始鸣叫的鸟和未开即败的花蕾,并把它们精确地刻画了出来。他告诉我们,春风料峭,咽泣喧闹;云彩是肮脏的,压在风上。在哈代的笔下,种植园、花鸟以及太阳都变得活灵活现。这种精确的描述证明他观察敏锐,而这种敏锐的观察则显示出诗人置身于这种恶劣的天气之外。非常详细的描摹往往是由旁观者进行的,处于真正悲痛境地的人则往往不能条理分明地述说。这就是为什么人们谴责麦克白在发生谋杀后还能华而无实地演讲,而格特鲁德报告奥菲莉娅死讯时,竟然用了华丽的言词,这也有点古怪。这首诗显示出一种感觉——哈代对失败是超然的,特别是在最后两行中:

"大自然啊,你今天不能滔滔不绝地评论了!"
我这样想道;
"最好明天吧!"她似乎说道。

"我想"这两个字听起来像是"我不在意"。你今天不能滔滔不绝地评述,而我则不在乎你是否安康。如果这首诗在此结束,那它就是不折不扣的艺术鉴赏家的作品,而不是哈代的作品了。但是,另外两个词——"最好明天吧"——挽救了这种趋势。这种对明天所怀有的希望使得哈代免于冷漠,从而显示出他是真的在意。虽然他头脑保持冷静,一颗心却是热乎乎的。值得一提的是开头四行和结尾:

一个牧羊人身穿白色长罩衫,站在大门旁。
他让大门半敞,专注地数着自己的羊。
…………
那个牧羊人仍然身穿那件白色长罩衫,站在大门旁,
不去注意任何事,除了去数自己的羊。

牧羊人的态度更多地显示出的是诗人冷静的头脑和温暖的心。牧羊人"让大门半敞,专注地数着自己的羊",显示出他不注意大自然的特点,好像他不关心一样;但是他"不去注意任何事,除了去数自己的羊"则显示出他是如何全神贯注地工作,除了自己的羊,他全然忘记了他物存在。这意味着,他看似相当冷静,却热爱自己的工作,也热爱生活。这也恰恰是哈代的态度,虽然他深爱人类,但是他却只用了四行诗来速写这个牧羊人,仿佛他并不喜欢人类一样。此外,我认为这首诗的声音相当值得注意。首先,我们在开头和结尾看到了头韵法。

一个牧羊人身穿白色长罩衫,站在大门旁。
…………
那个牧羊人仍然身穿那件白色长罩衫,站在大门旁。

我们知道,济慈的《圣安格尼斯前夜》开始的几行如下:

野兔颤抖着一瘸一拐地跑进冻硬了的草地,
裹着厚厚的绒毛的羊群一声不吭,
为他人祈祷求福者的手指已麻痹,
当他拿起念珠,他结了霜的哈气
像是从古老的香炉里飘出的虔诚的香气。

头韵法使我们感觉寒冷,好像有人在"噗噗"地向手指吹气一样。

此处,哈代通过运用四五个"s",向我们传达了一种感觉——他所描述的内容,虽然熟悉、生动,然而又相当遥远。其次,这首诗的韵脚不是非常正确,音步相当不规则。哈代是介于维多利亚时期和现代之间的一个过渡性诗人,他的诗歌写作技巧既不是维多利亚时期有规律的风格,也不是现代自由体。我认为,这样反而使他的诗歌具有一种特殊的韵味,将其旁观者的态度表达得更加充分。

  再有,即便在哈代那些完美的、具有最真挚的感情和情绪的抒情诗里,也能看出他与艺术鉴赏家之间的联系。哈代的诗歌在我们的心里激发起来的情绪虽然沉重、敏锐而又深刻,然而又是相当遥远、相当疏离的。他从来不能将我们感动得落泪,只是将我们感动得不停地产生同情之意而已。他的诗歌一方面并不是强烈的个人体验。他可以用艺术鉴赏家的态度去观察,去理解,于是他运用了他人的经验,也运用了自己的经验。在这里,我们最好把他的一首抒情诗与他人的诗歌比较一番,从而清楚地看出他所持有的艺术鉴赏家的态度。《为时钟上发条的人》是哈代最优秀的诗篇之一。我将选取威廉姆·华兹华斯的《露西》一诗的第二节和第三节与之比较。将《露西》和哈代的诗歌比较并不十分合适,但是至少会有助于说明我的观点。

    她居住在无人踏足之地,
     就在鸽泉旁边;
    她是一个无人赞美的女子,
     也几乎无人将她爱恋。

    一棵长在青苔石旁的紫罗兰,
     几乎躲过世人的目光!
    像一颗孤星一样耀眼,
     在天空里放出光芒。

    露西生时不为人知,魂归故里时
     也几乎无人知晓;

可是她长眠在自己的坟墓里,噫!
对我而言,差别何时了!

我在未知的人群中停歇
  在大海那边的陆地;
不,英格兰!我那时才了解,
我对你怀有多么深切的爱意。

俱往矣,梦境里的那种凄苦!
我将不再和你的海岸告别
  第二次;因为我似乎
    对你的爱意越加殷切。

在群山间我感受过
  称心如意的欢畅;
我视若珍宝的她摇着纺车
  在英国的一个火炉旁。

你的清晨展现出,你的夜晚遮蔽住
  露西玩耍过的阴凉处;
你的田野也是露西勘察过的
  那最后一片绿野村树。

在这首诗中,华兹华斯用第一人称作为主题。他告诉我们她住在哪里,她是一个什么样的人,强调了这句诗:"对我而言,差别何时了!"他将自己完全置于诗歌里。他在读者心里激起的感觉不是遥远、沉重、悲哀,而是一种听得到的哭泣、一种出声的叹息。当哈代让感情缓慢地在读者心里流连时,华兹华斯则使读者的心跳加快。《露西》的效果是相当有节奏的,而哈代的诗歌则很少如此。华兹华斯写的这首诗是关于"我"对"她"的"感觉",她怎样使我产生感觉;哈代则时常营造氛围,很少提及爱的对象。实际上,《露西》并不是一首悲哀的诗篇;我认为此诗不如《为时钟上发条的人》那样深刻和感人。但无论如何,《露西》这首诗虽未暗示出诗人与艺术鉴赏家之间有任何关联,但有助于我们理解艺术鉴赏家的态度。

现在,我们来讨论哈代的《为时钟上发条的人》这首诗。

它像洞穴一样黑暗,
或像教堂正厅的拱顶俯瞰;
当铁门关闭,
教堂的水泥地
　重新铺建
　　用泥刀和铁铲。

可是教区执事
　对黑暗并不在意,
他按时在塔楼做工,
为一架患有风湿病的时钟
　上好发条;
当白天在凋腐,
或是任何单独的时光,
在通道之间的长凳上
　你祈祷时可以倾听
　　时钟那缓慢而拖延的敲击声。

爬上去,从地面上爬上去,
绕过来,绕过去,
顺着角楼的楼梯
  他向上攀爬,直抵
    时钟齿轮的装置钩,
嘀嗒,咔哒,嗖嗖,
平平稳稳地测量
  每一天,直到尽头。
那是凡人悲忧
  和寻欢作乐的时光,
每一夜他都如此攀登
  来到时间注定的轨道。

一天夜晚我跟在他身后
  来到这个没有光亮的小楼;
不等我说话,就听见
  他一字一字地说明。
当时他已上完了发条,
不理会黑暗笼罩:

"亲爱的,我就这样抹去
  又一个痛处;
悲哀的日子仍然在,
像是一片干涸的死海
  在你我之间列排。"

>   她是谁,无人知晓;
>   长久以来,他的本性
>   已对所有的女性失明;
>   永远是一个人
>   让自己的过去远离搅扰。

《为时钟上发条的人》可以让我们看到哈代这位艺术鉴赏家态度的本质内涵,那么它是什么呢?是什么使得我们有了这样的感觉呢?我认为,主要是他的表达方式,一个人在叙述和描述另一个人的故事——让我们产生了这种感觉。在第一节里,诗人向我们指出了那个像坟墓一样黑暗而阴郁的地方,接着告诉我们主人公是个不在乎黑暗的教区执事。在第三节里,他描述了这位执事如何在日复一日地为时钟上发条中度过了一生;接下来诗人使我们理解到,这位执事的心已经死去,因此他可以忍受这种孤独。读完这首诗后,我们感到悲哀而平静;我们感到沮丧而不是兴奋。诗人用一种缓慢而低沉的声音,平静地叙述故事,使情绪和感情穿透了我们的身心,在我们的内心萦绕。他不大喊,也不带有情绪,却用他对人类不可避免的生死所产生的深切而真正的悲痛感染了我们,向我们灌输了持久而不朽的爱。我们为这样表达出来的永恒的爱所打动,因而感到自己对于这个世界也怀有大爱。但是,在阅读哈代的诗歌时,我们从未被激情所震动,产生像阅读济慈的《夜莺颂》时所产生的激情;读罢哈代的诗歌,我们从未产生像阅罢元稹为亡妻所写的悼亡诗时那种想要流泪的感觉。这原因在于哈代的叙事态度。即使他使用第一人称作为主题,他也是非常平静,仿佛在叙述他人的故事一样。这种平静不是由于他心地冷酷,而是源自他的头脑冷静。

在这首诗里,我们可以体会到,这种节奏和韵脚也带有一种感情,使我们悲伤,使我们沮丧,但是不令我们激动。大体上说,这首诗的韵脚是 aa,bb,cc,像对句一般。韵脚的重复令我们产生了一种缓慢而沉重的感觉,节奏非常缓慢。我过去读书的速度很快,可是读这首诗时,我却不能快读,仿佛有个人在阻止我,不许我破坏此诗完美的情绪一样。

我认为不必花很多时间在此讨论哈代所持的艺术鉴赏家的态度,因为艺术鉴赏家的态度实则是哈代的人生观。在下一章我们研究哈代的哲学思想时,再对其艺术家的态度予以更详尽的探讨。

我已经提到自己在阅读哈代诗歌时产生的一些印象。此外,我还想说,任何人在任何时候,都会毫不例外地对整个世界和人类历史中无所不在的、人们不断提出的一个问题产生深刻印象。这个问题有多少诗人问过,歌德问过,莎士比亚问过,屈原问过,杜甫也问过。这个问题你问过,我问过,他问过。哈代试图解释这个问题,诠释这个问题,他给出了自己的答案。

托马斯·哈代诗集的第一页就提出了这个问题:"生活有多沉重?"这个问题一直悄声细语地问到最后一页:"生活有多沉重?"

"生活有多沉重?"

让我们在下一章里倾听哈代的回答。

第二章 "我无过多期待"

在本章里,我打算探讨哈代的哲学思想,他对生死、时空和对上帝的观点,特别是探讨有时被视为"宿命论"的无所不在的意志。不知他是否受到叔本华的影响。

第三章 "不知有何可期"

在本章里,我计划讨论哈代对生活所持的肯定态度及其社会思想。他承认永恒的爱和斗争的重要性。他是一位革命性的艺术家,但不是革命者。他的态度在某种程度上有一部分也建立在宿命论的基础之上。

第四章 "万事无关紧要"

按照计划,本章是文学评价。我希望自己能够结合哈代所处的社会和背景说出自己的认识和感受,指出其成就所在。我欲根据他诗歌的效果和影响,给他在文学史上设定一个合适的位置。托马斯·哈代是介于维多利亚时代和现代之间的伟大诗人,他在诗歌上的功绩是不可磨灭的。我深信哈代的作品会被陈列到博物馆里,供人拜读,传之久远。

1950 年 7 月

(原文为英文,张煜译)

一点遗憾

上大学时我对英国作家托马斯·哈代极感兴趣。尤其是他的"宿命论"的观点。其实,哈代的小说我只读过最著名的几部,诗歌也未能反复体会,竟然下定决心要以哈代作为毕业论文的题目,实在是自不量力。又想,既然有这些感想,纵然幼稚,写下来也无妨。为了打出文章,还专门练了一阵打字。我用的打字机,正是父亲用来写《中国哲学简史》的那台 Remington。

  我原来计划写一本书,但因和整个大时代很不调和,便放弃了。现在想想,我没有写完这本书,终究是一个大遗憾。现在要想做也做不成了,过去的想法找不回来。而且我已经活过了我这一辈子。

试论曼斯斐尔德的小说艺术

> 但是我告诉你,我的傻老爷,
> 从危险的荆棘丛中,
> 我们摘得平安的花朵。

在凯塞琳·曼斯斐尔德(Katherine Mansfield)墓碑上刻着这几行莎士比亚《亨利四世》中的诗句,这原是曼斯斐尔德自选来放在她的小说集《幸福》的扉页上的。人生的道路本来充满荆棘,曼斯斐尔德短促的一生很少平安,但她留给了我们一些真正的花朵——她的小说。

在英国和新西兰文学史上,都写有凯塞琳·曼斯斐尔德的名字。虽然她的作品不多,题材不广,但影响是长久的,在文学史上的地位是稳固的。她于一八八八年十月十四日生于惠灵顿,原名凯塞琳·曼斯斐尔德·波尚(Katherine Mansfield Beauchamp)。她的父亲哈罗德·波尚一八九八年任新西兰银行董事,一九〇七年任董事长。曼十五岁时到伦敦皇后学院学习音乐,一九〇六年回到惠灵顿。她受不了周围环境的褊狭和闭塞,一九〇八年七月离开了新西兰,永未再回来。一九〇九年三月,她极仓促地和一位声乐教师乔治·包登结婚,次日即分居。一九一一年夏,曼结识了在牛津大学学习的约翰·米德顿·莫瑞,当时莫瑞在办《节奏》杂志。他在曼的支持下离开牛津,专门从事文学评论和编辑活动。以后他编的刊物,为曼发表作品提供了园地。

一九一五年,曼的爱弟列斯里·波尚在军中演习时因手榴弹爆炸逝世,给曼打击很大,却也促使她写出了那一系列以新西兰为背景的著名小说。一九一七年冬,曼患肺结核,一九一八年与莫瑞正式结婚。一九二三年一月九日,曼在法国枫丹白露的一个疗养院内逝世。

"真"的探索　"生"的寻求

曼斯斐尔德一生,除短篇小说外,另有诗集。并曾为莫瑞所办杂志定期撰写书评,对沃尔芙夫人、康拉德、高尔斯华绥都作过评论,后结集为《小说与小说家》。她的日记和书信也都是很好的散文,还有一些札记,俱已分别出版。她的全部小说创作共有五个集子《德国公寓》(1911)、《幸福》(1920)、《花园茶会》(1922)、《鸽巢》(1923)和《稚气》(1924)。

莫瑞说:"对我来说,评价曼的作品是很困难的。我一生都和它们纠缠在一起——将来也不会完全分开。我只能说,我以为她的作品比她同时代人的更自然、更生动、更细致,也更美。曼对生活是竭尽全身心之力以赴的,这效果也表现在她的作品里——她对英国短篇小说艺术的革新几乎完全是个人的。有人想学,但无人成功。她的秘密和她一起死去了。"[1]

"她的秘密和她一起死去了。"可以说,每一个有自己风格

---

[1] 莫瑞:《曼斯斐尔德日记·序言》。

的作家都有旁人永远得不到的秘密,就算是他自己想公之于世,也办不到,因为那很难用语言交代出来。那是和他整个的人俱存的,和他的精神丰富程度、他的人格,甚至于健康状况都分不开的,旁人当然无法取得。但这秘密也可以说本来就是公开的,因为它表现在作品中。

英国著名小说家兼评论家贝茨在一篇评论曼斯斐尔德的文章中说:"她成就的秘密是什么?为什么她有影响?回答很简单。她的艺术,她特别用于短篇小说的艺术,有她强烈的个人特色。她对事物的反应首先是感情的,她写的每一页后面都有她自己。"[①]这正是曼的特点。正像一切有价值的艺术一样,小说必须出自真性情。曼是这样做的,而且是那样自然,毫无矫饰。她的爱,她的恨,她的欢乐,她的苦恼,以及像女学生似的战胜痛苦的骄矜,都在这里。

请看《序曲》中鸭子断头的场面。孩子们随着仆人帕特到园中,看他杀鸭子。他把鸭子放在木桩上,一刀砍下鸭子的头,血染红了雪白的羽毛,小小的头掉在一边,有的孩子想摸摸那头,伸出手又缩回来,有的惊异地看着鸭身还在蹒跚地向溪流走去。这时女孩凯吉亚忽然抱住帕特的双膝用头撞他,大声哭叫:"把头放回去!把头放回去!"我想无论谁读到这里都会随着凯吉亚的呼喊觉得自己的心在颤抖。曼斯斐尔德在这里喊出了对生的热爱,对死的憎恶,还有对残暴抗争的勇气。

真性情不是很容易具有的。有人在传统的各种束缚中,从来没有形成自己的真性情;有人不愿或不敢表露。这真性情要有一个价值标准作依据。在曼所处的时代,这一点和以前有很大不

---

① 贝茨:《现代短篇小说》。

同。在第一次世界大战时,根据威尔斯在《世界史纲》中的描述,当时人们经受着战争的巨大的痛苦。交通阻塞,船舶破坏,铁路失修,食物不足,教育停滞,大批工人不务正业。这样,使得日常的安全与信用没有保障,人们之间的传统联系全遭破坏。这时西方文化最突出的特征之一,就是价值的传统源泉的干涸和继之而来的统一信仰的崩溃。人们对这一场灾难进行了痛苦的反思,曼斯斐尔德自己便曾说:"经过这次大战每个人都不一样了。"存在决定意识,作家的成长和社会情况有不可分割的关系。因为对事物的传统统一标准不再存在,作家所表现的现实是作家个人用自己的观点看到的现实。英国著名文艺批评家大卫·戴其斯举例说,二十世纪中叶,小说作家无疑会认为通奸罪比喝杯茶更有意义、更值得写;而二十世纪二十年代的作家则认为这两者究竟哪个更有意义还是个问题;每个读者也会有各自不同的看法。他有一篇关于曼斯斐尔德的专论《曼斯斐尔德和对真理的探求》,文中说:"现代小说提供给我们新的微妙之处属于两方面,一方面是她怎样看待经验的意义,另一方面是她怎样运用象征表现这意义。""作家们开始考虑'真'——真,是从正确选择并与正确运用象征(symbols——戴其斯曾有解释,意指事件、意象、对话甚至人物)结合而来的。维多利亚时代的人不意识这两方面的问题,第一点他们视为当然,第二点他们认为不成问题。"[①]而曼斯斐尔德终其一生都在追求真。也就是说,用她自己的标准选择要写什么,也用她自己的标准决定怎样写。前者是她的思想性,后者是艺术性。

  曼的选择也就是她个人对价值的感受。看来曼的价值观主要有两方面:一是对资本主义社会中阶级鸿沟、贫富悬殊的态

---

① 戴其斯:《小说和现代世界》。

度。她不平,她愤懑,她认为人的价值不应由社会地位高下决定。一是对生死的态度。她彷徨,她思索,在无可奈何中表现了面对现实的勇气。两者又都贯穿着对乡土的感情。

从广义来讲,几乎可以说每个好作家(曼当然称不上伟大)都是富有同情心的作家。菲尔丁曾说作家必备四个条件,即天才、学问、经验和同情心。曼的同情心特别表现在她认为劳动人民应该有应享的权利,每个人的价值是同等的,不应以社会地位区分。她对社会的揭露是自然的,感人的。在她最著名的《花园茶会》中,薛立丹家在花园中举行茶会前,邻居赶车人遇车祸而丧生。贫与富,幸与不幸,对比鲜明。写女仆人的两个短篇《帕克大妈的一生》和《女主人的贴身女仆》,前者结尾处写帕克大妈想要找一个地方好好哭一哭,但天地之大竟没有这样的地方。这使人联想到契诃夫的《苦恼》,老马车夫只能向马诉说自己的不幸。后者写一个女仆忠于职守,为了主人需她伺候,回绝了未婚夫,永不出嫁。这使人联想到中国名教对人精神的戕害。另外两篇,《影坛》写一个女歌手求职无门,沦为妓女;《求职女》写初次出门的姑娘被诱骗。它们都提示了社会的险恶。

曼的一些作品还表现了对妇女附属地位的同情。《一杯茶》写富翁夫人罗丝玛利带一个饥寒交迫的女孩来家里喝茶,她本来大发恻隐之心,想留她住下,给予帮助。但她没有想到丈夫认为这女孩很漂亮,她立即把女孩遣走了。小说结尾是这样的,罗丝玛利坐在丈夫膝上,担心地问:"我漂亮吗?"很多评论论及这篇小说,说它写出了资产阶级的伪善。这当然是一个方面。我们若仔细读这结尾,会在"我漂亮吗?"这句话里感到女主人公深刻的不安。她虽然富裕,但并非自己的主人——不仅能不能用二十八个潘尼买一个小盒要问丈夫,而且她的全部生活都有赖于他。短短一句话提示了她的真实地位。《幸福》写杨柏莎的家庭怎样幸福,但在一次宴会后,她发现丈夫有外遇。这又一次揭露了资产阶级的伪善及妇女的处境。她发现了这点以后如何,小说未写。但她又能怎样?像娜拉一样出走吗?又往哪里去呢?

曼通过普通日常生活片断写出了生活的悲剧性,阶级压迫、妇女地位这类题材,在她笔下常有更深的人生的意义。她写得最深刻的,要数接触"死亡"这永恒的主题的几篇。我们知道,在她趋向成熟的几年中,她是与死亡为伴的。她不得不常考虑这一问题。《花园茶会》写了阶级间的鸿沟,也写了死。这死不仅是阶级压迫使然,还富有哲理性。那是人生的尽头。所以死在女孩萝拉看来似乎是很平静,很美。《在海湾》中有外祖母想起在澳大利亚矿上中暑死去的儿子时,女孩子凯吉亚和外祖母的一段对话:"每个人都要死吗?""每个人!""连我?""有一天。""我不愿意呢?""不管怎样,总会发生的。"凯吉亚抱住外祖母:"可你不能死!不能离开我!说你永远不死,永远不!说!"外祖母把死亡视为当然的自然现象,坦然处之;女孩把死亡看得很神秘,很遥远,完全和自己无关。祖孙二人在互相呵痒中笑作一团,全忘了原来在说什么。

死是每个人生命的最后一部分。每个人的死,也成为别人生活中的一部分。这是像生活本身一样不可避免的事件。对此曼不避讳,像她对社会现象一样,把所见所感真诚地写出来了。茅盾同志写过这样一段话:"评曼为太硬太尖刻太辣的批评家是不了解曼懂得别人所不能懂而极想懂的人生的一部分意义。她是忠于这自知的真理的。她要大胆明白地把这真理说出来。她觉得要她把文气变得软些温和些是极容易的事。但要有勇气去大胆、明白地说,却是极难。曼是要避掉极容易的事去做极难的事,她显然是战胜了极难的了。"①

曼的作品中还倾注了对故乡的感情。她和乔伊斯都在很年轻时抛弃了自己的家乡。乔伊斯二十二岁离开都柏林,而他所有的作品都是写都柏林的。人物、背景、气氛无一不是都柏林的。但他始终没有和故乡讲和。曼对故乡却有这样深情的文字:"这儿的人或那些我想写进小说的人不再引起我的兴趣,这些人的存在、区别、复杂性和决心都是真的——可是我为什么要写他们?他们离我很远。现在我要写对自己祖国的回忆,直到把储藏的材料写完。啊,那人民,我们所爱的人民——我也要写他们。那是另一种'情债'。我想使我们未被发现的国家立即跳入旧世界的眼中。"②

她还写道:"我对我出生的那个岛怀有深情。我总记得那种感觉:清晨,这已在夜晚沉入暗蓝色海中的小岛,又在晨光中升起,挂满了闪烁发亮的露珠……我努力捕捉那一瞬间,那光彩,那香味。就是在这些早晨,乳白色的雾升上去,露出了美景,又掩盖住了,然后再揭开。我要掀开遮住我的人民的雾幕,让人看见他们,再遮起来。"③

她揭开了雾幕,偿还了"情债",获得了成功。

许多评论家都研究过契诃夫对曼的影响。莫瑞否定这一点。他说:"曼仰慕并理解契诃夫的作品。别的英国作家不是这样。

---

① 《小说月报》1923年第4期。
② 《曼斯斐尔德日记》。
③ 《曼斯斐尔德书信集》。

但她的方法完全是她自己的。如果契诃夫从未存在过,她的发展也会完全一样。"①贝茨认为莫瑞太主观。他说曼从契诃夫至少学到英国短篇小说中没有的两点:随意和侧面的叙述,讲出来和不讲出来的一样多。贝茨承认他们的风格迥然不同。契诃夫的调子是灰暗的——他的作品像铅笔或蜡笔画。曼的作品生动而色彩鲜明,像是嵌在玻璃中的画,阳光可以穿过。② 这都说的是技巧方面。这方面影响究竟如何,看来也无须下结论。但是不是可以说,曼从契诃夫学到的,与其说在技术方面,不如说在她对真的探求这方面,在她对人生苦难的态度上,以及在题材的选择上。

俄罗斯文学的一个优秀传统是正视生活。无论生活多悲惨,不避讳、不掩饰。他们写人民的不幸和苦难,写现实生活的症结。一八八七年一月,契诃夫和女作家基塞列娃曾就契诃夫的小说《泥潭》有过一次争论。基塞列娃说艺术家不应当只描写"粪堆",也应使读者相信在"粪堆"里可以找到"珍珠"。契诃夫写了一封长信回答这指责。他写道:"认为文学的职责就在于从坏人堆里挖出'珍珠',那就等于否定文学本身。文学所以叫作艺术,就因为它按生活的本来面目描写生活。它的任务是无条件的、直率的真实。"③同年九月契诃夫在另一封信里说:"我没有任何理由认为一定要从最坏的方面描写现实才是有益和适当的——丑的东西……丝毫也不比美的东西更现实些。"④所以,必须既不粉饰生活,又不毁谤生活,才能做到无条件的、直率的真实。(当然,照生活的本来面目描写,绝不等于照相。落在纸上的艺术的真实需要许多条件,不过这不在我们讨论之列。)

---

① 莫瑞:《曼斯斐尔德书信集·序言》。
② 贝茨:《现代短篇小说》。
③④ 《契诃夫论文学》。

曼显然力图做到这直率的真实,通过她"个人的对价值的感受"来做到这一点。

曼受契诃夫的另一影响是她把平凡人物和琐事写进了小说,没有离奇的故事,没有戏剧冲突。人们惊诧道,哦!原来这样也能成为小说。这一点契诃夫已经先做到了,而且受到他同时代评论家的攻击。他们说,难道把这一切都归结在里面的日常生活也称得上是美学对象?难道这些东西也值得去描写?苏联女评论家耶里扎罗娃说:"作家注重日常事物,实际上既不是思想性太低,也不是技艺贫乏。恰恰相反,正是这位伟大艺术家在思想和艺术上的巨大成就。"[1]

曼斯斐尔德通过自己的价值观在写什么这方面对英国小说做出了贡献。这贡献至少是受到契诃夫启发的。

内外　情景　虚实

曼斯斐尔德怎样写她选择到的题材?也就是说,她有哪些艺术特征?她是怎样获得这些艺术特征的?这是这一节我们所要讨论的。她通过个人的感受追求真,也通过个人的手法表现真。她的写法正像她对生活的观察一样,完全是她自己的。她是"风格的大师"。莫瑞把她的作品特点归结为一个"纯"字,这是许多评论都同意的。如果要讲得详细些,还是要先提到《序曲》。曼斯斐尔德自己说:"它(《序曲》)的形式是什么?这很难回答。就我所知,它多少是我自己的发明。"[2]那确实是她的

---

[1] 耶里扎罗娃:《契诃夫的创作与十九世纪末期现实主义问题》。
[2] 《曼斯斐尔德书信集》。

发明。整篇由几个片断组成,每个片断是一个单元,围绕柏尼尔一家搬家,每个单元以一个人物为中心,写出每个人对新家的反应,作者轮流进入人物的内心,从内到外揭示家中的一切。每个单元之间运用平行、对比等手法,又有内在联系,整篇浑然一体。她又善用曲笔,造成一种气氛。她在另一封信中写道:"我们怎样能表达这些泛音、半音、四分之一音,这些踌躇、怀疑和开端,要是直接说出它们的话?"①

有些评论家认为曼对短篇小说的革新相当于乔伊斯对长篇小说的革新。这种革新,当自《序曲》始。《序曲》以后,还有不断的变化。总起来似可以这样说,她的作品是内外浑成、情景交融、虚实相生而达到一种意境,她自己独有的诗的意境。在这样的意境中,她以气氛、情绪感染读者,这是她最突出的艺术特色。她的风格的另一特点"由博返约"将在下节论及。

戴其斯在论曼的文章中说:"她宁愿从一个小范围的环境出发,安排各种象征,给予内涵,造成气氛,'从内到外'去探讨人的活动,而不是从一般情况开始,借助于有所指的故事情节,'从外到内'去发掘。"他用三段法来解释大部分小说和戏剧的创作过程:艺术家观察许多个别事物,得出一个有普遍性的看法,然后再把这一观点赋予某一个故事。而曼斯斐尔德的创作过程却没有这三个阶段。她似乎就是从某一个开始,通过细节琐事的组织安排,曲折而含蓄地表现了普遍的意义。

戴其斯说,从外到内的作品最突出的例子是《伊索寓言》,那是用故事传达一种观念。譬如说,《农夫和蛇》这一故事,通过农夫养蛇反被蛇咬,教育人们对恶要有所警惕。但是曼斯斐

---

① 《曼斯斐尔德书信集》。

尔德的作品不是这样。以她的《已故上校的女儿们》为例,我们几乎很难讲出故事,更难说出这篇东西要表现什么。也可能好作品常常是这样的,经过分析反而会使作品索然无味,尤其是作者自己来解释。戴其斯以为,《汉姆莱特》或者还可以讲一讲,给它一个抽象的解释,尽管每个人讲出来一定都不一样。但曼的最优秀最有特色的短篇,是讲不出来的。

我们说,严格来说,这种说法未见得很确切。我们可以讲《花园茶会》,可以分析出几点来,如曼对劳苦大众的同情和对资产阶级的揭露等等,甚至可能不少人的看法是一致的。但是总的说来,曼的小说确有一种力量,她不是用故事传达道理,而是在有限的场景中极自然地推出生活的"最深刻的真实",那是她毕生追求的。她能把握特殊,所以能获得一般,创造出极富感染力的气氛。这气氛如云之生于山谷,山谷玲珑是可见的,而云雾氤氲是无所不在的;又如香之生于腊梅林,腊梅是可见的,而其幽香更沁人心脾,即使眼前不见了腊梅林,余香也经久不散。

她的作品的从内到外的写法,也就是从特殊到一般的写法。这也是诗的写法。

曼的一篇很短的小说《第一次舞会》,写女孩莉拉第一次去参加舞会的心情。真的,在文字上,她只写了莉拉所见的舞会的简单情况和她的心情,别的什么也没有写。"若问舞会从什么时候开始的,莉拉觉得很难回答。"她觉得是从她坐上马车就开始了,其实从她在家梳妆打扮时就开始了。她多么兴奋!兴奋到几乎不敢去参加舞会。跳舞中一个"过来人"使她意识到第一次舞会不过是最后一次舞会的开始,她沮丧了。只是出于礼貌,她不得不接受邀请再跳,却马上又兴奋起来,见到那点醒她的"过来人"都认不出了。小说在莉拉欢乐的舞步中结束。小说结束了,但莉拉情绪变化所造成的气氛却仍在感染读者。人生不就是这样的么?明知道第一次舞会是最后一次的开始,却还是兴高采烈地对待。这是自然的,也是应该的。

另一篇《陌生人》是我偏爱的一篇,也只写了一种情绪。韩孟德先生去接妻子,得知船上一个陌生的男旅客死在妻子的臂弯中。妻子抱歉地问:"这事没有使你难过么?没有破坏了我们单独在一起的晚上么?"小说最后一段说:"破坏了这个晚上!破坏了他们单独在一起!他们永远也不会单独在一起了。"一些评论常把《陌生人》和乔伊斯的《死者》比较。《死者》中那妻子想念着死去的以前爱过的人,《陌生人》中并未明确说出陌生人与妻子的关系,看来他只不过是陌生人而已,但他和死亡一起闯入了韩孟德的生活。在人生的道路上接触到死亡以后,生活的意义对于生者总是不大一样了。而且韩孟德所期待的是和妻子单独在一起,可是死亡与陌生人隔开了他们。这干扰揭示了人的灵魂的孤独。每一个灵魂本来是很难有机会或能力单独在一起的。

曼斯斐尔德在一九二一年十二月写给朋友的信中谈到她看梵高画展的感想:"那瓶中的黄色花朵,满溢着阳光。这幅画似乎揭示了一些以前我未理解的东西。它一直留在我心中。还有一幅戴平檐帽的船长。他们教了我一些写作的道理,很奇怪的,一种自由,一种震撼的自由。"[1]这段话常被引用,但很少人分析曼究竟获得了什么。看来引用一段梵高自己的话就会清楚。

"我认为米勒(Millet)和来尔米特(Lhermitte)是当前的真正画家,因为他们不照枯燥分析和直接观察去画景物的样子,而是照他们感到的去安排……我的至高无上的目的就是有力的表

---

[1] 《曼斯斐尔德书信集》。

现。"我们没有篇幅多讨论后期印象主义画派,但可以说,梵高追求的是内在的感觉,而不是自然主义的再现。使曼感到"震撼的自由"的,是不是表现内心感觉的自由呢?

曼的这种"顿悟",当然有长期的积累才触发的。她的小说确有些像印象派的画,传达神韵,而不在衣履的惟妙惟肖。她虽也有使衣履惟妙惟肖的本事,却更注重内心和情绪的感染。

曼的小说,常有意识地运用"顿悟"。这"顿悟"常常是人物听到某件事而引起的情绪变化,对事情本身常是虚写的。如《花园茶会》中萝拉听到赶车人出了事,《陌生人》中韩孟德听到陌生人死在船上,《第一次舞会》中莉拉听到舞伴说到年华易逝。他们的反应造成了一种气氛,使读者和人物同感受,同惆怅,同想到"人生是什么?……是不是?……"《布里尔小姐》中描写了布里尔小姐难堪的"顿悟",从两个无礼的年轻人的对话中,她忽然意识到自己的老丑和不受欢迎。接着就是关于她的情绪的描写,收出租衣服时她听到什么在哭——那是她的心在哭。这种用内在的心理情绪变化代替外在的情节故事的变化,也是现代小说的一个特点。在曼的作品中,她用内在的心理变化代替外在的情节变化。她从内到外发掘人生,直接诉诸读者的感情。她不是靠故事,而是靠情绪,情绪造成气氛,透入读者万千毛孔中。所以戴其斯称她的小说为意象文学(literature of vision),而诗,正是意象文学。

莫瑞说:"曼斯斐尔德与英国诗人的血缘关系较之散文作家更深。"这是很对的。

曼斯斐尔德是写景的能手。这在她似乎不只是技巧,她确看到了景象中别人所未见,感受到别人所未感受的。若要把景写活,豁人耳目,这是起码的条件。请看《在海湾》这篇作品中对早晨海湾的描写:"清晨,太阳尚未升起。整个新月湾藏在白色的海雾中。"她接着写了海上的雾,岸上的平房、沙滩,大滴的露珠挂在灌木丛上不落下来。她还加入了想象:"海似乎在黑暗里轻柔地涌起,一个大浪从远处起伏而来——有多远呢?你若午夜梦回,也许会看见一条大鱼跳到窗前,然后又游走……"下面另起一段的第一句是这样的:"啊,啊——睡意蒙眬的海发出了声音。""啊,啊"的海涛声似乎是从梦中初醒的海在打哈欠,真使人看到了晨光熹微的海,听到了万籁初生的海。

曼描写的是真实的客观存在的她的眼中景,同时也是想象中她的心中景。新西兰的自然面貌是她儿时亲见,在心中存贮多年,经过了充分的酿造,然后才出现在她笔下。时间已淘汰了不值得写的东西,时间又滋养了值得写的东西。记得是谁曾说,作家总是和现在处不好关系,因为他总是生活在过去和未来里。这并不是说作家要逃避现实,而是因为生活的贮藏要经过窖存,对将来的憧憬也是一部作品的必要条件。这也是深厚的生活基础和理想的关系吧。

眼中和心中的关系,也是景物和人心活动、事态发展之间不是各自孤立,而是有机地交织在一起的关系,只有这样,才会有感人的效果。这是中国优秀诗篇具有的突出特色,即情景交融。《人间词话》有云:"昔人论诗词有景语、情语之别,不知一切景语皆情语也。""杨柳依依""蒹葭苍苍"等诗句,可以说是情景交融的典范。不只诗要做到一切景语皆情语,小说也是如此。譬如哈代在《还乡》中关于伊登荒原的描写,暮色苍茫中的遍地榛莽,天空和地面颜色的对照等,已经勾勒出一幕悲剧,不只是悲剧背景,而是和悲剧本身有机地联系着的悲剧本身的一部分。

曼写景从来不是孤立地写景,她对海湾的描写倾注了她自己的感情。就像哈代的惊心动魄的悲剧必须发生在伊登荒原上一样,柏尼尔一家普通平淡的生活必须发生在海湾。又如《序曲》中母女二人看芦荟的描写,也是极精彩的。这里写的是作家的心中景,又是人物的眼中景。因为母女二人年纪不同,经历不同,所看见的芦荟和芦荟引起的感情也不同。女孩凯吉亚看见两路交叉处的一棵大植物,长着灰绿色带刺的厚厚的叶子,有的叶子太老了,破碎了,有些枯了,落在地上。"母亲,这是什么?"凯吉亚问。母亲琳达看着树,这树在她眼中是株胖胖的发胀的植物,它似乎很平静,可是它紧紧抓住它赖以生长的土地,可能地下的不是根,而是许多爪子。卷曲的叶子好像藏着什么,盲目的枝干向空中切去,似乎风也吹不动它。母亲回答了:"这是一株芦荟。""它开过花吗?""是的,凯吉亚。"琳达俯首向她微笑,半闭了眼睛,说:"每一百年一次。"女孩眼中的芦荟是平常的芦荟,而琳达眼中的是奋斗着努力生存的芦荟。凯吉亚关心的是它开不开花,这正是女孩,有着将来的女孩在关心植物的将来。琳达的回答,加上"半闭了眼睛",我们几乎可以听到轻微的叹息:"一百年一次!"对人类的短暂的生命来讲,它可以说是不开花的了。这些情景交融的描写,也使曼的作品增添气氛,给读者以读诗的享受。她写景状物抒情,有机地交织在一起,但从不过分,总是留有一片空白让读者自己补充。上面所引关于芦荟的描写,就有许多话没说出来。如只是说"半闭了眼睛",只说"一百年一次",不说叹息,不发感慨,而叹息感慨就在其中。这就是我下面要讨论的虚实相生。

虚实相生是中国艺术的特点,用来讲曼的小说艺术,只是借用,也许有牵强之处。我以为,曼的艺术特色除前所述,尚有另外两个手段烘托环境,给人余味。一为象征,除叙述本身告诉读者的内容外,还另有所指。另一为暗示,究竟何意,作者并不说出,而留给读者去想。前者是实,后者是虚,虚实相生,便云从岫出、暗香沁人了。

我们知道,曼斯斐尔德早年很喜欢王尔德和佩特①,她曾在笔记本里抄满了《葛雷的画像》中的警句。她还读亚瑟·塞孟司(Arthur Symons)的书,做了很多笔记。塞孟司是英国十九世纪末期象征主义诗人和批评家,著有诗集《日日夜夜》和《文学中的象征主义运动》等书。曼受这几人影响很大。曼斯斐尔德的研究者说:"象征主义者认为,文学中的情和理不能靠描写和分析来表达,只能通过具体的形象和象征。成功的艺术,主题不是描写出来的而是引出来的。如果从这一观点来看曼的小说,我们可以发现,其中的每一细节除了叙述作用外,几乎都有象征意义。细节或比喻的目的是创造气氛,引出主题——永不直接说出的主题。用读象征派或现代派的诗歌的态度去读这些曲折的短篇,才能充分理解其效果。"②

曼的小说是现代小说,而不是现代主义的小说。但它曲折含蓄的特点,是不妨用读晦涩隐暗的现代派诗的读法去读的。

试举《洋娃娃的房子》这篇作品为例,其中一盏灯的象征作用是曼的作品中最突出的了。柏尼尔家的孩子们得到了一件玩具——一幢洋娃娃住的房子。凯吉亚的姐姐向同学描述这房子,却不提到餐桌上一盏灯。只有凯吉亚最喜欢那盏灯,那盏精

---

① Walter Horatio Pater(1839—1894),英国作家、批评家,十九世纪末主张"为艺术而艺术"的文学运动的理论家和代表人物。
② Clara Honson and Andrew Garr:《曼斯斐尔德研究》。

致的白罩子的灯,灯里还装了像油的东西,好像可以点燃。最后和凯吉亚一起注意这灯的是一个出身"微贱"的小女孩艾尔丝。灯是光明的象征,也是孩子们觉醒的象征。凯吉亚在自己家里和本阶级中找不到知己,而"微贱"的小艾尔丝却是她的知音。小艾尔丝和凯吉亚出身不同,但她和凯吉亚一样,具有看见这盏灯的能力,作为一个人的价值,她们是同等的。

《幸福》中的女主角杨柏莎感觉一棵花朵盛开的梨树是她自己生活的象征。她觉得自己幸福而美满,就像那树。无意中发现丈夫有外遇,她的感情受到伤害,但是"梨树仍然满树花朵,像以前一样可爱"。这种象征物的对照,更加深了她的痛苦的感染力。又如芦荟在《序曲》中的象征意义是从人物眼中看出的。又如《阳阳和亮亮》中,两个孩子对宴会满怀期望,他们真喜欢那冰点心———一所粉红的小房子,覆盖着白雪。但是酒阑人散,一切美好的东西都变得乱七八糟,小房子化了,碎不成形了,阳阳莫名其妙地大哭起来。读者很自然地会理解、同情阳阳的痛哭。

曼用暗示的妙处是水到渠成,文章宛转行来,到这里便不必实写。我们说曼的艺术是诗的艺术。诗的一大特点是含蓄,因含蓄才有"诗无达诂"的说法。这说法当然有其缺陷,但却能说明好诗能引起多方面体会的特点。曼虽然对她所观察的客观有强烈的内心反应,她表现得却十分有节制,从来不明白说出她的反应究竟是什么。她的暗示常在结尾处见功夫,小说的结尾总是好像没有完。《花园茶会》结尾时萝拉说:"人生是不是?……"劳利说:"不是么?"他们都懂,但他们没有说出来人生究竟是怎样。《已故上校的女儿们》结尾时,两个女儿讨论到自己的需求、未来的生活也就是人生的意义时,她们都让对方先说,后来则都说自己忘了,都不肯说。小说戛然而止,然而却余味无穷。还有几篇索性用破折号,就是没完,让人去自己寻味。

因为她留了好大一片空白让读者自己补充,有些像中国画的意境,几个蝌蚪,便画出十里蛙声;一片远帆,便引出万斛离愁。这是艺术的一种微妙的境界,也是窥探曼斯斐尔德秘密的一把钥匙。

博与约　得与失

下面要谈到曼斯斐尔德风格的另一特点,也是短篇小说应该具有的一个特点:由博返约。

博与约本是相对的,在艺术创作中却是不可分的。有博无约必庞杂,有约无博必浅薄。艺术,尤其是短篇小说艺术亟需从"博"中浓缩出看来简单却极深厚的"约"。便是在长篇小说中也忌拖沓,言过于意。我很喜欢雨果的作品,喜欢他的激情,他那浓厚的浪漫色彩,曾为让·华尔让泣下不止,曾为艾丝梅哈达和驼背人辗转难眠,但读到《笑面人》时便很为他文笔没有节制而遗憾,很想把我们孟夫子的"由博返约"这四个字送他参考。他所反映的社会历史内容的丰富深刻,当然非曼所企及。各人风格不同,形式不同,但"由博返约"这四字确实极扼要地(也是由博返约!)道出一个很高的艺术标准,一个不易达到的艺术标准。这标准,曼的最优秀的小说是达到了的。

十九世纪时,小说的单元时间大多是"年"。到十九世纪末期和二十世纪初期,小说单元时间变成"日"。伊丽莎白·波温[①]

[①] Elizabeth Bowen,二十世纪初英国女作家,著有《巴黎的房子》《心之死》等小说。

曾写到这一点,说曼斯斐尔德在英国小说家中第一个看出短篇小说可以理想地反映"日"。有的评论家说:"短篇小说似乎是二十世纪初期表现那破碎的感觉的最好形式。"①因为感受是破碎的片断,尚不完整,不成系统,以短篇出之最为合适。这也是在大动乱后短篇小说先繁荣的原因之一。

曼斯斐尔德的短篇小说大都是描写一天的事。一次宴会,一次重逢,或一次闲游,或一次看洋娃娃的房子(这篇虽然写到的不止一天,但前面的铺垫都为了最后小艾尔丝看到那盏灯)。虽然小说篇幅不长,写到的时间很短,但却表现了浓缩了的人生图景。好像小溪潺潺,有不尽的活水。《理想家庭》这一篇只写尼甫先生下班回家到晚饭前的一段时间。在横的方面写出了他的家,也是一个貌似幸福完美的家;在纵的方面写出了他的逝去的青春。而且无论他的家或他自己,都没有将来,因为他有一个不肖的不能承继父业的儿子。这是资产阶级趋向没落的悲哀。他回忆他的年轻妻子对他说:"再见,我的宝!"现实中是仆人来请:"开饭了,老爷。"他虽然感到已和人生告别,还是不得不去吃饭。

能产生这样"一花一世界"的效果,在于选择的功夫。选择,是文学之成为文学的重要步骤。在短篇小说有限的篇幅里要容纳深刻内容,选择尤其重要。选择是多层次的。从生活里选择题材,从材料里选择最能表现所要表现的那"一天",在那"一天"里选择戴其斯所谓的象征物,写人状物时选择细节,那虚写的不肖之子是很好的选择,那"再见,我的宝"也是很好的选择。

---

① Clara Honson and Andrew Garr:《曼斯斐尔德研究》。

在写人状物时,短篇小说不适合大段描写,也需要准确的选择。恰当的一两个细节便使人物栩栩如生。如薛立丹太太念三明治菜单,把橄榄念成老鼠。小凯吉亚吃饭时偷偷喝姨母杯中的茶。前者大概已经有点老花眼,而且家务繁忙;后者写出一般的儿童心理,而又是敏感、不循规蹈矩的凯吉亚的行为。曼很少写人的外貌、衣饰,写时也不是一般的平铺直叙,而是点到几笔。她写《洋娃娃的房子》中穷女孩莉尔的衣服:"她上学穿的衣服是柏尼尔家的绿桌布做的,红绒袖子是罗甘家的窗帘,顶在头上的是一顶成年妇女戴的帽子,曾是前校长的财产。"那古怪的可怜样儿使人感到如在目前。而在《花园茶会》中写萝拉,只写一顶漂亮帽子,就把那富家女孩儿的神气活画出来了。

题材的选择,材料中细节的选择可以说是生活的浓缩。除生活的浓缩外,在短篇小说创作中还有技艺的浓缩。这也是博与约的另一方面的关系。

我们说曼作品的优点在于神韵、气氛,而不在惟妙惟肖,但是从前面种种分析,可以看出她具有惟妙惟肖的本事。几个蝌蚪,一片远帆,给人远远超过纸上形象的感受,因为作者在这几笔中凝聚着她的功力。儿童的涂鸦也可以画几个蝌蚪一片远帆,但和画家大不一样。老年人说的话有时像小孩,但和小孩却大不一样,因为他有一生经验做背景。

十九世纪末围绕《黄书》杂志有许多人写无情节小说,着重内心和印象。这些小说大都被时间淘汰了。曼的小说能流传至今,原因是复杂的。我想原因之一是她虽也写内心和印象,但她有惟妙惟肖的本事。所以从前她也曾被认为是写实主义的作家,被认为是在画工笔画。据说《序曲》刚出版时,没有引起评论界的重视,但一个印刷工人在看稿子时叫了出来:"哎!这些

339

孩子是真的！"这话给了曼很大鼓励。惟妙惟肖的本事在某个作品中可以不用，但有没有这功夫是大不相同的。有这本事才能浓缩为几笔便传达神韵，没有这方面的修养，还是那几笔，就苍白无力了。这是读曼的作品给我们的另一个启发。

曼在用字上也是严加选择的。她很少用多音节字，很少用拉丁语头的字。她情愿用think，不用meditation、contemplation。她的文字和她小说的结构等等一样，洗练纯净，使得她整个作品真如透明一般。她写好一段文字总要读给自己听，直到口诵、耳听全都满意为止。这可能与她有过音乐方面的训练有关。

说了不少曼的艺术特色，都属于她的得。她的失在哪里？贝茨在论及她受到契诃夫影响时说："事实上，她的艺术缺乏俄罗斯文学的最终的客观力量。因为她病，她的人格从未完全定型。她死得早，时间和环境限制了她的发展。她是完全个人的，软骨的。"[1]

是的，虽然她受到俄罗斯文学正视人生的影响，但确实未达到那样深刻地展示人生的地步。我们不必用那样的标准去要求她，她的蹊径不同，风格不同。但贝茨的话还是公允的。她多病，她生命的最后几年一直在养病，她接触的生活面显然是狭窄的。在她那一般认为是极女性的风格中，一方面表现出细致、抒情的特色以及和诗的血缘关系，一方面也表现了视野狭窄的缺陷。她也就无法接触社会中最尖锐最深刻的矛盾。

也因为她病，她与死亡为伴，她的一些作品的悲剧性中，多少有宿命论的味道。在她看来，生活的悲剧是不可避免的。

---

[1] 贝茨：《现代短篇小说》。

《苍蝇》这个短篇里,老板事业发达,但独生子早进了坟墓。他用一滴墨水淹没一只苍蝇,苍蝇几经挣扎,还是力尽而死。这短篇给人悲凉绝望的感觉。曼的一个朋友说他不喜欢这篇作品,曼回答说很高兴他能告诉她。那时她已经到肺病晚期,她可能只能这样看待人生了。

她的另一个缺陷,是人物重复。这也是她生活面狭窄所致。她写儿童心理很细腻,塑造的儿童形象栩栩如生,但从这篇到那篇,似总是凯吉亚在走来走去。成人的重复更显著。斯坦利、韩孟德很相像,冉妮也很像琳达;杨柏莎和罗丝玛利区别也不大。凯吉亚长到十七岁,就是薛立丹家的萝拉了。但因为曼善以情绪、气氛感染读者,每篇总能有新意,才减去人物重复的特点,不致显得单调。

她和我们

普列汉诺夫写过:"每一个真正显出了本领的杰出人物即每一个成了社会力量的杰出人物,都是社会关系的产物……他们自己只是由于这种趋势才出现的,没有这种趋势,他们永远也跨不过由可能进到现实的门槛。"[①]文艺方面的代表人物也是一样。某些作家、作品的出现,是在社会发展的趋势下,根据文艺发展的客观规律而形成的。第一次世界大战后,小说艺术需要有新形式反映那破碎的"真",这时总会有代表人物出来。由于曼斯斐尔德本身的条件,她就有了这小小的、只限于短篇小说的、当然与拿破仑无法相比的"宝剑"。

---

① 普列汉诺夫:《论个人在历史上的作用问题》。

所以曼斯斐尔德成为经常的研究对象。她扩大了小说取材的领域,增强了小说与诗的关系,发展了侧面叙述的自由形式,允许作者在叙述中随时出现或消失。短篇小说到她手中,不再是短篇幅的故事,而是一种真正独立的艺术形式。它是自由的,可以具有诗意、戏剧性,或只是一种情绪一种印象。从小说的角度看,它又是统一的整体。贝茨说:"她的重要性不在于她做了什么,而在于她指出了能够做到什么。"①从一方面说,这话可能不很公允。她的作品,那是她已经做到的,已经流传下来。她没有她同时代的某些作家成就大,影响广泛,在文学史上占的篇幅多。因为她本不是参天大树,而是一株月季或玫瑰。在文学的百花园中,她也是需要的,是不可替代的。从另一方面说,她指出能够做到什么,确实有重要的意义。这说明她在小说发展史上的地位。

我们至今还在读她的小说。② 被感动,但不至于泪下;若有所悟,也不是明白很多。不过我们总得到了一些从前没有的东西,常不能忘。对于从事写作的人来说,从她的创作经历和作品,似有三点最值得参考。

一是她的独辟蹊径。她能看出自己和别人的不同处,挖掘自己特有别人没有的经验,她在偿还对故乡的"情债"中获得成功。只有走自己的路的人才能真正有一点作为。在独辟蹊径时,必须了解自己的情钟何处,扬己之长,避己之短,偿还自己独有的那份"情债",才能从这不了情中得到艺术生命。

二是她在探索追求的过程中,不坐守英国文化的成就而向

---

① 贝茨:《现代短篇小说》。
② 方平编选《曼斯斐尔德小说选》,将由上海译文出版社出版。唐宝心等译《曼斯斐尔德小说集》,已由天津人民出版社出版。

外国文化汲取营养,如俄罗斯文学、法国美术。从这些营养中,又创造出完全属于自己的风格。世界各国文化的相互影响,本是人类文明发展的促进因素。怎样"拿来",是需要实践的。

三是关于由博返约。是否可以说,有些以前属于革新的东西,后来也许会变为陈旧。但是"由博返约"这一条艺术标准,永不会变。曼在这方面的成就值得借鉴,也能够借鉴。至于她所创造的气氛,她的小说的独特魅力,则完全属于她自己,虽可做些分析,却很难学到。我们只有承认:"她的秘密和她一起死去了。"弗吉尼亚·沃尔芙说:"我嫉妒她的作品,那是唯一的使我嫉妒的作品。"好作品可以使不同的人得到不同的启发。这里不再赘言。我想,她那小凯吉亚"把头放回去"的哭喊会激励着每一个人"把头放回去"。

现在我们所处的时代已经不同了。荆棘虽未消尽,却不再是危机四伏。摘取到平安花朵的可能性,总大得多了罢。

(原载《国外文学》1984年第2期,署名"冯钟璞")

打开常春藤下的百叶窗

——伊丽莎白·波温研究

缘　起

一九八二年十二月五日,美国《纽约时报图书评论》以"我喜欢的书"为题,组织了一次笔谈。在这次笔谈中,尤拉多·韦尔蒂谈到霍桑的《故事与小品》,乔伊斯·卡尔罗·欧茨谈到《简·爱》和琼·里斯的《辽阔的马尾藻海》,约翰·厄普代克谈到罗伯特·休斯的《新来者的冲击》,杰姆斯·米切纳谈到《卡斯特桥市长》的第一章。有一位女作家玛丽·戈登谈到了英国现代女作家伊丽莎白·波温。她说:"一九八二年是我重读波温之年。《心之死》是优美浓郁的,《巴黎的房屋》是迷人的。"

一九八四年春天我在伦敦街头漫步,见许多书肆中都摆着一本安东尼·伯吉斯选的《现代小说:九十九本佳作》,是从一九三九年到一九八三年四十四年间的长篇小说中选出的。其中,有波温的《炎炎日当午》。对我国读者说来,波温无疑是个陌生的名字。她是个怎样的作家?她的作品有哪些特点?她在英国文学史中占有怎样的地位?似乎该做一番内查外调,看值不值得让我国读者知道她。

译研笔记

很长时间以来，我们对外国文学的研究（对中国古典、现代文学也未尝不如此），因力量不及或心目中的界限，只接触了思想倾向性较分明的杰作。就英国文学来讲，布鲁姆斯伯里团体和弗·伍尔芙这样的作家，很少人注意。现在似乎是有条件顾及这一方面了。最近读到苏联高尔基文学研究所编写的一八七〇年至一九五五年英国文学史，觉得其中关于哈代的一章很好，不由对这书很有好感。现代英国文学一章还有一段提到波温，但只是把她作为以唯美主义超政治观点来处理战争题材的一个代表。在论及她的长篇小说《炎炎日当午》时，说她"把女主人公得知她的情人是法西斯间谍后的态度，描写成纯粹的心理冲突，而这种冲突又似乎毫无社会意义和政治意义"。

五十年代左翼批评家认为波温的小说排斥社会和集体，她写的个人经验不过是崩溃的经验。另外两位并非左翼的有名人物分别赠给她两个挖苦的称号。一位便是伯吉斯，他称波温为"女性小说家"。这当然合乎事实，因为波温并非男性，但这里的"女性"是贬义词。亨利·詹姆斯也包括于这一类中，总称波温为"老处女的女性小说"。

伯吉斯说："忘记在结构方面托尔斯泰式或乔伊斯式的天才吧，你会发现写起小说来女人比男人更有天赋。她们看事看表面，正是那表面做成小说。和材料、颜色、言谈变化等打交道时，她们有丰富的词汇。她们的缺点正好是男子在妇女身上找到的缺点：叽叽喳喳，飞短流长。她们太重经验，缺乏道德价值；她们爱事件而失其本质……"

另一位名家安格斯·威尔逊说波温是势利的自我满足的作家。他在一次"关于英国小说中之罪恶观"的演讲中，俏皮地对弗·伍尔芙和波温做了一番形容,很有点鲁迅所说吐半口血,扶着丫鬟到院中看秋海棠的意思。他形容说,她们写的都是有教养的中上层阶级妇女,那些人物都并不着意修饰,而有吸引自己亲人的美,整天待在无懈可击的家具陈设中间,想着丈夫喜欢数学游戏,想着女儿喜欢听长笛,至于是斯卡拉第还是莫扎特,她永远也记不清。

一九八四年春天在伦敦和威尔逊谈话时,我提到他为波温短篇小说全集写序,那篇序对波温是充分肯定的。他敏感地问:"有什么可笑的地方吗?"我当时还没看到这篇议论,对这问话不免奇怪。后来在大英图书馆读书时见到了,倒也不觉得他是"风派",而为他们总在为充分说出自己的真感受而高兴。

也许当代英国女评论家拜雅特在波温长篇小说《巴黎的房屋》企鹅本序言中的话能够说明一些问题。她说她对波温的态度是有变化的,经过三个阶段。最先,她理解到现代小说不容易读。其次,维多利亚小说的成就使人们习惯于它们的宽广有力,而认为波温独具匠心的细致描写是不足道的,认为她经过精心选择呈现出来的世界是模糊不清的。最后她认为所谓詹姆斯或伍尔芙的影响不是狭窄幽闭,而是充满活力的。她的结论是:波温小说的成就不在于"感觉"和辨别事物的精细,而在于它的苦涩和严峻。

部分文学史家认为,英国文学在二十世纪初期存在着感觉小说派,由弗·伍尔芙创始,曼斯斐尔德和波温都是其中佼佼者。她们确有共同之处,以后或可作专文讨论。就波温而言,我们可以看看这样一段话:"如果这一词(感觉)有任何意义的话,常指作者用自己特有的气质代替许多成为好作家的条件。把这种说法加诸波温,未免低估了她的才能的宽广。"①

我想,这样有才能的作家是值得加以讨论的。若以内容论,波温小说约可分两类,一类写两代人的隔阂、人和人之间不能了解;一类反映二次大战中的情况。有人因此说她是社会历史学家。若以手法论,她大部分小说是白描的,有小部分以鬼怪出之。下面以"沟""网""人""鬼"四题来作文。在"领域"一节里总括地说一说她的创作特色。

沟

有人说波温若活在十九世纪,便是一个艾米莉·勃朗特,因为她本质上是个诗人。但是她的社会存在和高度的文化教养使她的写作完全不同于如旷野般自然的艾米莉。波温的感觉是经过细致分析的,她企图做到的坦率是受到艺术限制的。她和前人最主要的不同处,在于用现代眼光看事物。那就是说,她的作品中没有古典主义的完善品格,也没有浪漫主义的感人热情,她的主题常常是主要角色互不了解、互相成为对方的牺牲品,这是一条深沟。角色们又往往成为习俗——他们对其根源莫测高深——强迫下的牺牲品,这又是一条深沟。另外一条无法跨越的深沟是在成年人与青少年之间。现在普遍称为代沟,为世界作品中所常见。而波温自有她的特色。在她的作品中,成年人害怕充分地生活,想遮住或删掉人生的一部分;而青少年则害怕不充分地生活,生怕漏掉什么,硬要打开那遮住的部分。她的长篇小说《心之死》(1938)、短篇小说《星期日下午》(1941)可以

---

① 乔司林·布卢克:《伊丽莎白·波温》。

说是"沟"这方面的代表作。

《心之死》描写中上层人士圭殷先生因责任关系收养了同父异母妹妹,十六岁的波希亚。天真的波希亚在圭殷家中遇到一个年轻人埃迪,埃迪的荒唐和周围人的冷淡、麻木使波希亚痛苦万分。《心之死》这题目很有深意。正因为波希亚的心没有死,她活得痛苦;而圭殷夫妇和他们那圈子的人心已经死了,便活得坦然。小说开始时,波希亚的嫂嫂安娜偷看了波希亚的日记以后说:"我想,不是我就是那姑娘疯了。"姑娘一直记日记,安娜一直偷看。波希亚的纯真诚实,对爱情毫无掩饰的追求和安娜等人的冷漠虚伪——他们已经不觉得那是虚伪——形成明显对照。最后,他们意识到,在姑娘朴素的日记中反映了他们的真实情况。

在波希亚和埃迪感情日渐发展中,埃迪对波希亚说了这样一段话:"我不要你。我只要你所能给的东西。我不要整个的——任何人。你要我的全部,可是照你所了解的那样一个全部的我,根本不存在。"从埃迪的人生观、道德观来讲,他并不欺骗,他是我行我素,带着已死的心兴致勃勃地生活。而波希亚也只有用"心之死"换得存留下去。

这里的埃迪已经不是《名利场》中的乔治·奥斯本,也不是《大卫·科波斐尔》中的斯提福司,他是现代人。波希亚的天真纯洁吸引了他,他们的精神世界处于人生的不同层面上,永远不可能互相了解。他虽然没有和波希亚有更深的关系,却是这小姑娘"心死"的重要原因。"哀莫大于心死",这里的悲剧色彩是显然的。我认为,这小群失去心灵真情的人物形象对社会的批判意义,和十九世纪批判现实主义小说有一贯性。

短篇《星期日下午》为安格斯·威尔逊所称许。他在《波温短篇小说集》序中说:"《星期日下午》把两个方面的人联结在一起,显示出波温的最好水平。一方面是不管轰炸多可怕,永远忠于伦敦城市的志士,一方面是爱尔兰郊区有教养的绅士们。还有青年人充满希望的想象和老年人充满遗憾的怀疑,两者间永恒的冲突也立即吸引了我们。"《星期日下午》这题目没有冠词,它本身就是永恒的。多少年来,在爱尔兰几乎没有颜色的远山衬托下,一小群绅士淑女每个星期天下午都这样度过。在草地上闲谈,到生着火的餐厅喝茶,吃巧克力蛋糕。来自战火中的伦敦的亨利·鲁西尔是在这样背景下长大的,他对他们有一定程度的反感,又有一定程度的依恋。年轻姑娘玛利亚——我想她和波希亚差不多大——早就腻透了这种生活,想到伦敦去。

这些人物分作三个方面。三方面的人属于同一阶层,却表现了人与人之间三种难以填平的沟。那是战争与平安的沟,是生活与传统教育的沟,也是生怕活得充分的成年人与生怕活得不充分的青年人之间的沟。魏太太是那平安一方的代表,她在那小圈子中占据中心地位。她习惯于狭隘的上流社会,亨利一来她就交代不要说可怕的事。他们生活在战争之外,过着平静舒适的日子,侈谈与艺术品共存亡。也在平安中的玛利亚拒绝他们的心理、习惯和价值观,所以她嘲笑一位提到文学的长辈说:"看得出来,科夫先生你总是安然无恙的。"这篇小说的主人公亨利从轰炸刚停的伦敦来到中立国爱尔兰,带着满身硝烟味,看见这群乡绅安享和平生活,必有恍如隔世俨如隔沟之感。而魏太太还诉苦:"我们已经有点儿伤感了。"这必然引起他的反感,不免同情玛利亚对老一辈的顶撞。在他逐渐习惯了那对他来说已是遥远过去的生活时(他毕竟是在这群人中长大的),他对玛利亚越来越疏远起来,最终告诫她不要离开她的长辈们。

在小说中,亨利的思想情绪是活动的,变化的。在短短几千字中,他从战争与平安的沟置身于生活与传统教养的沟,然后又在成年人与青年人的沟中徘徊。他的年纪也正是中年人。他对战争与现代社会有如此痛苦的经验——他想:"我们将仅仅是野兽而已。"他对玛利亚说:"你会有一个身份证号码,但是没有你自己了。"英国于一九三九年举行全国公民登记,附带推行了身份证。老百姓对此不满,认为身份证是"他们在第一次世界大战期间幸而得免的侮辱"①。只认证不认人,真是"丧失自我"了。亨利关于身份证的这一段话,充分表现了现代社会中人与人之间的冷漠隔阂,人不能再是自己,变成支离破碎七零八落的一堆什么,还带着一个号码!

亨利何以最后不称玛利亚,改称米兰达?不称玛利亚,只因她若出走,就不再是她自己,作为玛利亚的她,已经终结;改称米兰达,或许是借用莎翁《暴风雨》中的名字,表示她若出走,就如同米兰达的放逐,而最终还是要回到家乡的。亨利自己则出于公民责任感,不能离开岗位,只能离开吸引他的这样的"星期日下午",回到伦敦去。

初读《星期日下午》时,觉得很好,决定译它。等到把那些字母变成方块,似乎不那么好了,它原来就有点淡淡然,现在几乎成了白水。我想这和波温作品的英国味儿有关,那是很难传达的。虽然琢磨再三,究竟是否找回一些,只好读者自去品尝了。

---

① 乔治·伍德科克:企鹅丛书《还乡》序。

译研笔记

网

战时伦敦遭受轰炸的情景,在两位英国作家笔下留了下来,一位是亨利·格林①,一位便是波温。一般认为《炎炎日当午》是她这方面的代表作。以作品本身来讲,似不是很成功的。她不长于写情节,这部长篇写女主人公斯苔拉和间谍爱人的关系、她自己的心理变化等,却需要充分的情节来作基础,现在读来,有些支离破碎之感。波温自己说正是要这种支离破碎来反映战争,但实际上读者得到的印象不是具有艺术美的支离破碎,而是情节不很完整、人物未充分发展的支离破碎。这本书确也反映了战争,那是通过气氛,是波温的拿手。

我们从历史材料上得知,第二次世界大战期间,英国人经历了十分严峻的考验。从一九四〇年九月上旬开始,德国每天出动数百架甚至上千架的飞机,头三个月间,就掷下一万多吨炸弹。伦敦是英国遭受破坏最严重的城市之一(这里我不禁联想到哈代曾签名反对在战争中使用飞机)。如何记下这一段可歌可泣的历史?也许还是英国人最了解波温的功绩。英国现代英美文学专家华尔特·艾伦在他的《传统与梦想》一书中说:"《炎炎日当午》中人物的周围环境,带有彼时彼地的气氛,表现出伦敦的战时生活。在我们的小说中,它最完整细致地唤起回忆,使我们沉浸于其中的战时伦敦,似乎是可以触及的。波温准确地抓住了那一段日子的感受。书中人物则不过是一种因素而已。"

---

① 亨利·格林所著《困境》反映了一九三九至一九四〇年间的伦敦生活。

351

我们可以看出,气氛是波温作品的最大特色,它们像一张无处不在的网,笼罩着整个作品。我们可以发现作品中这样那样的缺点,可总是不自觉地给网在里头。读《常春藤缠绕在台阶上》这一短篇,可以感受到网进去的滋味。

《常春藤缠绕在台阶上》写二次大战中军人加文·道丁顿的一段回忆。他八岁时因多病到他母亲的朋友尼科尔森太太家休养,十岁时尼太太去世。两年间断断续续的接触,使他对尼科尔森太太产生一种恋慕,也从他的眼中,看出了尼太太的不如意的爱情。现在他趁休假重来这小镇,尼宅已被常春藤淹没,有些往事历历的处所已全无踪影。不是"物是人非事事休",而是人、物皆非了。最后加文在街上徘徊时,和一个行人搭话,那行人问:"你为什么挑了这死气沉沉的地方?为什么不到你有熟人的地方去呢?"岂不知这里正是他的熟人居住过的地方,只是一切都成为过去了。通篇作品叙述平淡,也没有很多描写,只是娓娓说来,便把读者网在里头,处于一种惆怅的气氛中,但是绝无伤感。

这里就发生了一个问题:波温如何看待正义和非正义、侵略和反侵略的战争?据苏联高尔基世界文学研究所编《英国文学史》中说,波温自己在《常春藤缠绕在台阶上》小说集序言中写明,她"感兴趣的不是战争的'积极的历史方面',而是在'战争气候'的条件下出现在人们意识中的一些'怪诞的产物'",遂加以唯美主义和超政治观点。

波温确实没有正面表示支持正义的反侵略战争。《炎炎日当午》甚至给人这样的感觉:"这种文明的灭亡咎由自取。"[①]这种文明当然指的是资本主义文明。但是二次大战后英国政府还

---

① 见贺米翁·李:《伊·波温,一种估计》第六章。

授予她"大不列颠命妇"之荣誉称号。如前所述,资产阶级评论家也都肯定她再现战时伦敦的功绩。

这里我想说几句似乎是题外的话。我们记得,黑格尔针对狄德罗的哲学小说《拉摩的侄子》提出"公正的意识"的说法。马克思一八六九年四月十五日给恩格斯信中转引的他的一段话中有这样一句:"公正的意识(这是狄德罗在对话中指定自己扮演的角色)认为每个因素都是永恒的本质,它不知道它恰恰是这样才造成颠倒,它是一种愚昧的无思想的东西。"所谓"公正的意识"是一种抽象的道德观念,而不是活生生的现实。人们经过了第一次世界大战的灾难,完全用另一种眼光来看世界了。也可以说,美和善、正义和忠诚等等美好的字眼,并不一定常常战胜它们的对立面,而是常常和对立面掺杂在一起。十九世纪所认为是永恒的本质的东西,二十世纪现代主义已经揭去这层纱幕,他们要表现的是社会和人的本来面目。

在《炎炎日当午》一书中,波温恰恰做到了这一点。这也是拜雅特称之为苦涩与严峻的原因。我们可以介绍一下女主人公斯苔拉和她的间谍情人罗伯特最后一夜的谈话。罗伯特说,他反对的是"骗局"。

"是这场骗局,并不是我在出卖你所谓的国家。我哪能呢?它已经出卖了它自己。"

"什么骗局?"

"就是自由。看看你那些自由人吧——简直是一群给捉到撒哈拉大沙漠中心地区再放出来的老鼠。看看你那一大堆'自由'的懵懂家伙,你的民主群众吧——从摇篮到坟墓,一辈子都在受人糊弄……"

(《炎炎日当午》)

对于英国式自由民主的如此揭露,怎能说"毫无社会意义、政治意义"?这部书还深刻地反映了当时的现实,即斯苔拉这样的人(不是间谍)对于法西斯分子、法西斯主义究竟是革命还是反革命,有点困惑。这个问题我们今天看来黑白分明,毋庸再议,但在二三十年代的英国却远非如此,在今天西方学者间也还有争议。波温也料不到苏联经过艰苦的英勇抵抗纳粹入侵,最后得到胜利,两年后印度和巴基斯坦独立,四年后中国革命获得胜利。她只能"眼望着世界在做、她感觉自己也在做的事——明明看见而又无可奈何地一步步接近灾难。这个命运已定的世纪的致命进程越来越像是她自己的进程:她和这个世纪一同走到了他们午时正刻种种考验的顶点"。(《炎炎日当午》)

斯苔拉正当中年,二十世纪正当中期,她个人和整个时代都处在最炽烈的冲突关头,也许这就是《炎炎日当午》书名的含义。

写到这里,离开了"网"这一小题目了。不过我们可以说,一本包含了如此重大政治内容的小说,仍然以气氛取胜,是很难做到的。而波温做到了。

鬼

我国苏轼老先生爱听鬼故事。被贬黄州时,因为时间充裕,常找人说鬼。日本近来流行的小说《窗边的阿彻》描写一个实验小学的种种极合人情的教育法,其中竟有一项装鬼活动。美国游乐场依其大小程度各设大小不一的"鬼屋"。伦敦塔的解说员一本正经地告诉游客:"这里上星期出现过鬼,一个卫兵看见了,就在你站的地方。"大家哄然一笑。看来全世界都喜欢鬼,虽然明明知道它不存在。

所以从古至今,写鬼的人不少,波温也是其中之一。她在第二本《鬼故事集》前言中说:"这里介绍给大家的是五十年代的鬼,现代的鬼。它们在公寓或别墅中生活得很好,会用空调机、摩托车、电话、飞机,懂得犯罪心理学。"鬼是从人的头脑中产生的,它必然根据人的变化而变化,根据社会的变化而变化。但是不管是古代鬼还是现代鬼,它们在小说中出现,不外乎有这样三种情况:写鬼为了写人,写鬼为了写事,写鬼为了传达情绪。

记得一九七九年春为一九七八年优秀小说评奖时,我曾在电视上说过一个笼统粗浅的看法:短篇小说约可分为三类。一以人物胜,一以情节胜,一以气氛胜。鬼的三种使命其实也就是这个意思。但何以要以鬼出之?我想最主要的是鬼故事中可以有丰富自由的想象,可容纳现实之所不能容,可以补充现实之所欠缺。

我国《聊斋志异》是以人物胜的。我以为全世界古往今来的鬼故事中,《聊斋》应为魁首。这里不遑细论。英国的哥特式鬼怪小说就是送给读者一个恐怖故事,让他们毛发皆竖,抵得洗一个热水澡。而波温的鬼故事和她的人小说一样,是以气氛胜的。在冷森森的鬼气中,作者表现了她要表现的生活。

《鬼恋人》是波温鬼故事中的代表作。在不到五千字的篇幅中,她用一个鬼,写了二十五年的时间,不可不谓经济笔墨。这鬼是第一次世界大战中成为鬼的。到第二次世界大战时又来找他当时的未婚妻。这里我们可以看到鬼的第一个作用:时间对他没有限制。他是那样执着,直到海枯石烂,鬼仍可不受影响。他认为"情况毫无变化",要求未婚妻二十五年后仍忠于自己的诺言,不管她已为人妻人母。和他成为明显对照的人——

杜路沃太太,她因未婚夫在战争里失踪而对生活都失去了兴趣,后来有机会就结了婚,连故人的面孔也记不起了。鬼的第二个作用是不受地点限制,它是无处不在的。宅子关闭了,开锁都不大容易,可是信送进来了。杜太太在卧室里坐在靠墙的椅子上,关紧房门。可是她下楼时,他也从她身边过去了。二十五年来,她就是在这冥冥中无形的观察、监视下过日子的。这给她的精神压力,要比人所能给的大得多。

波温在她的前言里又说:"现代鬼不再是血淋淋的——但仍然保持了传统的对人的伤害。现在的伤害有了更广泛的意义,那不但在肉体上,在精神上更使人痛苦。"那位"鬼恋人"就做到了这样的精神伤害。可以说,它代表着一种力量,这力量是由战争引起的巨大社会创伤产生的。这力量压迫着人的灵魂,使人的意识或作病态分裂,或充满幻觉。这里没有直接写战争怎样残酷,但使人感到战争所造成的压抑和恐怖,是很成功的。

结尾更是全篇点睛之处。杜太太想逃脱鬼恋人的掌握,寄希望于出租汽车司机。孰料等待她的司机就是等待她的鬼恋人。司机拉开隔着司机和乘客之间的玻璃板,那张脸她毕竟是认识的。最后,司机载着惊恐叫嚷的乘客,无情地驶向渺无人迹的荒郊。司机是鬼,是痛苦的毁灭的力量;乘客是人,是求生存求幸福的力量。车子掌握在鬼手中,而人只好随着命运的车轮向前疾驶,无法停下。

司机和乘客的关系,最早见于曼斯斐尔德的《幸福》。其中,一位初露头角的诗人说:"我刚才碰到个出租汽车司机,一路上可真要命。他穷凶极恶。我简直就没法让他停下来,我越是敲窗子,他开得越快。月光下只见那稀奇古怪的人,只顾埋着头伏在小小的方向盘上——我当自己坐在一辆开个没完没了的出租汽车里朝着'永恒'的道路开下去呢。"波温的司机和乘客,显然受到这段话的启发。

有些评论家认为,波温模仿曼斯斐尔德。也许我们确可以发现些痕迹,但波温的最好作品(我们以作家的最好作品来看作家,正如以最优秀的作家来看文学史上的时代一样)完全是她自己的。即使《鬼恋人》中的司机乘客已见于他处,整个的故事以鬼出之,总算是她匠心独具。

她还有一些鬼故事,其中根本不出现鬼,只描写精神上一种压抑感。如《粉红色的五月》,讲话人说要讲一个鬼故事,讲了半天只是一种感觉,没有出现鬼。但这感觉使她离了婚,生活很不幸。波温的同时代人,爱尔兰小说及传记作家欧斐伦称她的才能为"联想的浓缩",这浓缩又特别突出地表现在鬼故事里。本来以鬼入书就是为了让想象不受拘束。她运用这些鬼,自如而多变化,很是成功。

人

说了一阵写鬼,其实写鬼也是为了写人。波温笔下的人物有一点新鲜处,即她写到独立自主的职业妇女。她们不问丈夫"我漂亮吗",不是被欺凌被侮辱的可怜虫,她们主宰自己的命运。这里选的她的早期作品《安·李帽店》(1924)是很有意思的一篇作品。

读过《安·李帽店》后,首先感到的是自食其力的劳动者的尊严。安·李帽店的"橱窗里总是只有两顶帽子:一顶放在帽架上;一顶放在垫子上"。她从来不做很多帽子,但每一顶都是艺术品。她热爱自己创作的艺术品。她看着帽子的神色:"从眼皮底下瞧着它,嘴唇极其轻微地变得温柔起来。"她冲过去从男人的大衣底下救出帽子,简直像母亲拯救孩子。作者形容她"是尼俄伯,是莱歇尔"。她全心全意地爱自己的劳动,也爱那劳动的结晶。我联想到高尔斯华绥的一个短篇《质量》,写两个用全身心缝制鞋子的鞋匠,因为要做得尽善尽美,交活很慢,顾客很少,终于饥饿致死。这可以反映手工生产抵不上大规模机器生产,总的趋势是要被淘汰,但那手艺人一丝不苟的创造精神,是值得歌颂的。

安·李的处境好得多,她是成功的。因为有稳固的经济基础,她不靠男人,而是那个大个子男子来求她。他对两个女顾客说:"等,我不在乎——我已经等了这么久。""二位女士中的任何一位,一生中在这类店铺里试穿衣服的时间,都没有我在这一个店铺外面等候的时间长。"但是到小说结尾,他还是碰了钉子出来了。安·李的形象十分高洁。女顾客说她像一位夫人,这表现了波温的偏见。我想每一个自食其力的劳动者都应有超过夫人的尊严,这是独立的妇女的尊严。

这里还有着个体劳动者的尊严。她按照自己的风格发展自己的店铺,并不仰人鼻息。顾客和她是平等的。也许有人会说,资本主义社会中会有这样惬意的生活吗?如果写一部"安·李全传",肯定少不了严酷的斗争。这篇作品没有接触到那些,只描写了两个顾客买帽子的一个下午,就写出安·李坚强独立的性格。她的精神,她的自尊,是美好的。

波温在小说集《安·李帽店》序言中说到这篇小说的结尾是面临人类的某种不可知性。她的一些小说对许多问题不能解答,于是有的用耸耸肩,有的用一声叹息来结尾。《安·李帽店》中那位理查森先生走进雾中也是类似的结尾。也许我们把这篇东西理解得太浅了,但我想,能使读者感受到普通人的可贵品性,也就够了。

她的领域

波温写了十部长篇小说,还写了四十年的短篇小说,她称之为"波温的领域"。这使人想起哈代的威塞克斯小说和福克纳的约克纳帕塔法世系。可以说每一个成功的作家都有自己的领域。波温的领域不像几位名家那样宽广丰富,博大深宏,但是她的领域虽然范围较小却不封闭,内容虽有琐细之嫌却无可否认其深刻性。下面就来讨论她的领域的特色。

波温出身于爱尔兰大地主家庭,承袭了一所大宅邸。她的生活圈子决定了她笔下的艺术领域——上层社会的生活。波温不像曼斯斐尔德,最成功的是关于故乡新西兰的小说;她写爱尔兰和伦敦一样好,但都是波温的。她的领域更多是精神上而不是地区上的。她在《常春藤集》序里说:"画家和艺术摄影家描画、摄取了这样的画面:古老建筑的摇摇欲坠,色调沉暗的人民群众运动,还有烛天火光的不合时宜的光辉。我不能这样画画和摄影——我是游离的,我倾向于一些特殊的聚光灯照亮的面孔和偶然捕获的姿势。它们不必属于伟大的受难者。无论平时或战时,只有我感受到的我才写。"这就说明她作品中的第一个特色,即有相当浓厚的主观色彩,在短篇中表现出抒情诗的情调。波温又在评论自己的短篇时说:"写短篇时完全不把自己放进去,在我是不可能的。短篇小说和诗有联系。一个故事没有抒情,就像一件公文。诗人或短篇小说家是用他自己独一无二的敏感来体验的——短篇小说需要更集中,更看得见,而不是让事件、解释、分析给牵扯住。"①她又说:"对我来说,短篇小说似乎是以其戏剧性的人格事先存在的,等着人们走近。我没有发明它们,我发现它们。"②这种现成的"发现"其实是主观的自然的筛选。

她的领域的第二个特点是想象丰富。这一点在"鬼"一节里已经说到。波温自己说:"任何虚构故事的作者都必须有想象的能力,而波温小说中有双倍的想象,它以一部分组成情节,又以一部分指挥人物的行为。"③但是她的想象力完全渗透在作品中,除鬼故事外,一般小说读来甚至不觉得有很多浪漫色彩,给读者的印象是:这就是现实。

主观色彩浓厚却给人冷峻之感,想象力丰富却给人现实之感,这可以说是她特色的特色。何以如此?我想是因为她有第三个特点,贴切平衡。

有一点写作经验的人都知道,在写作过程中,要在各方面做到恰当贴切,不是很容易的。所用的技巧要适合所要表现的主题,主题要有适当的素材,这一切又要与时代、与读者恰当贴切,有所共鸣,而在写的时候又不能过多地有这些脱离形象思维的考虑。可以说是只能在沉浸于创造的世界中时,不忘记各方面的平衡。这种本事要求于文化修养。这一点显然系波温所长。

另一个特色是波温之短。我们把这一节开始的几句话倒过来说,即她的领域虽然深,终究嫌小。她的生活圈子有限,所表现的人生范围也有限。许多激动人心富有意义的生活是在她的世界之外的。这样的缺点在她的长篇小说中尤其明显。她对一种类型的人很理解,对别样的人则不愿接触,也就不能收之于笔

---

①②③ 波温:《七个冬天和杂感·序》。

下，以致人物、主题多有重复，小说包容的世界没有丰富的发展。这似乎是多数女作家们的共同特点。也许这样的要求等于要求她变成另一个作家，而波温之所以成为波温就在于她的这些特点。然而，和视野更为广阔成就更大的作家们相比，她为读者展示的人生，透过的究竟是较小的窗——一扇在常春藤下的百叶窗。

结　尾

如上所述，我们对伊丽莎白·波温的作品有了一个大致印象。我想不论批评家给她冠以怎样的主义，尽管她有自己的缺点，事实上她存在过，而且有继续存在的价值。因为她不哗众取宠，不无病呻吟；因为她认真地描写她和读者一起分享的世界，不用陈词滥调；因为她交给了她的时代和文化一个艺术形象，于其中充分而清醒地表现了她所见的生活。

在文学的错综复杂绚丽多彩的殿堂里，每一个国家和每一个时代占领的那一部分，都有高大的主建筑和较为次要的建筑。这些较小的亭台楼阁在一定范围内也是主建筑，它们各以自己的特色配合在一起。有了各种形式才能免除单调，才能相得益彰，很不必只承认一种雕梁画栋，或另一种飞阁绣甍，而将别的夷为平地。可以想象英国二十世纪前五十年中，高尔斯华绥像一个绘有众生图像的巨窗，从其中可以看到整个资产阶级的变迁。乔伊斯像一个巨大的形状古怪的障有帘幕的窗，其中存着都柏林生活博物馆。弗·伍尔芙、曼斯斐尔德和波温的窗无疑要小得多。属于波温的是遮阳的百叶窗，还爬满了常春藤，人们不容易发现它，也不易打开它。可是只有打开每一扇窗户，我们才感到空气流通,精神振奋,我们才看到这座殿堂的完全面目。

  附记:本文关于《星期日下午》《炎炎日当午》的分析中一部分得之于与赵少伟同志的讨论。《炎炎日当午》书中引文也取赵译。不敢掠美,特志此。

1984年6月至8月断续成之 1985年3月重改

(原载《世界文学》1985年第3期,署名"冯钟璞")

附录

附录

目 录

又古典又现代…………………… 施叔青 采访 367
历史沧桑和作家本色…………… 贺桂梅 采访 381
希望写的历史向真实靠近 ………… 李扬 采访 390
好的童话也是成年人的知己………… 舒晋瑜 采访 402

宗璞文学年表 ………………………………… 410

又古典又现代

施叔青 采访

书斋毕竟太狭窄了

施叔青：你出身书香之家，父亲冯友兰先生为一代哲学权威，似乎注定你走文学的路？

宗璞：很奇怪，南阳冯氏家族大部分人都有艺术气质，女性尤甚，父亲说是有出女作家的传统。父亲的姑姑是位女诗人，写有《梅花窗诗稿》，很有诗意，可惜她十八岁便去世，才华未得发挥。我的姑姑冯沅君，"五四"时的女作家，勇敢歌颂人性的解放，爱情的自由，鲁迅对她有所评价。我那美国生长的侄女冯峡，用英文写作也很有文采。父亲说"吾家代代生才女，又出梅花四世新"。

我从小背唐诗，第一首是白居易的《百炼镜》。小学时，每天早上要先到母亲床前背了诗词才去上学。八九岁就读《红楼梦》，抗战到昆明乡下，住处和北大文科研究所很近，十一二岁便到那里看书，浏览了很多书，除文学外，哲学、自然科学的书无所不看，父亲从不加限制。但很多书只是翻翻，看不懂的。记得有一本很冷僻的旧书《幽梦影》，主要讲人世无常，当时倒觉得很懂。

小时候喜欢和哥哥、弟弟轮流讲故事。从乡下进城二十几里路,一边走一边编。我们三人各有一个国家,弟弟的在海中间,我的在火星上。上高中时曾在滇池的海埂露营,把对滇池的感受写了篇散文,登在杂志上,这是发表的第一篇作品。当时是十六岁。

施叔青:你开始写小说,姑姑冯沅君是你的启蒙者吧?

宗璞:我很崇敬我的姑母。但因为一直没有住在一起,她对我影响不大。倒是父亲虽然是哲学家,他在文学方面很有天赋,能写旧诗,并且常谈一些文学见解,对我起了启蒙作用。

上大学时在天津《大公报》发表了第一篇小说,笔名绿繁。那时我在学法文,小说名叫《A.K.C.》,法文"打碎"的意思。故事是一个小女孩把信装在瓶里要男孩打碎,男孩不懂,错过了,后来他一直在遗憾中度日。这是一个瞎编的故事,没有什么时代意义。那是一九四八年,学生运动风起云涌,我也注意到人世间的不平,曾写了一首诗《一个年轻的三轮车夫》,也发表在天津《大公报》。

施叔青:一九五〇年,你在清华大学念外文,曾经到工厂宣传抗美援朝,写了短篇小说《诉》,借用一个女工的口述控诉一九四九年以前的社会。

宗璞:《诉》是到玻璃工厂接触了女工写的,也是我真实的感受。后来文学的范围愈来愈窄,只能写工农,而且有模式。写那些太公式化的东西,不如不写。一九五六年"大鸣大放",提倡文艺百花齐放,我觉得可以写一点我要写的了,遂写了小说《红豆》,发表在《人民文学》上。

施叔青:《红豆》是你的成名作,描写一九四九年北京教会大学一对男女学生,女的江玫要留下来革命,与一心想飞离大陆的男主角决裂,突出表现了"爱情诚可贵,甘为革命抛"的主题。发表以后,紧接掌声而来的,却是严厉的批评,迫使你多次自我检查。

宗璞: 五十年代作品清一色地写工农兵,我在《红豆》中写爱情,写知识分子,在题材和写法上都比较新鲜,才会引起那么大注意。受批判的原因是"爱情被革命迫害""挖社会主义墙脚""在感情的细流里不健康"等等。正如你所说,我写的其实是为了革命而舍弃爱情,通过女主角江玫的经历,表现了一个小资产阶级的知识分子怎样在革命中成长。那个时代确实有很多这样的爱情,我写得比较真实。一九七八年上海文艺出版社出版了《重放的鲜花》,把一九五七年发表的"毒草"收在一起,包括《红豆》,所有的作者只有我一人没被打成右派。

施叔青: 放你一马,是你父亲的缘故?

宗璞: (笑)才不是呢。他那时老受批判,我只会因为他而更受批判的。可以说,我父亲是世界范围内受到批判最多的学者。冯友兰的女儿是一顶山一样重的帽子。没给我戴另一顶帽子可能因我不聪明,没有多少自己的见解,又是愿意听话,总想学"好"的。

施叔青:《红豆》让你多次自我检查,造成的创伤有多深,从来未见你提及。但一九六〇年你走出书斋,下放到农村,题材起了变化,是真的觉得自己以前的文艺思想有问题,感情不健康?

宗璞: 我一九五九年才下乡改造,算是比较晚的,下去的地方就是丁玲写《太阳照在桑干河上》的地方,桑干河畔的一个村庄。我写了一篇反映农村的小说《桃园女儿嫁窝谷》,描写山区人民决心改变贫穷面貌,富队女青年愿嫁到穷队。小说以农村公社化运动为背景,发表以后,引起注意,觉得我改造得很好,感情还是很真实。那时的政策不对头,但我写的农村气氛、农民心理,到过农村的人都认为可以。

施叔青:你是书香熏大的,几乎足不出燕园,下放那么点时间,就真给改造过来了?

宗璞:一九四九年以后提出知识分子改造,与工农兵结合,要到劳苦大众当中去,我都衷心拥护。当时许多人都是真心改造的,但恐怕没有几个人改造过来。我认为,下去劳动锻炼与工农兵接触,对我帮助很大,使我扩大了眼界,更了解知识分子,因为有了比较。书斋毕竟太过狭窄了些。

施叔青:你赞成为了写作而下去体验生活吗?连丁玲都不以为然的。

宗璞:从根本上说,我不主张为了写作而去体验,尤其是带有强迫性的深入生活,勉强体验自己不熟悉的东西,因为那是外在的,那样是写不出好作品的。而在一定程度内使生活更丰富,为了补充而去收集材料还是可以的。劳动人民有很多优点,他们有质朴纯真的一面,也有愚昧落后的一面。五十年代写工农兵,是太公式化、太概念化了,现在写知识分子也有点美化,也有一定程度的公式化。

施叔青:也许就是你父亲为你的书写序时说的:世界上有两种书,一种是"无字天书",一种是"有字人书",你下放劳动,去读"无字天书",接触农村生活,改变你写知识分子、写爱情的创作基调。

不过你似乎不喜欢像《桃园女儿嫁窝谷》这类反映农村的小说,选集(指将在台湾出版的选集)中并没选入。连一九六二、一九六三年陆续发表的几篇小说:《不沉的湖》《后门》《知音》,都不在选集内,这些作品写的是自我改造的过程,太直接、单调了些。

宗璞:《桃园女儿嫁窝谷》对于我来说,没有什么代表性,不过是一个过程而已。《不沉的湖》和《后门》都不是写知识分子改造的。《后门》可能是较早提出我们社会中走后门现象的作品,当时编辑还不敢用这一题目,改为《林回翠和她的母亲》,一九八一年出集子时才恢复这题目。

诚与雅 小说的气氛和意境

施叔青:搁笔十五年之后,《弦上的梦》获一九七八年短篇小说奖,以后你开始写一系列的"伤痕文学",但你的笔下并非像其他作家声嘶力竭的控诉,而是一本你蕴藉、幽婉的抒情风韵,表达你心中的怨气。

宗璞:《弦上的梦》是我以"文革"为题材的第一篇小说。三中全会后,我感到轻松许多,多年来套在知识分子身上的枷锁在渐渐移去,虽然不够理想,不断反复,知识分子至少不是改造的对象了。"文革"中成长的孩子很惨,像小说中的梁遐,要和父母划清界限,她的心灵受到严重的伤害,后来在四五运动中献身牺牲。其实有许多人在成长时受到戕害,成为我们社会中严重的后遗症。

施叔青:你描写梁遐对着书橱,想到爸爸的冤死,这女孩已经流不出眼泪,她"冲进她的床,只在书橱上留下两个指甲印"。这种写法比呼天抢地还要令人惊心动魄,感到深重无比的惨痛。

宗璞:《弦上的梦》写得还不够,"文革"是写不尽的,到目前为止还没有很深刻地把它写出来,需要时间反思。

施叔青：中篇《三生石》，似乎自传性很强，女主角在大学教书，也写小说，一九五六年因写赞成爱情的小说遭到批判，后来强使自己脱胎换骨，把自己"硬化"起来，"文革"时孑然一身又患癌症，终于得到三生相知的恋人。

宗璞：其实小说中人物职业只不过是外在的属性。《三生石》中通过写人物的经历主要描写"心硬化"。这是那一时代的普遍而深刻存在着的，是一种时代的痼疾，强调阶级斗争，批判人性论、人道主义的结果。我自己很喜欢我的这一发明："心硬化"，更准确一点应是"心灵硬化"或"灵魂硬化"，这是比任何生理器官上的硬化更可怕的。

有朋友以为梅菩提和方知不必曾经相识，说这样太巧合不可信。我曾想改掉这一情节，但是改过后自己很不安，直到又改回来才觉安心。我想作品中应该多一些浪漫色彩，在某一阶段我们的文学创作很不习惯浪漫色彩，后来慢慢习惯了。

施叔青：爱可以起死回生，我觉得《三生石》应该是个短篇，虽然以"文革"为背景，强调人的尊严不应损害，然而主线是集中在两人的相爱，结构似乎平淡了些，有点拖拉、不够紧凑、张力不足的感觉。

宗璞：因为人物有发展有变化，真正的短篇是容纳不下的。现在也可能应该压缩一些。现在的样子气氛不够浓。

施叔青：你的作品一向讲究气氛，为其他作家所不及，这方面你得天独厚。

宗璞：气氛有很大部分是语言的功夫，文学究竟是语言的艺术。我也不能说是得天独厚，不过可以说是吃过点小灶，对中国文学有一些底子，光有这有时候就容易觉得不新鲜，后来又加入西洋的。大学念的是英国文学，一直在外国文学所《世界文学》

杂志当编辑,当了二十年,稍有一些古今中外文学知识。

语言是心之声,不是形式,不是刻意追求能得到的,而是内在的修养,比起老一辈的作家,我还是很不够。现在一些较年轻的作家读书很多,加上丰富的生活体验,很不可轻看。我的学识只是皮毛。

施叔青:你在写作时遵循两个字:"诚"和"雅",可否谈谈?

宗璞:这是金代诗人元好问的诗歌理论,郭绍虞先生总结为"诚乃诗之本,雅为诗之品",文艺之本是真诚,我常说,没有真性情,写不出好文章。只是要做到"诚",并不容易,需要有勇气正视生活,有见识认识生活,要有自己的人格力量来驾驭生活,需要很多条件。"雅"便是文章的艺术性,作品要能耐读,反复咀嚼,愈看愈有味道,要做到这一点,除了基本修养外,只有一个苦拙的法子,就是改,不厌其烦地改。

施叔青:你认为文章是改出来的,这需要多少耐心和毅力!

宗璞:我小说写得很慢,又要改,像《三生石》一个中篇写了一年,写好几遍,写了又改。我羡慕别人下笔如注。最近写的长篇,有一段写了四遍,写了又改,从头来起。

施叔青:你是位文人作家,大陆的女作家,和你同代的,像茹志鹃、刘真,她们先打过仗、扛过枪,作品不让须眉,全无女性味道。反而是台湾,延续了古典诗词文学的传统,和你同类的作家为数不少。

宗璞:台湾一些作家的文笔与古典文学更加有联系,这点我很有同感。台湾女作家的作品读起来很觉亲切,我觉得和我国现代文学联系也很深,不过我读得不多。

在研究工作中,我选的题目都不是伟大的作家,而是具有特色的作家。伟大的作家我力不能及,他们太丰富、太深奥,我不打算花那么大力气。阅读的范围则很广,这两年因为眼睛关系,少多了。英国的哈代对我影响很大,我的大学毕业论文是研究他的。因为不是专业作家,另外有一个生活圈子,加上我父亲的哲学,先生的音乐美学,我们常常讨论。我还要照顾父亲的生活和工作,总是处于忙不过来的状态。

施叔青:你又是位典型的女性作家,擅长以细腻的文笔描写爱情。《红豆》年轻人的爱;《三生石》中年苦涩但又温馨的爱情,写来温婉动人;《心祭》又进一步涉及到婚外情,在当时算是很大胆的吧?你是闯入了这禁区的第一个作家。

宗璞:不是第一个,只是较早的一个。小说中的女主角黎倩兮是很克制、守本分的,首先考虑到是不是会伤害别人。我认为这是做人的道理。

施叔青:我也觉得你把这段感情处理得很淡,特别是男主人翁程抗知道妻子被打成右派,立即收回原来离婚的意向,决定与已经没有感情的右派妻子同甘共苦,而黎倩兮也成全了他,很有儒家的道德,然而可看出作者对这一段爱情是极同情的。你认为在生命里,爱情的比重是占那么大分量的吗?

宗璞:爱情可以给人很大的力量,也可以有很大的伤害,要看当事者本身是强还是弱。我觉得生活、生命里爱情不是最重要的,必须给它恰当的位置,感情总应该受理性约束。如果感情满足又不需约束,那就是幸福了。

施叔青:《心祭》的结构,比较特殊,小说一开始就是程抗的追悼会,借女主角的倒叙回忆和现实的两条线交叉进行,手法上比前两篇现代,在精神上却又是绝对中国的,有如诗词般的内敛含蓄。

宗璞:我的作品可分为两大类,一类是根据生活反映现实的写实主义手法，我称为"外观手法"。也就是现在说的再现。《红楼梦》里写了几百个年纪差不多的女孩，而能各有个性，并不重复，可能因为作者曹雪芹在现实生活中便接触了这样的女孩，是有根据的。《红豆》《弦上的梦》《三生石》等属于外观手法。

写作方法是为内容服务的

宗璞：另一类"内观手法"，就是透过现实的外壳去写本质，虽然荒诞不经，却求神似，相当于现在说的表现。中国画讲究"似与不似之间"，对我很有启发。卡夫卡的《变形记》《城堡》写的是现实中不可能发生的事，可是在精神上是那样准确。他使人惊异，原来小说竟然能这样写，把表面现象剥去有时是很必要的，这点也给我启发。写作方法是为内容服务的，怎样写要依内容要求而定。可以说，任何方法、每一种方法都是对的。只要对作者说来它能表现你要表现的，对读者说来它能使你接近作者的意图，能使我们双方接近生活本身。这是维·吴尔芙的话。

施叔青：以现代派意识流手法写小说的，在大陆作家中，你是开风气之先吧？

宗璞：在这点上，王蒙是有心人。他是向一个新领域走去的，而我只看到我要写的这一篇。由于工作，我在六十年代就接触到西洋现代文学，卡夫卡、乔伊斯的作品都读过。"文革"前夕，我们正研究卡夫卡，当时是作为批判任务的。但只有经过"文革"才懂得，"文革"的惨痛经验用这种极度夸张极度扭曲的手法表现最好。这些作品对我有影响，但更重要的是我具有长期培养的中国文化精神，中国艺术讲神韵，有对神韵的认识和体会，也就是说我有这样的艺术观念做基础，才能使这些影响不致导向模仿。

施叔青：你的《我是谁?》被称为现代派的力作,发表的时间也早,运用意识流技法纯熟,对大陆的现代主义潮流与创作影响很大。

宗璞：《我是谁?》想表现的,是强调要把人当成人,这是西方启蒙运动的核心,我们需要这种启蒙。中国讲究名教,人在社会中的位置甚于一切。所谓名教就是一切都要符合它的名,也就是它的位置。而忽略了人性、人权、人的本身,后来索性发展成把人当成工具。全民追随一个人,必然走向愚昧残暴,以至于发生了史无前例的"文革"。《我是谁?》的直接触发是看到中国物理学的泰斗叶企荪先生在校园食堂打饭,他的成就都写到我们的教科书里了。他的身体不好,又单身没人照顾。他走路时弯着背,弯到差不多九十度,可能是在批斗会上练出来的。一个人被折磨成那样,简直像一条虫,我见了心里难受万分,"文革"的残忍把人变成虫!生活中人已变形了,怎能不用变形手法呢?于是我写了《我是谁?》,抗议把人变成虫,呼吁人是人而不是虫,不是牛鬼蛇神!我是很用感情来写的,写完当时(一九七九年春天)不能发表,说它很怪、很阴暗,后来一九七九年十二月才在《长春》这个刊物登了头条。

施叔青：一个精神、肉体被摧残殆尽,濒临疯狂的人,自杀之前的心理活动,似乎只有用意识流手法才能表现。

宗璞：是的。维·吴尔芙曾说:"生活不是一连串安排好了的旋转的灯,而是围绕我们的耀眼的光圈,从意识的开始到终了。小说家的责任是表现出这种多样的无界限的精神,不管它多么复杂错乱。""文革"对人精神肉体的摧残可谓到了极端。那时社科院的先生们常常排成队受批判,我排在尾巴上,比起来还不算怎样厉害。"文革"是历史大倒退,摧残文化、割断传统、轻易地否定过去,其实对过去毫不了解,对将来的认识只是一纸虚幻词句,一旦撕破了这纸,便处于茫然状态。现在许多人不知从哪儿来,也不知往哪儿去,就是眼前这一点实利,人变得很庸俗,"文革"的遗毒非同小可。当然冰冻三尺,非一日之寒。

我写《我是谁?》是站在人道立场,反对"文革"时不把人当人看,后来又写了一篇《谁是我?》,也用同样手法,可能写得太散文化,主题想表现在我们这个社会里,人的自我被淹没。

施叔青:卡夫卡作品中,将人类的困境观念化,抽象化了,变成一种观念的演绎,一种象征,而你的《我是谁?》《谁是我?》是由"文革"的荒谬、残酷的真实经验出发,有生活的依据。

宗璞:卡夫卡生活在奥匈帝国的统治下,那时政治腐败,他还有一个专横的父亲,对他那样敏感的人来说,生活本身很怪诞。他是在写他心灵的感受。

施叔青:《蜗居》更是一篇寓言小说,人的背上长出一个蜗牛的硬壳,人像蜗牛一样行动,评论者认为《蜗居》显然是受卡夫卡的启示,但就社会问题的反映,寓意比《变形记》要深广,政治色彩也浓郁一些。

宗璞:《蜗居》比《我是谁?》精致,含意深刻些,不仅把眼光停留在"文革",而是企图探索人类历史,追溯根本原因。一九八五年写的《泥沼中的头颅》你未读过,那完全不是现实中的情况,但和现实血肉相关。

施叔青:《蜗居》以第一人称借用梦幻来反映现实、夸张荒诞,是篇现代主义的好小说。它和《我是谁?》《谁是我?》属于超现实内观手法的作品。

宗璞:也有一些作品则把外观、内观糅合在一起。以后要写两者都极端发挥的不同作品,也要写两种结合的作品。现实主义和现代主义,再现和表现相结合,似乎是世界性的趋向。

施叔青:像《核桃树的悲剧》,前面挺写实的,柳清漪被丈夫遗弃,与孩子相依为命,她的命运和那棵核桃树相同,最后连与世无争地活下去都成奢望。柳清漪亲手砍核桃树之时,树轰然倒下,这一段很超现实,以核桃树"有用之材,不能终其天年"的反论,衬出柳清漪的悲剧,情感又老庄又现代,白描象征糅合在一起,很成功。

《核桃树的悲剧》中树与人在某种程度上合二而一,另一篇写人与动物的《鲁鲁》,寄情一条小狗,都有它的象征意味。

宗璞:一九四九年以后,国内作家没有人写狗,《鲁鲁》倒真是第一篇。动物、植物和鬼一样都是异类,写异类是为了写人。这是当然的道理。不少读者关心鲁鲁。我家真养过这样一条狗,感情很深。它于五十年代在重庆去世。

施叔青:《鲁鲁》的笔法近似散文,你刚才也说《谁是我?》太过散文化。其实近代作家写散文化的小说,从废名、鲁迅、沈从文到汪曾祺都是此中高手,谈谈你的看法?

宗璞:我把小说和散文分开来,两种我都写。我觉得为了气氛,小说可以适当地散文化,但不能过分,还是应该区别,要有限度。小说与散文最根本的不同,是小说作者是全知的。现在一些写法反对全知观点,但实际上还是全知的,因为那一艺术世界是小说作者的创造,无论写得怎样扑朔迷离,他还是全知的。而散文是一知的,多在描述自身的经历感受。所以小说可虚构,而散文不能,或说小说必须虚构而散文不必。过于散文化,是取消小说了。

你刚才所说的几位大师,都能恰到好处,突出了氛围意境而写的是小说。汪曾祺兄的小说有气氛有意境,确是继承了这一传统,非一般人所能及。

施叔青:读过你的散文《哭小弟》,很感人。

宗璞:最近有本散文集《丁香结》,交稿两年多了,只见到一本样书,大批的始终未见,朋友们来要,我没有,书店也没有,实不可解。散文是中国文学的传统,现在有些散文最大的问题是缺乏己见,要写出自己的见识,不是老花呀月呀写不完。为什么少议论文?因为没有己见,习惯于没有己见。

我也爱诗,以为抒情短诗是诗的前途。若写叙事长诗不如写小说了。狄金森的诗现在受到普遍喜爱和这有关。因为诗总该是更本质的。我写过短诗,四行、八行。父亲觉得我的诗有诗意,将来准备编一个诗集,名之为《四余诗稿》,"四余"者,工作、写作、疾病和家务之余也。后见山东大学袁世硕教授编写的《冯沅君创作译文集》,发现姑母的诗稿也名为《四余诗稿》,多奇怪!真恨不得找到姑母问一问,她的四余是哪四余。

关于长篇小说《野葫芦引》

施叔青:听说你的长篇第一卷《南渡记》已发表,是否可以谈谈?

宗璞:好的,我可以写下来。

《南渡记》第一、二章发表在一九八七年五、六期《人民文学》上,当时把这长篇的书名拟作《双城鸿雪记》,后来觉得"双城""鸿雪"都用得俗了,便改为《野葫芦引》。其实"野葫芦引"本来是我最初计划写长篇时便拟用的,人说不好懂,改掉了,现又改回来。关于《野葫芦引》,有几句话出书时要写在扉页上:"葫芦里装的什么药谁也不知道——更何况是野葫芦。"

我曾说短篇小说分三种,分别侧重于情节、人物和气氛。我希望长篇能将这三者熔于一炉,而且最好做到雅俗共赏。长篇可以包容的多,像一个大城市,可以满足各种不同的人的需要。而它本身又有自己的特殊风格,这是短篇做不到的。

《南渡记》已发表在《海内外文学》第二期上。很多人没有看到这刊物,只有等出书了。

因为想到雅俗共赏(当然我不一定做到,可能是雅俗都不赏),这长篇用白描手法,希望它容易读。关于雅俗共赏,近来有很多议论。我想所谓"共赏"实是向俗靠近,不过还有一个雅字在上面管着,便要有限制,做到不伤雅、不媚俗。我写了六段曲文作为引子,每一卷结尾也用一段曲文。传统形式中也融合了现在习惯用的心理活动等写法。现实主义也要发展,任何事物都不可能完全和过去一样。

你说《心祭》手法上是现代的,内容却是完全中国的。《野葫芦引》手法上侧重于传统,内容写的是抗战,但统领一切的思想却是二十世纪八十年代的了。这一内容如果在五十年代写,必然是另一个样。

最近,值我生辰,父亲为撰一寿联:

　　百岁继风流　一脉文心传三世;
　　四卷写沧桑　八年鸿雪记双城。

他自己书写时,特别写上"璞女勉之"几个字。上联仍归到家庭传统,下联说的是这部长篇,其实也不止这部长篇。

"勉之",是我最该记住的。

(原载《人民文学》1988 年第 10 期)

历史沧桑和作家本色

贺桂梅 采访

贺桂梅：从我较为全面地接触五十年代至七十年代的文学开始，我一直感到很奇怪，五十年代中期怎么会出现像《红豆》那样的作品。当时是什么样的具体契机使您写出这篇作品？

宗璞：戴锦华说我是"本色"作家我觉得挺对。从我开始写这篇作品，就不是自己给自己规定一个什么原则，只是很自然地写我自己想写的东西，不写授命或勉强图解的作品。在五十年代那个时候，本来已经不太可能写这样的作品，正好碰到"百花齐放"，有那样一种气氛。我写小说有一种"虚构"的爱好，自己常常在虚构一些东西，在我和施叔青的对话中我说"从小有一个王国在我心上"。在"百花齐放"的时期，我就是想写这样一部作品。

那个故事，就像我在《〈红豆〉忆谈》所说的那些，实际上没有再多可说的，因为在那个时期年轻人所处的环境，经过抗日战争、解放战争，进入社会主义社会，所经历的事情印象最深的就是"抉择"，选择走什么样的道路，因为十字路口不断出现。用这样一个题材来表现，我觉得是很合适的。而且那个时候这样的事情也不断发生。

贺桂梅：您提到了"抉择",在做出这些抉择的时候,肯定有一种"信仰"在其中。

宗璞：我们那一代人,像我这样的人,还有我的同学们,那个时候对社会主义的信仰是挺真诚的。我们在清华读书,快毕业的时候,到体育馆上面的平台,在朝阳下,大家宣誓,服从分配,去祖国最需要的地方。这完全是自发的,并不是老师劝导的。而且那会儿讨论得非常深入。我觉得那时候信仰是很真诚的,尤其在年轻人的心目中。不只是年轻人,像我父亲,我的父兄辈,他们在思想改造的过程当中,都是很真诚的。我一直觉得自己有一个未了的心愿,不知道以后做得了做不了,因为我还有《西征记》《北归记》没写完。如果能完成,我还要写一部《铸心记》,把你的心重新铸造了,这就是改造思想。没有经过这段历史的人是不太理解的。

贺桂梅：您曾在和施叔青的对话中说《弦上的梦》写的是"'文革'中成长的孩子",您为什么会选择这样一个年龄层次的人作为写作对象？

宗璞：这倒是有一个模特儿,有一个亲戚,就是梁遐这样的人。写这个孩子还是比较真实的,有人批评这篇小说的结尾有点概念化,作者介入发议论,尤其外国人读起来觉得不太能接受。这个亲戚当时并没有参加"四五",是我给提高了。这个人的样子,有些想法,倒是真实的。当时觉得这些孩子挺值得同情,他们在最需要父母的教育和关心的时候,一定要和父母划清界限,把父母认成敌人。这简直是不可思议。可是他们都经受过来了,而且这些孩子没有变坏,都在逆境中挣扎出来了。这样的事情是很荒诞的。当然在那个年代,荒诞的事情非常多。

贺桂梅：我挺喜欢您的《米家山水》的,您能不能说说这篇小说？

宗璞：《米家山水》我也很喜欢。当时是怎么写起来的,我现在都想不起来了。我还是希望大家都和平共处吧,主张"和为贵",两派打来打去,没有什么意思。小说写到米莲予和刘咸的矛盾,刘咸也是很有才的,所以米莲予放弃出国的机会还是从全局考虑,我不去你去,对整个的艺术有好处。可是实际上刘咸也去不了,是那个不知道"八大山人"是谁的院长去了。这就是我们社会的问题。现在社会上一些人你批评我,我批评你,可是皇帝倒是好的。雍正现在都成了好皇帝,历史又乱作一团了。《米家山水》还是希望大家能互相理解。后来我给米莲予和萌的一个环境,是让他们安静地去作画。

贺桂梅：在阅读您七十年代至八十年代与"文革"记忆有关的作品时,我注意到您的作品中似乎一直存在两种类型的知识分子形象。一种是用自己的头颅去换取"人"的尊严的勇士,一种是虽清醒但却有着犹豫、矛盾或怯懦的普通人。这两类知识分子似乎暗含了一种分裂的人格,一边意识到需要做一个勇士,同时写到自己理解但做不了这样的勇士的矛盾。是不是可以说,这也在一定程度上暗示了您在浩劫中的某种矛盾和焦虑？

宗璞：我觉得"普通人"是比较多的,而真正的英雄人物是比较少的。这种人当然是值得敬仰的,值得歌颂的,就像我在小说中写的那个举着自己的头颅的队伍,这是人类的精华。我觉得普通人应该尊重那些人,理解那些人,如果自己做不到的话。可是普通人还常常骂那些人,批评那些人。

贺桂梅：我觉得您在七十年代末八十年代初的一段时间都在咀嚼"文革"记忆,在写完《三生石》之后,您可能感觉关于那段历史要说的都说得差不多了？

宗璞:在《三生石》中我提了"心硬化",那是我感觉特别深刻的。从"铸心"思想改造到"文革",大家已经没有"心"了。后来才慢慢醒过来一点。现在我也觉得很多人也不是完全能够认识到怎么样做一个人,人怎么是万物之灵,这还需要教育。

贺桂梅:《三生石》中的爱情感动了许多人,还有菩提和陶慧韵之间相互扶持的姐妹情谊。这在当时的作品当中相当少见。您为什么在小说中安排了这样一种关系的存在?

宗璞:我觉得友情是人伦中很重要的构成部分。中国传统是很注意友情和朋友的。友情和爱情差不多是并重的。我写过一篇《孟庄小记》,是讲我和蔡仲德去找三生石,其中就讲到朋友和友谊。

贺桂梅:如果现在让您重写《三生石》,您还会把梅菩提和方知的关系处理成他们很小的时候就见过吗?这是一种太巧合的情节。

宗璞:我还是要照原来的写,我觉得他们"应该"原来就认识,好像冥冥中注定的事情。我很喜欢中国文化中的神秘主义。郑振铎曾经批评《红楼梦》,说不应该有木石前缘。可是我觉得有这种前世因缘、衔石而生的在现实中不可能的情节,恰好使得它更有光彩。这就是小说的虚和实,实里面夹着虚东西,使人的想象力有所发展,不只是作者的想象力,读者的想象力也有发展。

贺桂梅:您在《三生石》中写到爱能救治"心硬化",说这个社会是一个大的有机体,只要还有一些细胞活着,还有爱,这个社会就能变好。

宗璞:我希望能活过来。不过现在我有点悲观,好像人都变得很实际。我觉得文化里面有很多很好的东西,比如我们的古典诗词和英诗,以前上大学的时候念,我们觉得那真是非常好的东西。我觉得现在很少有人像我们当时那么喜欢这些东西,现在缺乏读诗的风气。比如说《南渡记》《东藏记》,当然写得很深,确实不是很容易看,所以我很怀疑像你这样耐心地看第二遍的人恐怕不是很多。小说是要静下心来读的。

贺桂梅:我在网上收集到很多评论《东藏记》的文章,一般认为这部小说很厚重,是"史诗性"的作品,一边是把它当小说读,另一边也是在读历史。一些文章还特别强调小说深厚的传统文化素养及其优雅的文化品格。我觉得有品位的读者还是很多的。您在开始写《野葫芦引》的时候,怎么会考虑到使用曲词这样的传统形式?《南渡记》前面不是有六段曲词吗,我记得卞之琳先生特别在文章里夸奖您写曲子的功力。《南渡记》和《东藏记》给人的整体感觉,也有很浓厚的传统文化的氛围。

宗璞:这是因为写这部小说用这种形式比较合适,也就是说写什么东西用什么形式,主要看它是不是能更好地表现所要表现的内容。我这个人虽然说一直在搞外国文学,可是外国文学还是没有压过我原来所受的中国文学的影响,所以写的时候,表现起来也比较自然。我很喜欢元曲,我想每一本书前面好像应该有提要,换一种方式,先来把内容大致勾勒一下,可能看的人会觉得有趣味。在我潜意识里不知道是不是受《红楼梦》里给每个人一段判词的影响。不过我这不是对每个人的判词,而是对每一卷书的判词。

贺桂梅:您在九十年代初期,尤其是一九九三、一九九四年,发表了三篇有些关联的短篇小说《朱颜长好》《勿念我》《长相思》,都写到中年人的爱情。怎么会想到写这样的小说?

宗璞:这三篇小说连在一起看很有意思,就是要连在一起看。这其实是三种不同的对爱情的处理：一个是古典式的,《长相思》,完全是柏拉图式的想象的爱情；一种是比较实际的,比如《朱颜长好》；还有一种是比较现代的,是《勿念我》。我记得写完之后,我先生曾经说,这三篇小说应该连起来写一篇文章,从不同观念来处理爱情。

贺桂梅：我觉得您在写短篇小说的时候,感觉有点即兴式的,身边有些什么事情激发了您的创作,您就写了。

宗璞：我很喜欢我的短篇小说。短篇小说和长篇小说完全是不同的东西。最近两年我还写过几篇关于"鬼"的小说,这是出于对神秘主义的喜欢。我只是觉得精力不足,不然还有很多东西要写,比如说童话。

贺桂梅：您对性别问题的表述不多,在《找回你自己》中,您一面批判传统社会中女性丧失了独立地位,同时也批评了毛泽东时代"男女都一样"的思想,而提出"天生有阴阳""人本该照自己本来面目过活""认真地、自由地做一个人,也认真地、自由地做一个女人"。在您这里,"做人"和"做女人"似乎不存在矛盾,您没有觉得因为是女性,会有一些东西让您觉得不舒服？

宗璞：我倒觉得因为是女性,好像受到优待似的。但整个来讲,我们的社会以至世界肯定是一个男权社会。男女要完全平等的话,可能是需要很长很长的一段时间。而且我觉得无论在人的性格、智力、身体、体力等各方面,男女就是有分别的,所以我比较强调要找回你自己,能把自己女性的特长发挥得更好,而不要勉强男的那么做,女的也要那么做。这也是一种本色,各人去发挥各人最擅长的地方。我怎么说因为是女性就受到优待呢？比如说因为女作家比较少,所以出来的机会就比男作家多。不过我看我们现在优秀的女作家写的作品,一点也不比男作家逊色。如果因为是女作家，就去炒作，那就很不好。对现在的作品，我非常不喜欢其中那些关于性的描写，太多了。如果创作的自由就在这个上面，我觉得很不好。我记得有一个英国批评家，在批评当时英国的一些写作现象的时候，说这些描写让人非常不可思议，他去过欧洲所有的妓院，不过那里都是关着门的。

贺桂梅：为什么八十年代中期您才开始写作构思了三十多年的《野葫芦引》？

宗璞：我觉得这还是和我的"本色"有关系，也就是我要写我自己要写的东西。抗战这段历史对我童年和少年时候的影响太深了。另外，我想写父兄辈的历史。可能小说总是和"历史"有关的，你写的事情都是已经发生过的，都是历史，所以在《宗璞文集》前头我写了几句话，我说"写小说，不然对不起沸腾过随即凝聚在身边的历史"。过去的事情要把它用小说的形式记录下来。

贺桂梅：您在《南渡记》《东藏记》中表现出来的对"小说"的理解，似乎颇为强调小说作为"史"的一面。在这样的层面上，您格外看重小说的写实功能。在《小说与我》中，您谈到小说的重要条件，并引用作家老舍的说法，"写东西要使人感觉到"，引发读者的同感。我在读您的这两本书时，确实能够真切、细腻地感觉到您所表现的一切。但您同时强调，"小说只不过是小说"，也就是它终究是一种虚构。您如何理解这部小说的"虚"和"实"？

宗璞：说小说写的是历史，不是说写的就是"史实"。如果太"虚"了，又站不住，缺乏厚重的生活内容。"虚"和"实"怎么能掺杂、调和得好，这是个功夫。

贺桂梅：我在读《南渡记》和《东藏记》的时候，能够感觉您对整个大结构有特别细致的考虑,具体情境的描写又能很真切地浮现那个时代的生活和氛围。读得越深入就会越体会出小说的好来。

宗璞:关于长篇小说,我曾经讲过"雅俗共赏",一个是"好看",一个是"耐看",最好能两者都做到。我自己觉得应该是《东藏记》比《南渡记》好看,因为《东藏记》里面的事情多,有学校里的事情,有严亮祖等人家里的事情。《南渡记》呢,就是吕清非这个家的事。《西征记》,我就很想多用一些"虚",把战争写得浪漫一点。

贺桂梅:您在五十年代就想着写"四记",当时怎么考虑?

宗璞:那时候没有确定"四记","东西南北"是后来确定的。那时候就想写昆明那段生活,写抗战时期我经历的所见所闻。我九岁的时候抗战爆发,跑到昆明去,这对我的影响确实很大,记忆非常清晰。五十年代那个时候就算自己很坚持按照自己的"本色"来写,肯定会受到社会思想的制约,一定会写得很概念。到八十年代,确实写作自由多了。

贺桂梅:《野葫芦引》因为大致是以家族关系作为主要结构,所以很多人都会想到《红楼梦》。

宗璞:还有人想到《战争与和平》呢,说我写的峨很像娜塔莎!我就说一点也不像,因为峨是中国人。写一个长篇,我觉得用家族关系来写比较方便,一个家族里的人自然就有很多关系,在这里头发生一些事。至于说是不是像《红楼梦》,如果能够像一点,我当然很高兴。但我这个小说比《红楼梦》差得远呢。一个人写小说不受《红楼梦》的影响,我觉得是很少的,很多人受《红楼梦》的影响。

贺桂梅:您为什么把这部小说的总题叫"野葫芦引"?

宗璞:这涉及到我对历史的看法。胡适说,历史是一个任人打扮的小姑娘;我父亲说,人只能知道写的历史,而真正的历史是永远不知道的。我说历史是个"哑巴",靠别人来说话。我写的这些东西是有"史"的性质,但里面还是有很多错综复杂的我不知道的东西,那就真是"葫芦里不知卖的什么药"了。我觉得我还是能表现那个时代的精神的。我父亲常常说张载的那句话:"为天地立心,为生民立命,为往圣继绝学,为万世开太平。"他们那一代人常常以这个自我期许,我自己也想要做到这一点,但离得太远了,只能说知道有这样的精神和境界。最近我看到报上有篇文章专门讲这四句话,不知内容如何,我觉得只要讲就好。说"雾里迷踪",就因为历史是个哑巴,人本来就不知道历史是怎么回事,只知道写的历史。但是写的历史,要尽可能是那么回事,如果完全不是那么回事,那就太悲观了。还是把人生看作一个"野葫芦"好,太清楚是不行,也做不到。

为什么要个"引"呢?因为本人不能说这是个野葫芦,只能说是一个引子,引你去看到人生的世态。

贺桂梅:在《南渡记》中您还专门写到一个野葫芦的故事。

宗璞:那部分叫"野葫芦的心"。知识分子当然也存在很多缺点,但我还是把知识分子看作"中华民族的脊梁",必须有这样的知识分子,这个民族才有希望。我一直在琢磨"清高"和"自私"的问题,这两者的界限怎么划分?比如庄子,看上去庄子好像也是很自私的,好像是无情的,可是他其实是最有情、最真情的。比如说鲁迅,讽刺、揭露得厉害,可是那底下是一种真情。如果写东西到了完全无情的地步了,那就是"刻薄"。

(原载《小说评论》2003 年第 5 期)

希望写的历史向真实靠近

李扬 采访

在北大燕南园的东南隅,一座门前有绿竹掩映的古朴院落,在夏日里静静伫立。小院有草木相伴,而无车马之喧。偶有两三学子从门前经过,也都放轻放慢了脚步,几片落叶随风幽静地飘落在门前,四周显得愈发静谧。路人指告,那就是燕南园57号。

一株苍郁葳蕤的松树越过院墙映入眼帘,枝干傲骨峥嵘,在风中轻轻摆动时,仿佛时间也停驻了。是了,这就是冯友兰先生生活、写作了近半个世纪的"三松堂",也是宗璞先生深爱的"得自然噫气"的"风庐"(宗璞《风庐童话》后记)。世事变迁,如今三松剩下两株,但它们依然苍劲、挺拔、卓尔不群,与饱经风霜的57号院一起笑对岁月沧桑。

"父亲冯友兰毕生力量所在,
 一是学术,一是教育"

客厅里,宗璞先生正安静地端坐在沙发上,似乎正在等候,又像是在独自思索着什么。

虽然此前在电话中宗璞先生说"咱们随便聊聊,讲到哪儿算哪儿",可是在谈话中,我发现去年八月我写信时提出的每一个问题,宗璞先生都记得很清楚。

提起出版不久的《旧事与新说——我的父亲冯友兰》这本书,宗璞先生告诉我,她不久前才得知这本书被《中国日报》(*China Daily*)评为二〇一〇年度十本好书之一,虚构和非虚构类各五本,这让她感到十分欣慰:"我希望'写的历史'向真实靠近,读者、编者、评论家十分理解这个意思,我觉得很感动。"

沉默了片刻,宗璞先生缓缓地说道:"我父亲毕生的力量,就是在两个方面,一个是学术,一个是教育事业。我父亲要做的事情,是希望他的学问、他的事业都对国家民族有利,有用处。黄苗子老先生曾说冯先生考虑事情不是为自己的个人命运思索,而是对整个人类思潮做认真的思索。我觉得,在研究哲学和历史的时候,这样的思索是必然的。二十世纪五十年代中期,有一次关于哲学系要培养什么人的讨论,所有人都说哲学系要培养普通劳动者,我父亲说这不行,哲学系还是要培养理论工作者。他写了一篇文章,《树立一个对立面》。我看到那篇文章时很感动——明明知道这是一个不合潮流的意见,可还是要说出来,他图什么?明知会遭到迎头痛击,可他还是要说出来,他为了保护中国文化不被全盘打杀。他还提出了'抽象继承法',就是为了多继承一些。这些都可以证明他是从公的角度出发,而不是从私的角度。我想我们会越来越明白。当然,我并不认为父亲是完人,他有封建意识,尤其在全民的造神运动中,不能抗拒潮流。"

以后,改造越来越升级,人的头脑完全沦陷。在那个没有自由的年代,冯友兰先生走过的道路十分坎坷,宗璞曾在书中写道:父亲既没有"言而当"的自由,也没有"默而当"的自由。直至"文革"结束后,局面宽松了,一九八〇年,冯友兰先生以八十五岁高龄,在双目几近失明的情况下动笔撰写七卷本《中国哲学史新编》。历时十载,他以惊人的毅力和学养,在告别人世之前完成了这部一百五十万字的巨著。

十年里,冯友兰先生每天上午在书房写作,从不间断。写作期间冯先生很多次生病住院,一次住院时,他对守候在身边的宗璞说:"我现在是事情没有做完,所以还要治病。等书写完了,再生病就不必治了。"父亲这句话让宗璞大恸不已:"丝未尽,泪未干,最后的著作没有完成,那生命的灵气绝不肯离去。"冯友兰先生在燃尽自己的生命时留下的最后一句话是:"中国哲学将来一定会大放光彩。"这是他的预言,也是他始终不改的信念。

宗璞先生还特别提到了父亲的教育思想:"可以说,他们那一辈的人既教书、著书,又参加学校的管理,用现代的词叫'双肩挑'。我父亲在哲学上有自己的学术著作,此外他也有他的'事功',在教育事业上他也做了很多事。所谓内圣外王之道,并不是说要去当一个王,而是修养自己的内心,这种修养可以外化成著作,同时建一番事业,对外面的社会尽一份责任,我父亲在这两方面都有成绩。去年,他的有关教育的文章,已经编辑成《冯友兰论教育》一书,在人民出版社出版。他的教育思想,我很粗浅地理解,可以概括成三点:第一是教育出什么样的人。应该是合格的人,而不是器;是有独立头脑、通晓古今中外事情、能自己做出判断的人,而不是供人使用的工具。第二点,大学的职能。我父亲非常善于把复杂的事情用简单的话说出来,他用四个字概括大学的职能,这四个字是'继往开来'。就是说,大学的职能不仅是传授已有的知识,还要创造新知识。我觉得清华的传统,就是富有创造性,清华校箴'人文日新'就有'开来'的意思。第三点,怎样办大学。大学不是教育部的一个司,大学是自行继续的专家集团,就是自己管理自己,懂得这个事情的人有权发言,一般的人不要发言。"

在宗璞看来,父亲一生除晚年受批判、被攻击以外,应该说是比较圆满的——高寿,家庭幸福,想做的事基本上都做完了。而内心的稳定和丰富,正是父亲长寿的重要原因,唯有这内心的力量,才使他在恶劣环境下没有脆弱得不堪一击,而且始终不懈怠,即便是在目力全坏、听力也很可怜时,也总是"胸次悠然",处于一种怡悦之中。"我父亲对繁言基本上是不在意的,当然,也有觉得很'岂有此理'的时候。不过在整个历史潮流里,这些东西都是很小的事情。"

"浴乎沂,风乎舞雩,咏而归",这是冯友兰先生欣赏的境界。二十世纪四十年代,常有人请冯友兰先生写字,他最喜欢写唐李翱的两首诗,一首是:"练得身形似鹤形,千株松下两函经,我来问道无余说,云在青天水在瓶。"另一首是:"选得幽居惬野情,终年无送亦无迎,有时直上孤峰顶,月下披云啸一声。"宗璞曾说,父亲执着的精神背后有着极飘逸、极空明的另一面,一方面是儒家"知其不可而为之"的担得起,另一方面是佛、道、禅的"云在青天水在瓶"的放得下。也正是秉此二气,冯友兰先生和中国知识分子得以穿越了苦难重重的中国的二十世纪。

宗璞先生说,父亲去世已经二十年,他的著作一直在出版。《中国哲学简史》最受欢迎,两种中译本和中英文对照本都在畅销,英文原著和意大利、西班牙、捷克、日本、韩国及塞尔维亚等文字译本在全世界销行,六十年来始终不衰。《中国哲学史》两卷本在台湾出版,不断有新读者;大陆的出版家很辛苦地去台湾交涉了,现在大陆也有出版,读者很多;其英译本仍在美国发行。《中国哲学史新编》《贞元六书》和《中国哲学史史料学》《中国哲学小史》以及各种选本如《冯友兰谈人生》《理想人生》《哲学人生》等都在出版。

"我这里讲一个小故事:南太平洋中的塔希提岛,有一位岛民叫伊利亚,他为了证明独木舟能航海,和几位朋友驾驶一只独木舟从塔希提驶往上海,历时数月。航程中,他带了三本书:一本《圣经》,一本工具书,还有一本是冯友兰著《中国哲学简史》。伊利亚说,这本书给了他极大的安慰和力量。他特地到三松堂拜谒,并到冯友兰墓上敬献鲜花。我想,这是中国哲学的力量,也可以看出'中国哲学将来一定会大放光彩'这一预言的必然性。而中国哲学的传承,要靠学者们尽心尽力传承下去,'智山慧海传真火,愿随前薪做后薪',这是冯友兰先生的诗句,也是中国学人的精神。"

"父亲曾说,他离开了这个世界,留下了精神遗产,那就是他的著作。我想,如果一个人整天钻营私利,蝇营狗苟,不能潜心下来,在做学问中感受无穷的趣味,是写不出'三史''六书'这些著作来的,恐怕连抄也抄不下来。"

兰气息　玉精神

再一次和宗璞先生见面是个艳阳天,走进宁静的风庐,宗璞先生仍然静静地端坐在沙发上,明显可以感到她的气色和精神都比前一次好很多,声音也更清朗、明快了,"这次我们争取谈完。"她笑着对我说。

话题依然从对冯友兰先生的回忆开始。冯先生晚年曾打算写一本《余生札记》,把哲学之外的各样趣味杂感写进去,只可惜这本书最终没有写成。宗璞先生回忆说,父亲对诗、对词曲、对音乐,都有很好的意见,她记得父亲曾说:"如果一个人对中国哲学和西方哲学都懂,他会喜欢中国哲学;如果一个人对中国古典音乐和西方古典音乐都懂,他会喜欢西方古典音乐。"

父辈的教诲和童年澄净的蓝天注定了宗璞终生的眼界和格调。

在她很小的时候,父母就让她背诵诗词,她还记得白居易的《百炼镜》是父亲让自己背的第一首唐诗,而吟哦古诗也恰恰是晚年的冯友兰先生在忍受病痛时常服的一剂"良药"。在昆明时,十一二岁的宗璞常到西南联大文科研究所看书,各种书籍的阅读为文学创作奠定了扎实而深厚的文化功底。

然而,没有人会想到,宗璞日后的写作之路,始终充满了曲折与艰辛。一九五七年,她的小说《红豆》被打上"毒草"的标签,无奈搁笔,这一搁就是十四年。待到大地春冰已泮,在经过时代动乱而获得人生和艺术的痛苦经验之后,她更坚实地回到写作,回归文学的精神家园,《弦上的梦》《三生石》《我是谁?》等作品相继问世,人们再度感受到她创作的生命力。

但是,心无旁骛的写作,有时候几乎是奢望。宗璞先生说:"我少年时,读到东坡一首《行香子》,最后一句是'几时归去,做个闲人,对一张琴一壶酒一席云',这是我理想的生活。可是现实生活的纷扰,让我永远也过不上那样的日子。"自二十世纪七十年代开始,她又奔忙于照顾二老双亲,加上自己的身体不好,常常感到"挣扎在创作和现实之间"。

虽然饱经家事变故与病痛缠绕,但是从宗璞的文字里却看不到丝毫的哀怨与病气,相反,她的文章,字里行间透露着超拔简洁的淡泊之气,有一种特有的向上的力量。评论家李子云曾经用"兰气息,玉精神"赞美宗璞的精神气质,她的文字是那么安宁、隽永,有着生命的光亮与喜悦,散发着寂静的芬芳,而有时又沉重得或亲切得令人想哭。宗璞有她特殊的平静和质素,她心里"也许藏有一个重洋,但流出来,只是两颗泪珠"。

孙犁曾以"肺腑中来"形容宗璞的文章,她那"流淌在胸间的万般感受"打动了无数人的心。提起《紫藤萝瀑布》,宗璞先生说,在写这篇散文的时候她内心正处于极度压抑与悲伤中,"当时我弟弟身患重病,我心里非常压抑,也很痛苦,紫藤萝给了我一种生机,一种在阳光下的生机,所以让我加快了脚步"。

曾经,有一个女读者写信给宗璞,说她看了小说《鲁鲁》后,茶饭不思地整整在床上躺了两天,沉浸在对鲁鲁的心痛中无法自拔。二十世纪九十年代初散文集《铁箫人语》刚刚出版的时候,有一天来了一位读者,一定要见到宗璞,他告诉宗璞,自己在湖南的一个书店里看了这本书,"站在那读,就觉得自己立刻安静下来了,很奇妙"。这些读者的真情也让宗璞先生至为感动:"作者和读者在精神上联系着,如果没有这种联系,写作将成为一种独白。我非常感谢这些有慧心的读者。不仅是感谢,这还是一种共同的创造,作品因读者而活着。"

"痴心肠要在葫芦里装宇宙"

早在二十世纪五十年代,宗璞就想写一部反映中国读书人在抗日战争时期的生活的长篇小说。但因一九五七年《红豆》被打上"毒草"的标签,此后十多年她和许多作家一样,始终"未能动笔"。直到"文革"结束后,"野葫芦"的种子才慢慢在宗璞心中发了芽,其中人物在她心里经过千锤百炼也有了灵性。

可以说,宗璞即使不是唯一的,也是所剩不多的亲自见证了那个时代、那些精英的人。

一九三八年,十岁的宗璞和兄弟姊妹随母亲辗转到昆明,父亲已先从长沙转昆明。全家在昆明度过了八年抗战的艰苦生活。虽然经历了流离之苦,但父辈师长们于逆境之中弦歌不辍,坚忍不拔,给少年宗璞留下了不可磨灭的记忆。这批知识精英身上所体现的民族魂和难以再现的独特风骨,本身便是一部史诗。她决意写一部长篇小说来表现这一切,"只因为有话要说,不然,对不起那个时代,对不起那些人"。小说最终定名为《野葫芦引》,包括《南渡记》《东藏记》《西征记》和《北归记》四卷。

"野葫芦"里,是一段源自真实生活的动人故事,是小说,也是历史。"七七事变"后,一大批教授、学者在战火硝烟中跋山涉水,把西南边陲的昆明造就成保存中华民族文化命脉的"圣地"。在极其艰苦的物质条件下,他们精神富有,理想不灭。"打不断荒丘绛帐传弦歌,改不了箪食瓢饮颜回乐",这是痛感和美感交织在一起的刻骨铭心的记忆,平和宁静而又硬骨铮铮。

"有论者认为我书中的知识分子形象,体现了'漂泊与坚守',很多知识分子的人生似乎都与这个主题相关吧。那时人的精神境界和现在距离很大,以致有人认为我写的人物不够真实。他们很难想象,会有人像书中人物那样,毁家纾难,先公后私。其实,对于那一代人的品格,我写得还不够。"宗璞先生说,"我写这部书,是要表现一种担当的精神,任何事情要有人做,要有人担当,也就是责任感。在担当起责任的时候,是不能只考虑个人得失的,这是自然而然的事情。"

一九八八年写完《南渡记》,在计划写《东藏记》的同时,宗璞也在考虑《西征记》的规模。她曾经独自到腾冲,想看看那里的人和自然。她去了国殇墓园,当她看见一眼望不到头的墓碑时,不禁悲从中来,站在墓园门前痛哭一场,仿佛看到在滇西大战中英勇抗争的中华儿女的英灵在那里流连。在《西征记》结尾的"间曲"中,她写道:"驱敌寇半壁江山囫囵挑,扫狼烟满地萧索春回照,泱泱大国升地表。"宗璞先生说,这正是她希望表现的一种整体形象。她似乎在腾冲的山水间看见了。

"《西征记》刚出版时,有媒体约做访谈,我因病不能谈。现在你来谈一谈,很好。人家很奇怪,我怎么会写战争题材。我是必须要写,不得不写。因为第一,西南联大先后毕业学生共两千多人,从军者八百余人,当时别的大学如重庆中央大学等,从军的也很多,从军抗日是他们的爱国行动,如果不写上这一笔,就是不完整的。第二,滇西战役是中华民族抗日战争的一次重要战役,十分辉煌,长时间被埋没,被歪曲。抗日老兵被审查,流离失所,翻译官被怀疑是特务,他们徽章上的号码被说成是特务编号。把这段历史从尘封中磨洗出来,是我的责任。第三,从全书人物的发展看,走上战场,也是必然的。玮玮在北平沦陷后,就憋足了劲要去打日本。第四,我的哥哥冯钟辽于一九四三年志愿参加中国远征军,任翻译官,那年他十九岁。随着战事的推移,他和同伴们用双脚从宝山走到畹町,这段历史对我有一种亲切感。现在用各种方式写这段历史的人已经很多了,但《西征记》是独特的,我是尽心尽力而为。我看见一篇评论说,这样一部作品,没有出现在充满豪气的男儿笔下,倒是宗璞写出来了,令人惊叹。谢谢了,我要努力。我现在是'老弱病残'都占全了,可若是只看书,我相信你想不到是我这样一个老人写的。我为此自豪。有一位读者告诉我,我的小说一般都有诗意,《西征记》更有一种侠气。我十分同意这个看法,不知你看出其中的侠气没有。我这是老王卖瓜,不过,我真的很为《西征记》自豪。"

是啊,《野葫芦引》的写作已跨越了四分之一个世纪,在如此漫长的写作周期内,甚至在丧失了视力以后,宗璞先生仍能控制笔力,炼意炼句,保持着小说的整体气韵,将人心正气、世情百态、生离死别、亲情友爱、侠气诗情一一纳入"野葫芦",纷繁众多的人物和事件在她的笔下精当有致,若非一切早已经内化于心灵之中,这样的境界是不可达到的。"痴心肠要在葫芦里装宇宙,只且将一支秃笔长相守",她"写得很苦,实在很不潇洒。但即使写得泪流满面,内心总有一种创造的快乐"。

谈起《西征记》中那些真真切切、有血有肉的人物,宗璞先生说:"《西征记》写的人物不只是学生、军人,还写到了普通民众。我要表现的是我们整个民族同仇敌忾的精神。除了主要人物以外,我穿插了一些小故事,如本和阿露,两个年轻生命互相爱慕是很美的,苦留和青环之间那似乎没有感情的感情我也很喜欢。小说是虚的,但它从现实中来,如果不从生活中来,它就是无根之木,很快便会枯萎,可能根本就长不起来。小说又不是现实生活,这是老生常谈了。因为小说是作者自己的艺术世界,作者不会满足于照搬现实,必须搅碎了重来,对号入座是无意义的。考据可能很有趣味,是研究小说的一种方法。但读小说要读小说本身,若是照着考据学去读小说,就没有小说了。"

在经历了颠沛流离的"南渡"、艰辛备尝的"东藏"、硝烟弥漫的"西征"后,宗璞终于要携故事里的人物踏上充满希望的"北归"之路。

回顾小说内外的漫漫旅程,宗璞先生自言心态相比"南渡"时有所不同:"《南渡记》写完,我父亲去世了。《东藏记》写完,我先生去世了。对人生,我觉得自己好像懂的越来越多了。一个小说写这么长时间,我觉得对小说是一件好事,因为作者经历的更多了。在写作的最初两年,笔调是较明朗的,后来经历越来越多,对人生的态度也有一些变化。现在我设计的《北归记》的结尾,和我最初想的略有不同。在经历了'文革'以后,对世界的总的看法已经定了。不过,经历了更多死别,又经历了一些大事件,对人生的看法更沉重了,对小说结局的设计也更现实,更富于悲剧色彩。我每在心中酝酿这一段时,心常常在痛。"

"小说里的人物都慢慢长大,孟灵己出场的时候十岁,回去的时候十九岁了,而且经历了西征的战争、李家大女儿的死、凌雪妍的死,尤其是玮玮的死,这都影响她成长的过程。有人说我每本书要死一个人,我想生活就是这样,一面向前走一面就要消失,旧的消失然后又有新的。"

讲这番话时,宗璞先生表情十分平静温和,仿佛在用温柔的目光注视着自己笔下的一个个燃烧的生命。

而当我再次追问书中人物在《北归记》中的命运时,宗璞先生忽然笑了:"你等着看吧!"温和的语气中透着坚持与笃定,仿佛是一个承诺,又像是一个约定。我想,这约定不只是对于像我一样热切的读者,更是对那"沸腾过随即凝聚在身边的历史"、对那些如绚烂云锦般照耀过又消失的知识精魂的约定!

步出三松堂,走在燕南园的小径上,看着夕阳的余晖洒在园子里的草木花石上,洒在匆匆来往的年轻学子的脸庞上,我回想起宗璞先生的一句话:"有那一段经历的人有些已谢世,存者也大都老迈,我忽然悟到一个道理,书更多是给后来人看的,希望他们能够看明白,做书中人的朋友。"

是的,绵延不断的历史文脉与精神气韵,正从这里、从宗璞先生的笔下静静地流淌,润物无声地滋养着、影响着越来越多的"后来人"……

(原载《文汇报》2011年8月9日,有删节)

好的童话也是成年人的知己

舒晋瑜 采访

尽管刚刚做过一次手术,九十二岁的宗璞精神很好,面前的桌上正摆着几本童话——为了我们这次谈话的主题,宗璞又找出了自己创作的童话重读,并有了些许新的发现和体悟。

从一九五六年至今,宗璞读童话,写童话,未泯的童心一直爱着童话。

她早年的童话,如《寻月记》《湖底山村》《花的话》等,写于一九五〇年代中期至一九六〇年代。那时,她常想的是童话对小读者的教育作用,如何用童话反映社会主义建设。一九七八年重新提笔后,在写小说的同时,她也常考虑如何继续写童话。她仍注意童话的教育作用,但不再只想到孩子,她觉得童话不仅表现孩子的无拘无束的幻想,也应表现成年人对人生的体验,为成年人所爱读。如果说,小说是反映社会的一幅画卷,童话就是反映人生的一首歌。那曲调应是优美的,歌词应是充满哲理的。

宗璞说:"人生的道路是漫长的,旅途中难免尘沙满面,也许有时需要让想象的灵风吹一吹,在想象的泉水里浸一浸,那就让我们读一读童话吧!"

直至年过鲐背,宗璞还和小时候一样喜爱着童话。她常戏称自己返老还童,这是指她因中风饮食起居均需人照顾呢,还是指像幼时餐后要吃一颗糖?我想,更多的是因为她喜欢幻想,喜欢读想象丰富的作品吧。

是的,读童话除了傻劲,还需要一点童心,一点天真烂漫。把明明是幻想的世界当真。每个正常的成年人其实都该多一点未泯的童心,使生活更有趣更美好。用这点童心读童话,童话也可帮助这点童心不泯。所以,宗璞说,也许因为自己有那么一点傻劲和天真,便很喜欢童话,爱读,也学着写,"数量不多,质量也差,兴趣却浓,有机会便要谈论……"

于是,我们便约了这么一次"机会",谈论童话。

舒晋瑜:《鲁鲁》等童话特别感人,所有的形象都是生动鲜活的。您最早从什么时候写童话?为什么喜欢写童话?

宗璞:我的第一本童话就是一九五六年写的《寻月记》。那个时候我在政务院宗教事务处工作,每天下了班以后写作。有的时候出去看戏,看戏回来十二点多也要写一点。写完后我给了少年儿童出版社,当时的责编叫刘重,他给了我很大的鼓励——写得也很不成熟,不过那时候有很多想法。

我有一次答记者问,谈到为什么写童话。我觉得不写童话,就对不起眼前光怪陆离的现象。写童话让我觉得不在这个世界。

很多人把《鲁鲁》列在童话里,其实《鲁鲁》不是童话。鲁鲁是真实存在的狗,故事里所有的事情都是实际发生的。姐姐走失了,鲁鲁去找姐姐,只有这个是虚构的,是小说允许的虚构。

舒晋瑜:您的很多童话,如《冰的画》(1983)、《遗失了的铜钥匙》(1988),相对来说,散文性强于故事性,好像您在童话创作上并不是特别注重文体,而更是一种随心所欲的表达?

宗璞:我写童话的时候,还是有一个明确的想法,想好了我要写散文式的还是故事性的。写出来界限就不一定分得那么清晰。写童话也是想表达更多的东西,怎么顺就怎么写。

舒晋瑜:从童话中看得出来,您对所有的生命充满了爱。

宗璞:这是真的。我是拟人化的写法,可是我觉得他们真的好像是有生命。

舒晋瑜:《书魂》(1980)特别有趣:一个小女孩进入书的世界,各式各样的书有各自不同的灵魂,生动极了!在写童话的时候,您是不是也变成了一个小女孩?或者干脆自己就是书的灵魂?

宗璞:好像也没有什么意识。每本书有它自己的灵魂,这个大家都承认。它们总会找到自己的地位。可是也不尽然。就看整个社会的变化。有些好书是被埋没的,找也找不着;有些不怎么有价值的书反而得到很好的待遇。造成这种现象,不是出版人的问题,是读者的问题,是整个社会水平的问题。因为有这些感想,我写了这个童话。

舒晋瑜:您的作品一点都不过时,这个现象在当下的出版界仍然存在,现在看还是很有价值。

宗璞:你看得很清楚。我是一九八〇年写的,四十年了,这故事还有它的生命力。

舒晋瑜:您的《贝叶》(1980)融合了中国民间故事风格和西方童话,英勇的中国小姑娘和恶龙斗争,怎么会有这么奇妙的构思?

宗璞:《贝叶》是一种试探性的写作,想尝试从民间传说取得营养。这和改编、整理不同,写得好了,并不留痕迹。安徒生的一些童话也来源于民间故事,他和格林兄弟的记录整理显然不同。

小说反映的可歌可泣的生活并不只是作者一个人的,只是他一个人画出来而已;童话的幻想也可以集中许多人的想象,只不过是作者一个人唱出来罢了。从民间故事吸取营养,是写作童话的一个重要方面,当然不是唯一的途径。

有一年在承德的一座庙里,我看到有虾头、鱼头和人身的画像,我忘了是不是有解说——好像也没有解说。回来就写了《贝叶》。起先我不太喜欢这篇童话,觉得这个画面想起来有点凶恶,有点恐怖。这回你要来采访,我又看了一遍,觉得并不恐怖,而是有很大的安慰。因为孩子还是有头了。

舒晋瑜:很多作品在不同的时期看,都有不同的意义。

宗璞:《贝叶》的画面有些是很悲壮的,尤其是贝叶最后为了大家牺牲,自己的头发成为燃烧的火焰,把自己烧没了。社会上本来有很多这样的事情,比如袁崇焕、谭嗣同……我写贝叶也是心有所感。这个女孩应该很漂亮,火焰顶在头上,而且故事很有戏剧性,我想应该很适合做卡通片——我的一些童话戏剧性不够,比较抒情。《书魂》《鲁鲁》《紫薇童子》,都很适合做卡通,更可以拍电影。好几次有人来谈《鲁鲁》改编电影的事情,我自己还写了剧本,这些人后来都不见了。

舒晋瑜:应该找机会推荐一下,这么好的本子,如果不被更多的小朋友认识,会是很大的遗憾。您的作品中更丰富的美和内涵,还需要多种形式的挖掘和表现。您的作品中被改编的多吗?

宗璞:我曾经"妄想",把《三生石》写成歌剧,里面的角色正好有男低音、男高音、女中音、女高音可以组合。到现在还没有得到作曲家的青睐。词家王健曾经试想从《三生石》做一个歌剧脚本,也没有实现。

《野葫芦引》也是一直有人要拍电视剧,可是客观环境太困难了,只有不了了之。我的小说不大注意戏剧性,"欲知后事如何,且听下回分解"其实是很重要的。

舒晋瑜:《总鳍鱼的故事》(1983)是一篇很有意思的科普文章。在写作之前,您是不是也做了相当充分的准备,才得以向读者传达那么准确生动的故事?

宗璞:我没有特别想研究童话,只是喜欢。《总鳍鱼的故事》童话的气氛比较少,更倾向科普,内容都是实在的,我必须弄清楚。当时我住在燕南园,和生物系沈同教授是邻居,我常去他那里请教,他也很愿意谈,给我很多帮助。所以童话中科学的内容还是很准确的,有科学的框框,童话的想象好像没有充分展开。

童话就是放飞思想,可不管怎么放飞,不能违反科学,不能违反事实。许多原来属于幻想的事物,已经由科学实现了。如千里眼、顺风耳,如一筋斗十万八千里。人类童年时期已经过去,童年时期的想象也已经过去,但幻想是不能穷竭的。

现在小学生学语文辅导书很多,我收到好几套不同的出版社出的辅导书,其中有一部着重选载童话,第一篇选的是安徒生的《夜莺》,第二篇是我的《花的话》,我当然知道这并不说明我有多高明,但仍傻乎乎高兴了一阵子。我还在小学生语文辅导书里看到了郭沫若的诗。我觉得很好。其中一句,他问阿波罗:"你二十世纪底阿波罗/你也改乘了摩托车吗/我想做个你的助手,你肯同意吗?"很有想象力。

舒晋瑜:但是也有一些童话,融入了成年人的人生感悟和生命思考。能谈谈您在童话创作上的追求吗?

宗璞:我认为童话不光是小孩的东西,我写过一篇文章叫《成年人的知己》,就是说小孩读童话,他的所得和大人读童话的所得是不一样的。比如《海的女儿》。好的作品如同放在高处的珍品,幼年时也可见其瑰丽,却只有在人生的阶梯上登到一定的高度,才能打开那蕴藏奥秘的门。童话是每个人童年的好伴侣,真正好的童话,也是成年人的知己。

《书魂》的意思很简单,就是"文章自有命,不仗史笔垂"。许多年前我曾经收到一位看懂了,而且感动了的不相识的朋友寄来的十多幅为《书魂》作的连环图。

舒晋瑜:读您的童话像读诗一样享受。您的语言凝练又有节奏,同时具有画面感。《湖底山村》《花的话》《吊竹兰和蜡笔盒》《露珠儿和蔷薇花》等作品以抒发情感为主,淡化故事情节,既有诗意的语言,也有诗意的生命状态。诗意是您的童话特点之一吗?

宗璞:可以说是,诗意很奇怪。是不知不觉就在那儿的。从来没想到要写出诗意。可能要是刻意去写诗意,它反而跑了。

舒晋瑜:您的童话写作并没有间断,一直断断续续地写。您的这些童话,其实题材种类都特别多。您有没有回顾或者总结自己的童话创作?

宗璞:我脑子里还有几个想法没有写出来,也许就不写了。比如蒲公英,风一吹就飞得很高,可以坐着蒲公英旅行;有一种花叫铃兰,开花时花瓣中有一个小铃铛,我想它们会叮叮当当合奏一首好听的曲调。我写过一个铁铃铛。这个花铃铛我也要写一写。不知还有多少力气。

舒晋瑜:有些作家,相比他们的成人文学,儿童文学还是不能同日而语,比起《大林与小林》《宝葫芦的秘密》,张天翼恐怕更热衷于《华威先生》,叶圣陶的《稻草人》也难敌《倪焕之》。对于您来说,儿童文学和成人文学的创作心态和作品,有哪些不同?

宗璞:我自然是有点不同,可是很难知道是怎么样的不同。

舒晋瑜:近年来很多纯文学作家介入儿童文学创作领域,各有原因。但是在有限的视野中,发现平时总"端着"的作家,写出来的儿童文学也很生硬造作,而有童心的作家,写出来的作品趣味盎然,让人爱不释手。以您的经验,写好儿童文学,需要具备哪些因素?

宗璞:老实说,写作是要一点天赋的。这其实和别的行业一样,就是对自己的工作特别有兴趣,欲罢不能。首先要有真性情,不要端着,不要有雕琢的痕迹。

父亲曾经给我的第一本小说散文集写了序。他在序言里说,作家要用至精至诚的心劲,把自然、社会、人生这三部"无字天书"酿造成"有字人书"。还有一个是要读书,读书一定要化入血肉之中,才能成为你自己的东西。如果写出来的是从这儿抄一句、从那儿抄一句,就不行了。我想,文学创作还是要有一点天赋,赶鸭子上架不行。

天赋首先就表现在兴趣,吴冠中说:"能成为画家,就在于他无论碰到什么困难还是坚持画,好像一棵草冒出来小芽,你就是拿热水浇它也还是活了,坚持要画。"这就是天赋,大概各行各业都是如此。但是,兴趣是一方面,一个自由的环境是另一方面,缺一不可。如果这勇敢的幼芽生长在柏油马路下,就怎么也出不了头。

舒晋瑜:写童话给您带来了什么?

宗璞：我觉得挺高兴。这回我又大致看了一遍自己的童话，在阅读中我感到一种安慰。也许隔些时候我会再读，再隔些时候还要读。我写的时候并不知道自己会有这样的收获。

舒晋瑜：您关注网络文学吗？网络作家每日更新成千上万字，年收入上亿。这样的作家在中国不算少数。您愿意对年轻的作家们说点什么？

宗璞：非常抱歉，因为我的眼睛已废，从来不能看网络上的小说，没有发言权。我有一个印象，这些年轻人的网名都很潇洒浪漫。

舒晋瑜：知道您视力不好，想必手机和网络对您来说都利用率不高吧？但是我也揣测，您是一位"时髦"的老人，如果视力不存在问题，微信呀，微博呀，是否也都会使用？您如何看待新媒体等新生事物？

宗璞：我虽然视力不好，电脑、手机却都在使用。有专人照顾我，帮助我。我不时髦，但我很看重新生事物，我要学习。我永远在学习。

（原载《中华读书报》2020年9月30日）

宗璞文学年表

1928 年
7月26日(农历六月十日),生于北平海淀成府槐树街10号。父亲冯友兰、母亲任载坤为取名钟璞。原籍河南省唐河县祁仪镇。

1929 年,1 岁
9月起,父亲任教清华大学。全家迁至清华园旧南院(后改名照澜院)。

1930 年,2 岁
4月,全家迁至清华园乙所。

1933 年,5 岁
9月,入清华园教师子弟学校成志小学读书。

1937 年,9 岁
七七事变发生。
7月中旬,全家迁至什刹海白米斜街3号。

8月,与小弟钟越寄住燕京大学内天和厂姑母冯沅君处。

9月,辍学,回白米斜街。同月,父亲往清华大学、北京大学、南开大学组成的长沙临时大学任教。

1938年,10岁

4月,父亲至昆明,任西南联合大学哲学系教授;不久随联大文法学院迁至蒙自。

6月,与姊、兄、弟随母亲由北平至蒙自,住桂林街王维玉宅内,与陈梦家、赵萝蕤夫妇为邻。

8月,家迁至昆明,住登华街。

9月,与钟越入北门街南菁小学读书。

年底,家迁至小东城角。南菁小学为避日机空袭迁岗头村,与钟越住校。

1939年,11岁

秋,家迁至昆明城外龙头村(龙泉镇)。

1940年,12岁

年初,因病休学,由母亲亲自指导学习初中课程。

1942年,14岁

秋,考入西南联大附中初二,住校。

1943年,15岁

上半年,因父亲往重庆、成都讲学,母亲往成都治病,与钟越寄住西南联大常委、清华校长梅贻琦家中。

8月,父亲母亲回到昆明,家迁至昆明北门街。

写滇池海埂之散文(佚题)刊于昆明某刊物,署名"简平"。是为处女作。

1945年,17岁

1月,家迁至昆明西仓坡西南联大教师宿舍。

8月15日,日本宣布投降,抗日战争结束。

1946年,18岁

5月,自西南联大附中毕业。

5月下旬,随父亲母亲离昆明至重庆。

7月下旬,由重庆返北平,仍住白米斜街。

8月,父亲往美国讲学。

秋,考入天津南开大学外文系(时西南联大已解散,北京大学、清华大学、南开大学复校)。

1947年,19岁

新诗《我从没有这样接近过你》,刊于天津《大公报》6月20日,署名"冯璞"。

小说《A. K. C.》,刊于天津《大公报》8月13、20日,署名"绿繁"。

1948年,20岁

3月,父亲结束讲学回国,任清华大学教授、哲学系主任、文学院院长。家迁至清华园乙所。

秋,经考试转入清华大学外文系二年级。

新诗《一个年轻的三轮车夫》,刊于天津《大公报》10月24日,署名"冯璞"。

新诗《疯》,刊于天津《大公报》10月31日,署名"冯璞"。

1951年,23岁

夏,自清华大学外文系毕业,分配至政务院文教委员会宗教事务处工作。

10月,借调任匈牙利文工团英文翻译。

小说《诉》,刊于《光明日报》1月28日,署名"清华大学学生冯钟璞"。

1952年,24岁

秋,高等院校院系调整,父亲调北京大学哲学系任教,家迁至北大燕南园。

1954年,26岁

1月,调至全国文学艺术联合会研究部工作。

1955年,27岁

夏初,作为中国文联工作人员随吴作人、萧淑芳、关山月等艺术家访问内蒙古草原。

1956年,28岁

评论《伟大的俄罗斯作家——陀斯妥耶夫斯基》,刊于《工人日报》5月26日,署名"宗璞"(凡署名"宗璞"者不再说明)。

1957年,29岁

1月,调至《文艺报》社,任国际组编辑、组长。

春夏之交,陪同锡兰(今称斯里兰卡)作家默黑丁访问江南。

小说《红豆》,刊于《人民文学》7月号。后收入《重放的鲜花》,人民文学出版社1978年出版。有俄文、捷克文、西班牙文等译本。

童话《寻月记》,中国少年儿童出版社出版,署名"冯钟璞"。

1958年,30岁

1月,至十三陵水库工地义务劳动。

新诗《石头人的话》,刊于《北京日报》2月18日,署名"任小哲"。

1959年,31岁

年初,下放至河北省涿鹿县温泉屯劳动,年底回京。

散文《山溪》,刊于《新观察》第16期。

1960年,32岁

10月,调至《世界文学》杂志任编辑、评论组组长。

评论《飞翔吧,小溪流的歌》,刊于《文艺报》第10期。

小说《桃园女儿嫁窝谷》,刊于《北京文艺》11月号。有英文译本。

译作《缪塞诗选》(署名"陈澂莱、冯钟璞"。与陈澂莱合译17首,另3首为沈宝基、闻家驷译),人民文学出版社出版。

1961年,33岁

春,陪同以色列女作家露丝·乌尔访问江南。

散文《无处不在》,刊于《人民日报》3月5日。

童话《湖底山村》,刊于《人民日报》6月25日。

散文《西湖漫笔》,刊于《光明日报》8月12日。

散文《秋色赋》,刊于《北京文艺》12月号。

1962年,34岁

1月,加入中国作家协会。

2月,得父亲书赠龚自珍《示儿诗》:虽然大器晚年成,卓荦全凭弱冠争。多识前言蓄其德,莫抛心力贸才名。

夏秋之交,陪同日本女作家深尾须磨子访问江南。

散文《针上纪事》,刊于《北京日报》4月7日。

小说《两场"大战"》,刊于《北京文艺》6月号。

小说《不沉的湖》,刊于《人民文学》7月号。

散文《墨城红月》,刊于《光明日报》9月20日。

1963年,35岁

散文《一年四季》,刊于《北京日报》1月8日。

小说《林回翠和她的母亲》(原题《后门》),刊于《新港》2月号。有英文译本。

散文《暮暮朝朝》,刊于《光明日报》10月1日。

小说《知音》,刊于《人民日报》11月26日。有英文、法文译本刊于外文出版社《中国文学》;日文译本刊于外文出版社《人民中国》。

散文《路》,刊于《光明日报》12月21日。

1964年,36岁

是年,随《世界文学》并入中国科学院哲学社会科学部外国文学研究所。随即全所下放参加"四清",宗璞因病留编辑部编资料。

新诗《这一炉熊熊大火》,刊于《北京日报》5月3日。

1965年,37岁

11月,病,住院治疗。

1967年,39岁

4月,病,住院治疗。

1969年,41岁

9月17日,与蔡仲德结婚,安家迺兹府10号。

1970年,42岁

5月,蔡仲德下放,宗璞回燕南园与父母亲同住。

1971年,43岁

8月下旬,作旧体诗《怀仲四首》。

1972年,44岁

春,往河北清风店探望蔡仲德,同游定县。返京后作词《江城子·定州寻夫》。

8月,兄钟辽去国二十七年后首次回国探亲。

是年,作旧体诗《咏古二首》《读怀素自叙帖二首》。

1973 年,45 岁
5月,蔡仲德结束下放返京,遂在北大安家。
7月,病,住院治疗。

1974 年,46 岁
6月,姑母冯沅君去世。

1975 年,47 岁
是年,恢复工作,在《世界文学》编辑部编资料。

1977 年,49 岁
10月3日,母亲任载坤去世,父亲为撰挽联:忆昔相追随,同荣辱,共安危,期颐望齐眉,黄泉碧落君先去;从今无牵挂,斩名缰,破利锁,俯仰无愧怍,海阔天空我自飞。

1978 年,50 岁
童话《花的话》,刊于《人民文学》6月号。
小说《弦上的梦》,刊于《人民文学》12月号,获首届全国优秀短篇小说奖。法文译本刊于《中国文学》1979年8月号;西班牙文译本收入外文出版社1982年出版之《艺苑新花》;有日文译本。
新诗《心碑》,收入《世界文学》编辑部编辑之《心碑》。

1979 年,51 岁
2月上旬,出席人民文学出版社中长篇小说座谈会。

3月26至29日,出席全国优秀短篇小说奖颁奖会。

10月29日至11月16日,出席第四届全国文艺工作者代表大会。

散文《湖光塔影》,刊于《旅游》创刊号。

童话《吊竹兰和蜡笔盒》,刊于《北京文学》2月号。

新诗《华山五问》,刊于《怀来文艺》第3期。

散文《热土》,刊于《十月》第4期。

童话《露珠儿和蔷薇花》,刊于《儿童时代》第11期。

小说《我是谁?》,刊于《长春》12月号,转载于《小说月报》1980年3月号。法文译本刊于法国《欧洲文学杂志》1985年4月号,有英文、日文译本。

译作《拉帕其尼的女儿》,刊于《世界文学》第1期;收入《霍桑短篇小说集》,山东人民出版社出版。

译作《早晨的洪流——毛泽东与中国革命》(一至八章),北京出版社出版。

1980年,52岁

6月25日,出席《文艺报》"创新与探索"座谈会并发言。

11月,往昆明参加当代文学研究会年会并发言。访西南联大旧址。

散文《废墟的召唤》,刊于《人民文学》1月号。

小说《三生石》,刊于《十月》第3期。获首届全国中篇小说奖。

小说《米家山水》,刊于《收获》第5期。

散文《萤火》,刊于《散文》6月号。

童话《书魂》,刊于《人民文学》6月号。

小说《鲁鲁》,刊于《十月》第 6 期,获《十月》文学奖。法文译本刊于《中国文学》1987 年 4 月号,又收入《中国当代小说选》,法国伽里玛出版社 1984 年出版;英文译本收入《中国优秀短篇小说选》,中国文学出版社 1989 年出版;有马来文译本。

散文《钢琴诗人——肖邦》,刊于《文汇增刊》第 7 期。

小说《全息照相》(后改题《全息摄影》),刊于《北方文学》9 月号。

创作谈《广收博采,推陈出新》,刊于《文艺报》9 月号。

散文《柳信》,刊于《福建文艺》9 月号。

散文《爬山》,刊于《光明日报》10 月 5 日。

小说《心祭》,刊于《新港》11 月号。捷克文译本刊于捷克《家庭之友》杂志,有英文、法文译本。

1981 年,53 岁

春节前夕,往天津探访孙犁。

4 月至 5 月,应澳中理事会之邀访问澳大利亚,出席悉尼笔会,拜访澳大利亚作家帕特里克·怀特、托马斯·基尼利,拜谒著名散文家与诗人亨利·劳森墓。

小说《蜗居》,刊于《钟山》第 1 期。法文译本收入《1978—1988 中国短篇小说》,法国 Alinea 出版社 1988 年出版。

小说《团聚》,刊于《人民文学》2 月号,台湾《联合报》1982 年 1 月 16、17 日。

新诗《归来的短诗》(七首),刊于《滇池》2 月号。

创作谈《传统与外来影响》,刊于《当代文坛》第 4 期。

童话《贝叶》,刊于《当代》第 4 期。

散文《不要忘记》,刊于《十月》第 5 期。

散文《我的澳大利亚文学日》,刊于《世界文学》第 6 期。

散文《澳大利亚的红心》,刊于《人民日报》8 月 8 日。

小说《熊掌》,刊于《文汇月刊》10 月号。

创作谈《也是成年人的知己》,刊于《飞天》10 月号。

创作谈《〈红豆〉忆谈》,收入《中国女作家小说选》,江苏人民出版社出版。

《三生石》,百花文艺出版社出版。

《宗璞小说散文选》,北京出版社出版。

1982 年,54 岁

4 月,加入国际笔会。

7 月至 9 月,陪同父亲往美国哥伦比亚大学接受名誉文学博士学位,并代父亲宣读答词。

10 月,小弟冯钟越病逝。

散文《绿衣人》,刊于《人民日报》1 月 7 日。

散文《水仙辞》,刊于《天津日报·文艺》第 1 期。

童话《石鞋》,刊于《北京文艺》3 月号。

小说《核桃树的悲剧》,刊于《钟山》第 3 期,获《钟山》文学奖。英文译本收入 The Serenity of Whiteness,美国 Ballantine 书社出版。

创作谈《给克强、振刚同志的信》,刊于《钟山》第 3 期。

童话《冰的画》,刊于《少年文艺》第 4 期。

散文《紫藤萝瀑布》,刊于《福建文学》7 月号。

散文《哭小弟》,刊于《人民日报》12 月 27 日。

译作《信》,刊于《世界文学》第 3 期,署名"冯钟璞"。

1983年,55岁

7月26日,得父亲赠生日联:槐树旧街,传下三世文采;钟山新砚,送来六代风流。

9月,参加《钟山》北京作家太湖笔会。

12月30日,出席冯友兰先生、张岱年先生执教六十周年庆祝会。

散文《羊齿洞记》,刊于《十月》第4期。

新诗《回家(外三首)》,刊于《人民日报》7月14日。

小说《谁是我?》,刊于《北京文学》8月号。

童话《紫薇童子》,刊于《人民文学》10月号。有英文译本。

散文《潘彼得的启示》,刊于《天津文学》10月号。

童话《关于琴谱的悬赏》,刊于《儿童时代》第12期,选载于《儿童文学选刊》1984年第3期。

译作《花园茶会》《第一次舞会》,收入《曼斯菲尔德短篇小说选》,上海译文出版社出版,署名"冯钟璞"。

1984年,56岁

4月,应英中文化协会之邀访问英国。

7月,出席人民文学出版社烟台笔会。

9月19日,病,住院治疗。

12月28日起,出席中国作协第四次全国代表大会。

散文《安波依十日》,刊于《三月风》创刊号。

评论《试论曼斯菲尔德的小说艺术》,刊于《国外文学》第2期,署名"冯钟璞"。

创作谈《小说和我》,刊于《文学评论》3期。

童话《总鳍鱼的故事》,刊于《少年文艺》第4期,获全国首届优秀儿童文学奖。

散文《奔落的雪原》,刊于《散文》4月号。

散文《没有名字的墓碑》,刊于《北京文学》6月号。

评论《有生命的文学》,刊于《人民日报》6月25日。

散文《看不见的光》,刊于《花城》第6期。

创作谈《浅谈雅俗共赏》,刊于《当代》第6期。

散文《写故事人的故事》,刊于《文汇月刊》7月号,转载于《散文选刊》12月号。

散文《他的心在荒原》,刊于《人民文学》8月号。

童话《邮筒里的火灾》,刊于《童话》8月号。

童话《红菱梦迹》,刊于《作家》9月号。

散文《在黄水仙的故乡》,刊于《上海文学》10月号。

创作谈《说节制》,刊于《读书》10月号。

新诗《病人和病魔的对话》,刊于《丑小鸭》第11期,转载于《诗刊》1985年第3期。

散文《鸣沙山记》,刊于"万叶散文丛书"第二辑《丹》,百花文艺出版社出版。

《风庐童话》,湖南少年儿童出版社出版。

1985年,57岁

1月初,继续出席中国作协第四次代表大会,当选为中国作协理事。

2月初,开始构思长篇小说《野葫芦引》(当时拟名《双城别记》)。

4月初,《双城别记》第一卷《南渡记》动笔。

4月26日至5月12日,往武汉出席武汉作协黄鹤楼笔会,并游三峡。

5月,作旧体诗《一九八五年到重庆》。

6月起,任《小说选刊》编委。

新诗《等待(外三首)》,刊于《女作家》创刊号。

评论《打开常春藤下的百叶窗》,刊于《世界文学》第3期,署名"冯钟璞"。

小说《青琐窗下》,刊于《人民文学》5月号。

童话《无影松》,刊于《东方少年》第5期。

童话《星之泪》,刊于《儿童时代》5月号。

旧体诗《黄鹤楼四绝句》,刊于《光明日报》5月12日。

散文《三峡散记》,刊于《光明日报》6月30日。

新诗《长江游短诗三首》,刊于《诗刊》8月号。

创作谈《冷暖自知》,刊于《文艺报》8月17日。

小说《泥沼中的头颅》,刊于《小说导报》第10期。英文译本刊于美国 *The Antioch Review* 春季刊。

新诗《野豌豆荚》,收入《节日朗诵诗》,湖北人民出版社出版。

小说《红豆》《桃园女儿嫁窝谷》《后门》《我是谁?》《鲁鲁》英文译本收入中国女作家三人集《吹过草原的风》,澳大利亚红公鸡出版社出版。

译作《鬼恋人》《星期日下午》,刊于《世界文学》第3期,署名"冯钟璞"。

《风庐童话》,湖南少年儿童出版社出版。

1986年,58岁

8月起,任《散文世界》编委。

12月10日，往上海探访巴金。

散文《送黎遄〈外一篇〉》（"外一篇"为《冬至》），刊于《光明日报》2月9日。

散文《未解的结》（散文集《丁香结》后记），刊于《人民日报》2月27日。

散文《恨书》，刊于《青海湖》3月号，转载于《散文选刊》3月号。

散文《丁香结》，刊于《散文》3月号。

散文《秋韵》，刊于《北京文学》3月号。

散文《霞落燕园》，刊于《中国作家》第4期，转载于《散文选刊》1987年1月号。

创作谈《答问：为什么写作》，刊于《文艺报》4月12日。

散文《彩虹曲社》，刊于《天津文学》8月号、《女作家》第3期，转载于《散文选刊》1987年3月号。

散文《岭头山人家》，刊于《散文世界》10月号。

创作谈《写给〈作家〉》，刊于《作家》10月号。

题词"我爱人类的歌，也爱自然的歌。我知道，没有歌声的地方，就有了寂寞"，刊于《中国作家》第4期。

1987年，59岁

12月中旬，《双城别记》定名为《野葫芦引》

12月24日，《野葫芦引》第一卷《南渡记》完成。

是年，作旧体诗《悼世良二首》。

散文《九十华诞会》，刊于《东方纪事》1—2纪实卷。

长篇小说节选《方壶流萤》《泪洒方壶》（《野葫芦引》第一卷《南渡记》第一、二章），刊于《人民文学》5、6月号。

散文《三访鳌滩》,刊于《人民日报(海外版)》8月31日。
散文《忆旧添新》,刊于《文艺报》11月下旬。
创作谈《有感于鲜花重放》,收入散文集《丁香结》。
创作谈《关于〈西湖漫笔〉之漫笔》,收入散文集《丁香结》。
散文《一九八二年九月十日》,收入散文集《丁香结》。
题词"行云流水喻其散,松风朗月喻其文。散文贵在自然,与人贵无娇饰一也",刊于《散文世界》7月号。
《丁香结》,百花文艺出版社出版。
《宗璞代表作》,黄河文艺出版社出版。

1988年,60岁

4月,往成都出席中美作家会议。

5月,往杭州出席中外文学走向讨论会。

7月10日,得父亲赠联:百岁继风流,一脉文心传三世;四卷写沧桑,八年鸿雪记双城。

10月初,台湾作家施叔青来访。

10月至11月,往昆明参加西南联合大学校庆五十周年纪念活动,并往滇西旅行至中缅边境。

长篇小说《南渡记》(《野葫芦引》第一卷),刊于《海内外文学》第2期。

散文《辞行》,刊于《青年散文家》第3期。

散文《找回你自己》(《燕园拾痕》序),刊于《中国妇女》5月号。

散文《三幅画》,刊于《钟山》第5期。

散文《小东城角的井》,刊于《女声》11月号。

散文《我爱燕园》,收入《精神的魅力》,北京大学出版社出版。

散文《酒和方便面》，收入《解忧集》，中外文化出版公司出版。

献词"因为属龙，想为戊辰龙年写一句话：愿天下属龙和不属龙的人都能掌握自己的命运，而不为龙所主宰"，刊于《人民日报（海外版）》2月17日（农历元旦）。

《南渡记》（《野葫芦引》第一卷），人民文学出版社出版，获"炎黄杯"人民文学奖。

1989年，61岁

4月6日，出席人民文学出版社《南渡记》座谈会。

5月17日至7月15日，赴美访问。

散文《卖书》，刊于《散文》1月号。

童话《童话三题》（《锈损了的铁铃铛》《碎片木头陀》《遗失了的铜钥匙》），刊于《上海文学》1月号。

创作谈《我到西湖，感到了绿》（《致彭世强书》），刊于《语文学习》1月号。

散文《行走的人》，刊于《人民日报》1月26日。

散文《好一朵木槿花》，刊于《东方纪事》第2期。

《对〈梁漱溟问答录〉中一段记述的订正》（原题《记冯友兰与梁漱溟的一次会晤》），刊于《光明日报》3月21日。

散文《燕园石寻》，刊于《人民文学》5月号，转载于台湾《新地》1卷1期。

散文《"热海"游记》，刊于《散文》12月号。

创作谈《似与不似之间》，收入《当代中国作家百人传》，求实出版社出版。

译作《译文一束》(《我们的第一所房屋》《双声变奏》《一切罩单都应是白色》)并序,刊于《文汇报》6月1日。

1990年,62岁

7月9日,得父亲赠联:鲁殿灵光,赖家有守护神,岂独文采传三世;文坛秀气,知手持生花笔,莫让新编代双城。

11月26日,父亲冯友兰去世。

评论《独创性作家的魅力》,刊于《外国文学评论》第1期。

散文《风庐茶事》,刊于《光明日报》2月22日。

创作谈《答〈中学生阅读〉编辑部问》,刊于《中学生阅读》3月号。

散文《燕园碑寻》,刊于《文汇报》3月8日。

评论《无尽意趣在"石头"》,刊于《读书》4月号。

散文《燕园树寻》,刊于《文汇月刊》6月号。

散文《燕园墓寻》,刊于《随笔》第6期。

散文《读书断想》,刊于《中国妇女》8月号。

创作谈《从〈西湖漫笔〉说开去》,刊于《语文学习》9月号。

散文《报秋》,刊于《散文》10月号,获《散文》精短散文大奖赛优秀奖。

题词"精其选,解其言,知其意,明其理",刊于《中学生阅读》3月号。

《弦上的梦》,台湾新地出版社出版。

1991年,63岁

1月9日至4月18日,病,住院治疗。

10月,病,住院治疗。

12月22日,父亲、母亲与小弟安葬于北京万安公墓。

散文《心的嘱托》,刊于《文汇报》1月2日。

创作谈《致金梅书》,刊于《文学自由谈》第1期。

序《序钱晓云〈飘忽的云〉》,刊于《解放日报》8月8日。

散文《三松堂断忆》,刊于《读书》12月号、香港《明报月刊》12月号,转载于《散文选刊》1992年第5期。

《中国当代作家选集·宗璞》,人民文学出版社出版。

1992年,64岁

7月,将小说《鲁鲁》改编为电视剧脚本。

散文《从"粥疗"说起》,刊于《收获》第3期。

散文《燕园桥寻》,刊于台湾《联合报》4月10日、《鸭绿江》1993年9月号。

散文《悼张跃》,刊于《文汇报》5月10日。

散文《星期三的晚餐》,刊于《随笔》第6期、台湾《联合报》7月15日,转载于《作家文摘》1993年第3期。

小说《一墙之隔》,刊于《钟山》第6期。

跋《〈先燕云散文集〉跋》,刊于《文学界》12月号。

题词"读万卷书,行万里路",刊于《太原日报》10月5日。

《心祭》(法文译本),中国文学出版社出版。

1993年,65岁

9月4日,开始写《东藏记》。

散文《花朝节的纪念》,刊于《中华散文》创刊号,转载于《散文选刊》2月号。

散文《今日三松堂》,刊于《东方文化》创刊号。

散文《三松堂岁暮二三事》,刊于台湾《联合报》1月16日,又刊于《随笔》第3期。

散文《猫冢》,刊于《美文》第1期。

散文《送春》,刊于《散文天地》第1期、《散文(海外版)》第3期、台湾《联合报》1994年5月20日。

散文《孟庄小记》,刊于《江南》第3期、香港《大公报》3月17日、《散文(海外版)》第5期。

散文《〈世界文学〉和我》,刊于《世界文学》第3期。

小说《朱颜长好》,刊于美国《世界日报》8月13、14日,又刊于《收获》第5期。

随笔《教育·文化·人口素质》(原题《偶感》),刊于《人民日报》8月18日。

小说《勿念我》,刊于《天涯》9月号,台湾《联合报》9月4、5、6日及《世界日报》10月18、19日。

散文《〈丛竹间燕园的家书〉读后》,刊于《文汇报》9月5日。

小说《长相思》,刊于香港《大公报》9月22、29日,《作品》11月号。

散文《客有可人》,刊于《光明日报》12月4日。

散文《松侣》,刊于《中国残疾人》12月号。

新诗《答卷》,收入《红豆》。

《红豆》,海峡文艺出版社出版。

《宗璞散文选集》,百花文艺出版社出版。

1994年,66岁

7月14日至21日,往烟台出席天津百花文艺出版社笔会。

8月23日至9月3日,往昆明,为写作《东藏记》搜集材料。

10月28日至29日,往天津出席《华人文化世界》座谈会,并游清东陵。

散文《风庐乐忆》,刊于《爱乐》创刊号。

散文《一九九三年岁末五日记》,刊于《光明日报》1月31日。

散文《药杯里的莫扎特》,刊于《音乐爱好者》1月号。

新诗《依碧山庄小诗六首》,刊于《深圳作家报》2月8日。

散文《道具》,刊于《散文天地》2月号。

散文《梦回蒙自》,刊于《华人文化世界》第3期。

小说《胡子的喜剧》,刊于《十月》第5期,转载于《作家文摘》10月14日;获《十月》文学奖。

散文《书当快意》,刊于《书摘》6月号,转载于《光明日报》6月17日。

散文《真情·洞见·美言》(《女性散文选萃》序),刊于《文汇报》7月14日、香港《大公报》8月14日。

小说《甲鱼的正剧》,刊于《作品》9月号、香港《大公报》9月28日,转载于《小说月报》12月号。

散文《养马岛日出》,刊于《胶东文学》9月号。

创作谈《虚构,实在很难》(原题《说虚构》),刊于《读书》10月号。

《铁箫人语》,春风文艺出版社出版。

《燕园拾痕》,中原农民出版社出版。

1995年,67岁

6月下旬至9月下旬,与蔡仲德往美国、加拿大探亲访友。

8月4日,在波士顿大学神学院出席国际中国哲学会第九届年会暨冯友兰百年诞辰纪念会,演讲《向历史诉说》。

9月16日,在多伦多大学维多利亚学院出席"中国人看世界,世界看中国人——中西经济文化对话研讨会"并发表演讲。

12月14日,出席中国作家协会第四届理事会、第五次全国代表大会,当选为主席团委员。

12月17日,出席清华大学纪念冯友兰先生诞辰一百周年国际学术研讨会。

散文《一点希望》,刊于《北京日报》1月19日。

散文《促织,促织!》,刊于《散文(海外版)》1月号。

散文《三千里地九霄云》,刊于《中国作家》第1期,获《中国作家》"我和云南"专题散文奖。

散文《乙亥年正月初二日偶书》,刊于《光明日报》2月8日。

散文《〈幽梦影〉情结》,刊于《新剧本》第4期。

散文《祈祷和平》,刊于《人民日报(海外版)》7月10日。

散文《向历史诉说》,收入《冯友兰先生百年诞辰纪念文集》,清华大学出版社出版。

《风庐故事》,中国对外翻译出版公司出版。

1996年,68岁

12月17日至21日,出席作协第四届理事会,当选主席团委员。

散文《久病延年》,刊于《文汇报》3月11日。

杂感《"辞典"的困惑》(后改题《"字典"的困惑》),刊于《群言》第3期。

散文《比尔建亚》,刊于《南方日报》4月21日。
散文《夹竹桃知己》,刊于《随笔》第5期。
散文《一封旧信》,刊于《文汇读书周报》7月27日。
杂感《让老百姓有书读》,刊于《光明日报》8月21日。
童话《七扇旧窗》,刊于《少年文艺》第11期。
散文《人老燕园》,刊于《文汇报》12月10日。
散文《致丁果先生信》,刊于香港《明报月刊》。
散文《京西小巷槐树街》,收入《宗璞文集》。
新诗《二月兰问答》,收入《宗璞文集》。
《宗璞文集》(四卷),华艺出版社出版。
《心的嘱托》,河北少年儿童出版社出版。

1997年,69岁

上半年,病,住院治疗,休养。

散文《童心与童话》(《宗璞儿童文学作品精选》序),刊于《文汇读书周报》2月15日。

散文《刚毅木讷近仁》,刊于《随笔》第6期。

《三松堂漫记》,上海远东出版社出版。

1998年,70岁

2月11日,开始继续写《东藏记》。
11月13日,出席朱自清百年诞辰纪念会。
散文《小议十二生肖》,刊于《新民晚报》1月17日。
散文《三松堂依旧》,刊于《北京大学学报》第2期。
小说《彼岸三则》,刊于《小说界》第4期。
散文《悼念陈岱孙先生》,收入《陈岱孙纪念文集》,福建人民出版社出版。

散文《过去的瞬间》(《宗璞影记》序),刊于《文汇报》12月4日。

散文《下放追记》,收入《宗璞影记》。

《宗璞影记》,河北教育出版社出版。

《三松堂漫记》《风庐缀墨》,上海远东出版社出版。

《我爱燕园》,北京大学出版社出版。

《宗璞儿童文学作品精选》,河北少年儿童出版社出版。

1999年,71岁

11月22日,出席闻一多百年诞辰纪念会。

散文《谁是主人翁》,刊于《北京日报》1月14日。

散文《痛读〈思痛录〉》,刊于《文汇读书周报》1月16日。

童话《海上小舞蹈》,刊于《童话王国》第1期。

散文《仙踪何处》,刊于《群言》第5期。

散文《在曹禺墓前》,刊于《中华读书报》6月23日。

散文《乐书》,刊于《人民日报(海外版)》9月13日。

散文《从近视眼到远视眼》,刊于《人民文学》第10期。

散文《烟斗上小人儿的话》,收入《回忆纪念闻一多》,武汉出版社出版。

散文《雕刻盲的话》,收入《中国当代艺术选集:熊秉明》,中国美术馆出版。

2000年,72岁

7月底,《东藏记》完成。

散文《乘着歌声的翅膀》,刊于《新民晚报》2月5日。

长篇小说《东藏记》(《野葫芦引》第二卷),刊于《收获》第

5、6 期。

散文《蜡炬成灰泪始干》,刊于《人民日报(海外版)》8 月 29 日。

散文《告别阅读》,刊于《中华散文》第 9 期。

随笔《一只小蚂蚁的敬礼》,刊于《人民日报》12 月 30 日。

散文《那青草覆盖的地方》,收入《永远的清华园》,北京出版社出版。

《未解的结》,辽宁人民出版社出版。

2001 年,73 岁

3 月 6 日,开始写《西征记》。

5 月,出席人民文学出版社《南渡记》《东藏记》研讨会。

小说《她是谁?》,刊于《中国作家》第 7 期。

散文《衔一粒沙再衔一粒沙》,刊于《文艺报》11 月 6 日。

散文《拾沙花朝小辑》,刊于《书摘》第 12 期。

散文《那祥云缭绕的地方》,收入《不尽书缘》,清华大学出版社出版。

散文《我与人民文学出版社》,收入《我与人民文学出版社》,人民文学出版社出版。

《东藏记》(《野葫芦引》第二卷),人民文学出版社出版,获第六届茅盾文学奖。

《水仙辞》,群众出版社出版。

2002 年,74 岁

散文《二十四番花信》,刊于《书摘》第 2 期。

《风庐短篇小说集》《风庐散文选》,上海社会科学院出版社

2003年,75岁

散文《向前行走》,刊于《文汇报》3月3日。

散文《迟到的话》,刊于《粤海风》第4期。

散文《〈晚年随笔〉序》,刊于《文汇报》9月14日。

散文《天马行空》(后改题《耳读王蒙旧体诗》),刊于《解放日报》10月21日。

散文《大哉,韦君宜》,收入《韦君宜纪念集》,人民文学出版社出版。

书信《致人民出版社信》,收入《野葫芦须》。

《野葫芦须》,北京出版社出版。

2004年,76岁

2月13日,丈夫蔡仲德病逝。

散文《二十四番花信》,刊于《散文百家》第4期。

散文《耳读偶记》(后改题《耳读〈朱自清日记〉》),刊于《人民日报》9月9日。

2005年,77岁

4月,长篇小说《东藏记》(《野葫芦引》第二卷)获第六届茅盾文学奖。

4月12日,应王安忆之邀赴复旦大学出席《东藏记》研讨会并发言。

下半年,开始写《西征记》。

散文《汉字简化让我不得不扔掉了本名》(原题《扔掉名

字》),刊于《文汇报》1月28日。

小说《四季流光》,刊于《十月》第5期。

小说《题未定》(1945年旧作),刊于《钟山》第6期。

散文《耳读〈苏东坡传〉》,刊于《文汇报》8月22日。

散文《智慧的光辉》(原题《他的"迹"和"所以迹"》),刊于《人民日报》11月6日。

《宗璞自述》,大象出版社出版。

《霞落燕园》,作家出版社出版。

2006年,78岁

散文《给古人少许公平》,刊于《冯学研究通讯》第4辑。

童话《小沙弥陶陶》,刊于《上海文学》第8期。

《三生石》,人民文学出版社出版。

《宗璞童话》,湖北少年儿童出版社出版。

《宗璞精选集》,燕山出版社出版。

2007年,79岁

10月27日,出席西南联大建校七十周年纪念会。

11月2日,出席中国作家协会、人民文学出版社、中国社会科学院外国文学研究所和中国现代文学馆共同举办的宗璞八十寿辰暨文学创作六十周年座谈会并致答谢词。

散文《怎得长相依聚》,刊于《文汇报》1月7日。

散文《感谢高鹗》,刊于《随笔》第1期。

散文《漫记西南联大和冯友兰先生》,刊于《中华读书报》9月5日。

散文《散失的墨迹》,刊于《人民日报》11月6日。

《宗璞散文(插图珍藏本)》,人民文学出版社出版。
《告别阅读》,作家出版社出版。
《宗璞童话》,湖北少年儿童出版社出版。
《那青草覆盖的地方》,辽宁人民出版社出版。

2008年,80岁

10月25日,向第八届冯友兰学术思想研讨会"旧邦新命:冯友兰与西南联大"提交书面发言《人和器》。

12月31日,《西征记》完成。

散曲《托钵曲》,刊于《歌曲》第2期。

散文《〈冯友兰集〉序》,刊于《随笔》第3期。

小说《惚恍小说(四篇)》,刊于《中国作家》第4期,转载于《小说月报》第5期。

杂感《"大乐队"是否多余》,刊于《新民晚报》9月17日。

散文《变迁》,刊于《解放日报》12月17日。

散文《〈新理学〉七十年》,刊于《光明日报》12月29日。

《宗璞童话》,上海人民美术出版社出版。

2009年,81岁

散文《忆朱伯崑》,刊于《随笔》第2期。

长篇小说《西征记》(《野葫芦引》第三卷),刊于《收获》长篇小说专号春夏卷。

《四季流光》,香港明报月刊出版社出版。

2010年,82岁

4月,开始写《北归记》。

散文《我的六姨》，刊于《文汇报》4月19日。

散文《考试失利以后》，刊于《中华读书报》4月23日。

散文《〈冯友兰先生年谱长编〉后记》，刊于《解放日报》5月20日。

散文《采访史湘云》，刊于《新民晚报》6月17日。

散文《他在这里投入了全部心血》(原题《在冯友兰先生诞辰一百一十五周年纪念会上的发言》)，刊于《文汇报》11月29日。

散文《李子云的慧悟》(原题《祭李子云》)，刊于《新民晚报》12月27日。

《西征记》(《野葫芦引》第三卷)，人民文学出版社出版。

《二十四番花信》，江苏文艺出版社出版。

《旧事与新说——我的父亲冯友兰》，新星出版社出版。

2011年，83岁

4月，清华大学百年校庆，出席毕业六十年校友聚会。

小说《琥珀手串》刊于《上海文学》第4期。

散文《序两篇》(《〈任芝铭存稿〉序》《〈寸草心：清华名师夫人卷〉序》)，刊于《文汇报》12月26日。

2012年，84岁

9月9日，离开居住了近四十年的北京大学燕南园，迁往京郊。

散文《铁箫声幽》，刊于《随笔》第3期。

《南渡记》《东藏记》《西征记》，香港中和出版社出版。

《琥珀手串》，江苏文艺出版社出版。

《敛沙集》,长春出版社出版。
《风庐散记》,北京大学出版社出版。

2013年,85岁
5月下旬,突发脑溢血,住院治疗。
12月15日,《三生石》获《十月》三十五周年最具影响力作品奖。
散文《云在青天》,刊于《文汇报》6月10日。
散文《握手》,收入《回忆张光年》,作家出版社出版。
《朱颜长好》,人民文学出版社出版。
《萤火》,人民文学出版社出版。
《米家山水》,上海文艺出版社出版。
《花语童话》,湖南少年儿童出版社出版。

2014年,86岁
散文《美芹三议》,刊于《文汇报》12月19日。
《三生石》,人民文学出版社出版。
《宗璞作品中学生读本》,人民日报出版社出版。

2015年,87岁
随笔《冷却香炉》,刊于《新民晚报》3月18日。
《四季流光》,上海文艺出版社出版。
《宗璞散文全编》(五册),浙江文艺出版社出版。
《紫藤萝瀑布·丁香结》《云在青天》,浙江文艺出版社出版。

2016年,88岁

脑溢血逐渐恢复,继续写作《北归记》。

诗词《词五首》,刊于《新民晚报》9月27日。

《宗璞散文》(中华散文珍藏版),人民文学出版社出版。

《鲁鲁》(插图本),人民文学出版社出版。

《紫藤萝瀑布》,江苏文艺出版社出版。

《宗璞童话》,长江少年儿童出版社出版。

2017年,89岁

9月,《接引葫芦》(《野葫芦引》末卷)初稿完成。

11月,《北归记》完成。

长篇小说《北归记》一至五章,刊于《人民文学》第12期。

《向历史诉说:我的父亲冯友兰》,人民文学出版社出版。

《我生命中的那些人物》,东方出版中心出版。

《宗璞散文精选》,长江文艺出版社出版。

《四季流光》,凤凰文艺出版社出版。

《紫藤萝瀑布——丁香结》,济南出版社出版。

《紫藤萝瀑布》《宗璞散文精选》,长江文艺出版社出版。

《〈三字经〉节简注本》,东方出版中心出版。

2018年,90岁

5月,《野葫芦引》末卷《接引葫芦》改定。历时三十三年,五卷近百万字的长篇小说《野葫芦引》全部完成。

10月,《北归记》获第三届施耐庵文学奖。

小说《你是谁?》,刊于《上海文学》第1期。

散文《四姑,你能告诉我吗?》,刊于《新民晚报》12月20日。

《北归记·接引葫芦》(《野葫芦引》第四卷、末卷),香港中和出版社出版。

《南渡记》《东藏记》(英文译本),英国查思出版公司出版。

《烟斗上小人儿的话》《你是谁?》《四季流光》,人民文学出版社出版。

《紫藤萝瀑布》,江苏凤凰文艺出版社出版。

《总鳍鱼的故事》,江苏凤凰科学技术出版社出版。

《三千里地九霄云》,人民日报出版社出版。

2019年,91岁

5月下旬,回故乡河南唐河省亲、参观游览。

《北归记》,人民文学出版社出版。

《野葫芦引》(四卷),人民文学出版社出版。

《铁箫斋文萃》,中华书局出版。

2020年,92岁

散文《宗璞谈枕边书》(后改题《枕边书问答》),刊于《中华读书报》4月29日。

《宗璞散文精选》,北京教育出版社出版。

《宗璞文学回忆录》,广东人民出版社出版。

2021年,93岁

10月7日,出席河南新蔡县纪念辛亥革命一百一十周年座谈会。

散文《应该说的话》,刊于《中华读书报》3月31日。

2022年,94岁

散文《独臂多面手叶廷芳》,刊于《中华读书报》10月12日。

诗词《宗璞诗作选刊》(五题),刊于《中华读书报》10月19日。

随笔《道路》,刊于《女作家学刊》第三辑,作家出版社出版。

《宗璞散文》(中国现当代名家散文典藏),人民文学出版社出版。

《满天云锦:宗璞经典散文》,山东文艺出版社出版。

《宗璞散文》,山西人民出版社出版。

《宗璞散文精选》,金城出版社出版。

2023年,95岁

散文《长寿老人》,刊于《中华读书报》4月5日。

《扔掉名字》,河南文艺出版社出版。

《宗璞小说》,作家出版社出版。

(本年表1995年之前部分为蔡仲德编撰;1995年之后部分,何英、郑新分别提供了所做的年表。编者在此基础上梳理调整,并收集有关资料,进行补充和订正。宗璞作品选集版本多多,未能备录。)

编 后 记

《宗璞文集》终于编定了。

十卷,二百五十多万字。这对于一个写了八十年的作家来说,算不上成就辉煌;但是对于"三余"(业余、事余、病余,晚年又加一余:生命之余)写作的宗璞,每一个字,都是沉甸甸的。

宗璞从十几岁开始写作,曾经是一名小小的文学少年。青年、中年时期,她和很多人一样,经历过一些无法躲避的奇特遭遇,一度暂别写作。但是文学的根苗不死,一旦风调雨顺,便发叶萌花,结出硕果。直到晚年,她依然如一只衔沙的蚂蚁,一颗一粒,一点一滴,构筑文学的七宝楼台,日复一日,未曾稍歇。

宗璞出身于书香门第,一辈子几乎都在书斋里生活,但她不是风花雪月、轻吟漫语的作家。她的散文写景物,写花草,写故友人情,写身边生活,简洁的语句、简短的篇幅,却有气象,意蕴深厚,力量饱满。她的小说,从上世纪五十年代的《红豆》、七十年代的《三生石》《弦上的梦》,到本世纪的《四季流光》《稻草垛咖啡馆》《打球人和拾球人》,更与时代和社会紧密相连,站在现实的生活和思想的"前沿"。她的作品温文尔雅,从容端庄,但是有风骨、有锋芒、有担当。她甚至是一位"先锋"作家,《蜗居》《泥沼中的头颅》《我是谁?》等小说,对现代主义表现手法的运用纯熟贴切,堪称典范。

宗璞一向多病,晚年健康更是每况愈下,又因视网膜脱落,几近失明。停止写作,颐养天年,是合情合理的选择。但是,病弱的宗璞有着超出想象的坚韧,她硬是以口为笔,一字一句地说,出口成章;一字一句地听,斟酌修改。在《南渡记》之后,她是用口和耳"写"完了《东藏记》《西征记》《北归记》和《接引葫芦》——这部总名《野葫芦引》的史诗般的长篇小说巨制,了却了她几十年来为历史存真、为中国知识分子存真的执着心愿,还"写"下了一篇篇如萤火般闪着微光,却也足以烛照黑夜、滋润心灵的精粹文章。

上世纪九十年代以来,作为宗璞的写作生活的目睹者,我看到她是怎样背负着文学的使命,缓慢而顽强地一步一步前行。不能手写了就用口授,大字的稿子也看不清了就用耳朵听,耳朵也听不清了就多听几遍,头晕了就躺下休息一会儿再干,无论如何就是要写下去。百万字的长篇小说《野葫芦引》,写写停停迤逦三十二年,人物之圆满、情节线索之清晰、叙述之流畅贯通,仿佛一气呵成。除了超人的记忆力,她只有无数次反复听读,思前想后,接续草蛇灰线,这对于一位耳不聪目不明几乎无日不晕的老人,何其艰难!但她追求完美的努力丝毫未减,谋篇布局,推敲文字,始终如初。她是苦吟的诗人,吟安一个字,可以花几天时间。她写下的文字,好像都在她的脑子里,随时听命,让自己更加贴切传神。或许是因为接近,每读宗璞作品,总有隐隐的感动,因为我知道它们是怎样得来。"小说是作者灵魂的投入,是把自己绞碎了,给小说以生命",这在宗璞,不是虚言。

诚与雅,是宗璞在创作上一以贯之的追求。二十年前,她在创作六十年座谈会上说,雅是艺术性,诚就是说真话。说真话有好几层，一个是勇气，一个是认识。认识有高下。能认识了，要有勇气说出来。勇气又分两个方面，一个是对外界来说，宁可开罪于人，也要坚持真理；一个是对自己来说，有的时候，没有勇气去看事物的深层，有的时候是看到了又不愿写，不忍写。读伟大作品时，有时有一种感觉，作者对自己很残忍。这是高尚的残忍。宗璞就是这样，勇于看向事物的深处，说真话，写自己眼中的历史。尤其在晚年，她言自己之所言，不怕开罪于人；感自己之所感，坚持独立的见识。信念所至，品质自现。

编这十卷文集，前前后后用了三年多时间。宗璞耳读了重要的作品，个别处稍做修改。文章的分类编排，卷次的先后，都经过仔细的考量。工作是愉快的，包括争论和妥协。三年多里，重新阅读或浏览宗璞的作品，梳理她的写作脉络，含英咀华，常有新的感受。努力编好文集，是我的责任和心愿。

宗璞自度曲道："人道是锦心绣口，怎知我从来病骨难承受。兵戈沸处同国忧。覆雨翻云，不甘低首，托破钵随缘走。"九十五岁的人生，八十年的文学道路，坎坷处多，平坦处少。耄耋之年的宗璞，仍在通向自由之境的路上勉力前行。衷心地祝福她，愿她希望成真。

杨 柳
2024 年 1 月